Naslov originala
Laura Pearson
I Wanted You to Know

Za izdavača
Tea Jovanović
Nenad Mladenović

Glavni i odgovorni urednik
Tea Jovanović

Lektura / Korektura
Agencija Tekstogradnja / Agencija TEA BOOKS

Prelom
Agencija TEA BOOKS

Dizajn korica / Crteži za korice
Lizzie Gardiner / Shutterstock

Izdavač
TEA BOOKS d.o.o.
Por. Spasića i Mašere 94
11134 Beograd
Tel. 069 4001965
info@teabooks.rs
www.teabooks.rs

ISBN 978-86-6142-224-9

LORA PIRSON

ŽELELA SAM
DA ZNAŠ

Sa engleskog preveo
Danko Ješić

Ova knjiga je posvećena mojoj deci, Džozefu i Elodi. Jednom sam vam napisala pismo kao što su ova u ovom romanu, i nadam se da nikad nećete imati razloga da ga pročitate. Takođe je posvećena ženama koje su dole navedene. Veoma sam zahvalna na vremenu koje smo delile, i načinima na koje smo se smejale i obaveštavale i bodrile jedna drugu. Nikad nisam želela da imam prijateljice koje takođe imaju rak, ali drago mi je što sam vas upoznala.

* * *

Adrijana Ford, Ejmi Bjuler, Betan Bučer, Bet Huper, Keri Stejnsbi, Sintija Marfi, Dona Dru, Emili Devejn, Džeki Bakston, Merijen Doerti, Mišel Daun, Rejčel Kičing, Robin Šaht, Šina Elis

1.

Džes je razumela sve reči u toj rečenici, ali nije mogla pravilno da ih poveže. Pogledala je doktora koji je sedeo naspram nje i njegove šake, uredno sklopljene u krilu.

– Možete li da ponovite to? – pitala je.

– Žao mi je, Džesika. Potvrdili smo rak dojke.

Džes je pogledala svoja stopala, gde se nalazilo Idino dečje sedište za kola. Idi se promeškoljila, a Džes je uhvatila ručku i malo je zaljuljala, a Idi je zatvorila oči i nastavila da spava. Držala je rub pletenog ćebenceta u maloj pesnici. Džes se nedavno porodila. Još je učila, još se osećala nesigurno i izgubljeno. Otišla je kod lekara zato što je napipala kvržicu kad je dojila Idi. Otišla je na kliniku, spremna da čuje kako je to zapušen kanalić. Spremna da čuje kako to nije ništa i kako može da ide kući, da je samo još jedna previše zabrinuta mlada majka.

– Džesika, znam da je to šok. Imate li neka pitanja za mene?

Džes je pokušala da se usredsredi na njegovo lice. Ima oko četrdeset godina, pomislila je, male okrugle naočari i proređenu kosu. Htela je da ga pita da li je oženjen, ima li decu. Da li razume to novo osećanje koje ju je obuzimalo... da više ne poseduje svoj život. Da duguje ovoj novoj osobici sve. Ne može da ima rak. Kako može da ga ima? Ona je mama. Ona je mlada mama. I ima svega dvadeset jednu godinu.

– Jeste li sigurni? – pitala je.

Doktorov izraz lica se malo promenio. Tužno se osmehnuo i videla je da je verovatno vrlo ljubazan, da mu je žao.

– Mogu da vam pokažem snimke, ako želite. Kvržica koju ste napipali u desnoj dojci sigurno je zloćudni tumor. Prečnik joj je otprilike trideset milimetara. Nadamo se da ćete se potpuno oporaviti. Ali slušajte, ne želim da vas sad bombardujem informacijama. Imate li nekog ko može da bude s vama?

Džes je pogledala usnulu bebu i ponovo lekara. – Samo svoju ćerku – kazala je, a glas joj je zadrhtao. Kad je pogledala Idi, sve joj je nekako izgledalo teže, gore.

– Aša – rekao je lekar, pokazujući na bolničarku koja je stajala malo iza njegove stolice – biće vaša negovateljica, i može da vas odvede u jednu prostoriju gde možete razmisliti o ovom što ste čuli i postaviti sva pitanja. U redu?

Džes je klimnula glavom. A onda je izvedena u hodnik, gde je čekala deset minuta ranije, glupirajući se sa Idi, u vreme kad nije imala rak. Aša je uhvatila Džes za ruku, onu u kojoj nije držala sedište za auto. To ju je smirilo.

– Idemo tamo – kazala je Aša.

Otvorila je vrata sobice sa sofom i foteljom. Na zidu su bile slike, na sofi jastučići, a na stočiću kutija papirnih maramica. To je bila soba gde te dovode nakon što ti saopšte loše vesti. Tu počinješ da se miriš sa sudbinom. Rak. Džesin deka je umro od raka pluća kad je ona imala petnaest godina. Tata njene mame. A ona je imala školsku drugaricu čija je sestra umrla od raka, ali nije znala kakvog.

Aša je spustila hrpu letaka i brošura na sto između njih. – Materijal za čitanje – kazala je. – Slušajte, znam da je ovo šok. Stalno viđam žene koje saznaju takve stvari, ali vi ste jedna od najmlađih za koje znam. A vaša beba je tako mala...

Aša je zaćutala, i Džes je shvatila da pokušava da zadrži suze. Ta nepoznata žena, ta bolničarka koja je svakog dana viđala obolele od raka. – Žao mi je – rekla je, malo jačim glasom.

Džes je shvatila da nije plakala, da ne plače. I baš kad je pomislila na to, Idi se probudila uz urlanje i Džes ju je odvezala i podigla, privila na grudi i pomilovala joj paperjastu kosicu. Podigla je majicu i spustila grudnjak za dojilje i počela da hrani ćerku. I onda se setila nečeg.

– Hoću li moći da je hranim? – pitala je.

Aša je odmahnula glavom. – Nisam sigurna. Zavisi od lečenja. Ako vam bude prepisana hemoterapija, pretpostavljam da ćete morati da prekinete. Ne razmišljajte sad o tome.

Džes je htela da pita o čemu treba da razmišlja. U glavi joj je bio haos, misli su joj bile nemirne. Rak. Pitanje koje je stvarno želela da postavi bilo je da li će umreti. Da li će ova bebica, koja je potpuno zavisila od nje, morati da živi bez nje. Ali nije znala koje reči da upotrebi, i bojala se odgovora.

– Ne mogu da kažem svojoj mami – rekla je Džes.

– Zašto?

– Ne mogu. Ja sam joj jedinica, a nisam odrastala uz tatu. Bile smo samo nas dve. Pa, sad nas tri. Neće moći da se nosi s tim.

Aša je stisnula usne i nakrivila glavu u stranu. – Pokušajte da ne brinete o drugim ljudima. Zasad samo mislite kako da prihvatite ovu vest. To je veliki udarac, Džesika. U redu je da budete uznemireni ili ljuti. U redu je da budete slomljeni.

Ali nije, mislila je Džes. Nije u redu da se slomim kad imam bebu.

– Da li je bebin otac... – Aša nije dovršila rečenicu, mada joj je Džes dala dovoljno vremena.

– Nije tu – rekla je kad je Ašina nelagoda postala prevelika. – Nije u našem životu i nikad neće biti.

– Dobro – rekla je Aša. – Kako vam izgleda mreža podrške?

Džes je razmišljala o tome. Živela je s majkom u jednom gradiću u Češiru, uvek je živela s majkom, osim te dve godine na fakultetu, i čak i tad je uvek dolazila kući za vreme raspusta i ponekad vikendom. Majka joj je bila mreža podrške, zar ne? Ali može li jedna osoba da bude mreža? Tu je bila i Džema. Bile su najbolje prijateljice godinama, od osnovne škole, a poznavale su se i godinama pre. Džema je bila deo većine Džesinih tinejdžerskih uspomena, i bila je sjajna tokom trudnoće i otkako je Idi rođena. Kazala je Aši za majku i najbolju prijateljicu. I to iznenada nije izgledalo kao nešto značajno. Osećala je kako treba da ima više ljudi oko sebe.

– Tu je i moj tata – rekla je, konačno. – Nisam odrasla s njim, ali živi u blizini, i povremeno ga viđam.

Aša se osmehnula. – Dobro – rekla je. – Pa, mislim da smo vam rekli sve što treba da znate. Biće još pregleda, nažalost, ali dogovorićemo se oko toga. Savetujem vam da odete kući i saopštite vest ljudima koje ste mi upravo pomenuli. Biće vam potrebna njihova pomoć i podrška, više nego ikad. Kako ćete otići kući?

– Imam kola – kazala je Džes. Pozajmila je mamina kola za dolazak ovamo. Kazala je kako mora da obavi nešto u gradu. To joj je bilo lakše nego da objašnjava.

– Jeste li sigurni da je bezbedno da sami vozite do kuće?

Džes je pogledala Idi koja je završila sisanje i ležala joj je u naručju, zadovoljnog lica. Htela je da kaže kako nije sama. Kako je sa Idi. Ali samo je klimnula glavom i zahvalila se Aši dok je vezivala Idi u sedište. Kad je izašla, a hladni zimski vazduh joj stigao do lica, Džes je zastala i udahnula ga na tren. I baš kad je htela da ode do parkinga sa Idinim sedištem ispod ruke, čula je svoje ime i okrenula se, a Aša je bila iza nje.

– Zaboravili ste ovo – kazala je, dajući joj hrpu letaka. – I zapisala sam svoj broj telefona. Možete da me pozovete ako budete imali bilo kakva pitanja ili želite da razgovarate s nekim.

– Hvala vam – rekla je Džes, spuštajući sedište i gurajući papire u torbu s priborom za bebu.

Izgledalo je, na tren, kao da će Aša reći nešto drugo, ali onda je samo nakratko spustila ruku na Džesinu mišicu, pre nego što se brzo vratila unutra.

Tek kad je sela u kola, vezala Idi i stavila svoj sigurnosni pojas, počela je da plače. Rak. Ima nečeg u toj reči. Što vonja na smrt. To je reč za starce, za ljude koji su proživeli svoj život. Ne za ženu koja tek počinje. Ne za mlade mame. Džes je gorko plakala dvadeset minuta, dok je oči nisu zabolele i dok se nije osetila praznom. Idi je spavala na zadnjem sedištu, nesvesna svega. A onda, osećajući da je izbacila to iz sebe, Džes je upalila motor i odvezla se, polako, do kuće. Kad je stigla tamo, neko vreme je sedela na prilazu, osećajući kako nema energiju da se pokrene. Sve je bilo mirno, Idi je spavala. Trzanje zbog vađenja sedišta za bebe iz kola moglo bi da je probudi. Zašto ne bi sedela u kolima neko vreme?

Rak. Rak dojke. Džes je dodirnula mesto na kojem je napipala kvržicu. Bila je blizu bradavici, tvrda na dodir. Pitala se zašto je nije primetila ranije, ili je tek nedavno postala dovoljno velika da se napipa. Uvek je imala prilično male dojke, a u trudnoći su se povećale, i sad kad je dojila, bile su bolne i promenjive čvrstine, tvrde kao kamen kad je Idi trebalo da sisa, a onda meke čim bi završila. Bila je sasvim sigurna da je ta kvržica deo toga, deo tih promena. Bila je tako sigurna.

Džes je znala da njena mama nije tu, da je na poslu. Radila je u kol--centru, javljala se na telefon u ime stotina malih kompanija i prenosila poruke. Džes nije uvek znala koje joj je radno vreme, ali znala je da radi tog popodneva. Otišla je autobusom jer je Džes koristila kola. Kad je Idi otvorila oči i Džes je unela u kuću, znala je da je prazna. I deo nje je bio zadovoljan, jer nije bila spremna da podeli vesti s drugima. Ali deo nje je bio tužan i užasno usamljen. Prvi put u prethodnih nekoliko nedelja pomislila je da pozove Džejka. A onda se pribrala. Spustila je Idi u stolicu, odnela je u kupatilo i istuširala se, izbegavajući kvržicu kad je nanosila gel za tuširanje. Oprala je kosu. Kad je izašla, sva mokra, i krenula da uzme peškir, nekoliko kapi vode palo je na Idinu glavicu i ona se smešno zavrpoljila. Džes se nasmejala.

Bilo je tako teško biti mlada mama, a ipak je svakog dana – gotovo svakog sata – Idi radila nešto što bi je nasmejalo, i Džes se setila koliko je zahvalna. Setila se da je donela pravu odluku kad su one dve linije poplavele. Možda je propustila poslednju godinu studija, ali radi nešto drugo. Nešto bolje. Ili je radila. Sad nije bila sigurna šta radi. Ili koliko joj je ostalo vremena da išta uradi.

– Želim da ti obećam nešto – kazala je Džes. – Mislila sam da ću moći da ti obećam da ću uvek biti uz tebe, ali sad ne znam. – Znala je da će se ponovo rasplakati. – Idi, ti si moja ljubav. Moja velika ljubav. I uradiću sve da se pobrinem da budem ovde za tebe. Ali ako ne mogu to, potrudiću se da sve bude u redu s tobom kad me ne bude bilo. Pobrinuću se da se o tebi uvek brinu ljudi koji te vole.

Sačekaće dok joj se mama ne vrati, odlučila je. I onda će sesti s njom i reći joj. A mama će znati šta treba da se uradi. Tako je to s mamama. Džes se zapitala, na tren, da li će Idi tako misliti o njoj kad poraste. A onda joj je nešto palo na pamet, nešto neprijatno, da možda neće biti tu kad Idi odraste, i legla je na krevet, obavijena peškirom, još mokre kose. Idi je sedela na svojoj stolici, igrala se prstićima. A rak u njoj je rastao.

2.

Draga Idi,
Želela sam da znaš kako sam upoznala tvog tatu. Upravo sam se bila upisala na Univerzitet u Mančesteru, i dobila sam posao u supermarketu blizu studentskog naselja, radila sam na kasi nekoliko puta nedeljno. Prvog dana, menadžer me je proveo po prodavnici i naišli smo na tvog tatu. Slagao je robu na police. Mislim da je to bila supa.
– Džesika, ovo je Džejk. Radi kod nas već dva meseca.
Osmehnula sam se, a tvoj tata se rukovao sa mnom.
– Zdravo, Džesika – rekao je, i to je bilo sve.
Ruka mu je bila topla i pomalo suva, i osećala sam da mu je koža ponegde gruba. Bilo je nekog novog prizvuka u načinu na koji je izgovorio moje ime. A onda je menadžer počeo da mi pokazuje proizvode za čišćenje, a ja sam ga pratila. Potrudila sam se da se ne osvrnem, ali jesam, i tvoj tata je nastavio da radi ono što je radio. Pitala sam se da li je to što me je upoznao uopšte uticalo na njega.
Kad god sam išla na posao mislila sam na njega, i da li će biti tamo. Ali to je bila prilično velika prodavnica, a on je naizgled uvek stavljao robu na police ili menjao cene ili premeštao robu, dok sam ja radila za kasom. Više puta sam ga videla na odlasku. I bila sam nerazumno ljuta na to što ga nisam videla ranije, mada bog zna da mu ne bih ništa rekla sve i da sam ga videla.
Ispričala sam svojoj prijateljici Džemi za njega, u pismu. Pisale smo jedna drugoj tokom školovanja, i želela sam da to nastavimo. Džema je mislila da sam luda i uvek mi je

odgovarala SMS-om. U svakom slučaju, rekla sam joj kako ne mogu da prestanem da mislim na njega, i da ga jedva i poznajem, on mi je rekao dve reči, a ja nisam ništa odgovorila. Džema je bila hrabrija od mene, nekako rečitija, iako smo obe živele u istom gradiću čitavog života, dok nisam otišla na fakultet. Pitala me je kako on izgleda. Bilo je teško opisati ga. Nije bio posebno visok, nije bio debeo niti mršav. Nisam mogla da se setim boje njegovih očiju. A kosa mu je bila smeđa, prilično neodređene boje.

Narednog vikenda, došla sam na posao i stajao je ispred, naslonjen na zid, pušeći cigaretu. Osetila sam kako mi lice crveni i okrenula sam glavu u stranu, nadajući se da on to neće primetiti.

– Džesika – rekao je. – Džes?

Bilo je čudo što se uopšte sećao mog imena, iako sam nedeljama mislila na njega, zanemarujući učenje i napola napisan esej. Okrenula sam se ka njemu, terajući svoju kožu da povrati uobičajenu boju. Rekla sam da može da me zove Džes. Ponovio je to, i opet je to zvučalo kao potpuno drugačije ime nego ono koje sam nosila osamnaest godina.

– Želim ti prijatan dan, Džes.

Idi, kad upoznaš nekog ko ti se stvarno sviđa i svaki minut provodiš želeći da te on primeti, nekoliko reči mnogo znači. Moja žudnja je bila zadovoljena. Ali čim je otišao, vratila se. Očajnički sam želela da znam kad ću moći ponovo da razgovaram s njim, da li ću morati da čekam još šest nedelja. Ušla sam, okačila kaput na čiviluk i počela smenu. Ali nezadovoljstvo je ostalo.

Bila je zima, ali ne onaj dobar deo pre Božića, kad su svi veseli i prave žurke i jedu previše. Bio je januar, najsumorniji mesec, kad niko nema novca i proleće je daleko. Živela sam na svega deset minuta hoda od supermarketa, ali sećam se da su mi nožni prsti bili smrznuti kad se vratim u svoju sobicu. Hodala sam što sam brže mogla, s rukama duboko u džepovima, s kapuljačom na glavi zbog vetra.

Jednog dana, bila sam gotovo pred kućom kad sam čula kako se neka kola zaustavljaju kraj mene. Okrenula sam se da pogledam, i to je bio on. Vozio je neki crveni folksvagen, a kad je otvorio prozor, čula sam neku glasnu muziku. Izgovorio je moje ime, i pitao je da li mi je potreban prevoz.

Pomislila sam kako bi bilo da uđem u ta kola kraj njega, dok su nam tela bliža nego ikad pre, i kako bi bilo saznati koju muziku sluša i da li je uredan ili neuredan i koliko dobro vozi. I dalje sam bila dovoljno mlada da mi je posedovanje sopstvenih kola izgledalo vrlo odraslo. I dalje sam živela s vrlo malo novca i posedovanje nečeg tako velikog delovalo mi je gotovo egzotično. Zahvalila sam mu se i kazala da ne treba jer sam nadomak kuće.

Ne znam zašto sam to rekla. Želela sam nedeljama da se dogodi nešto ovakvo, i sad se dogodilo, a ja sam to odbila. Bilo je to nešto što sam radila, što uvek radim. Ali pokušavam da to radim ređe, jer sam shvatila da prilike ne dolaze uvek kad želimo. Čitavog života sam pokušavala da naučim sebe da pružim ruke i zgrabim ono što mi se nudi. Slegnuo je ramenima, zatvorio prozor i onda otišao, i bilo mi je potrebno neko vreme da shvatim kako treba ponovo da hodam.

Kad sam razgovarala sa Džemom, uvek bi me pitala kako napreduju stvari sa Džejkom, i rekla sam joj o neznatnom napretku. Razmenili smo nekoliko reči ispred zgrade jednog jutra. Ponudio je da me odveze kući. Glasno je uzdahnula kad sam rekla da sam odbila. Kazala mi je da sam nesposobna, da je potrebno da uradimo nešto povodom toga. Da će doći kod mene i organizovati žurku.

Džema je živela na suprotnom kraju našeg rodnog grada, u maloj, niskoj kući, s roditeljima i starijim bratom, Denom. Džemine žurke bile su popularne jer njenim roditeljima izgleda nije smetalo da napuste kuću i ostave je u rukama grupe pijanih tinejdžera, a susedi su se retko žalili. A Den je ili radio ili bi im se pridružio. To je bio siromašniji deo grada, i svađe i žurke bile su mnogo češće. Ljudi su bili naviknuti na buku.

14

Nisu se žalili, jer sledeće nedelje će možda oni praviti žurku i nisu želeli da se neko žali na njih.

Razmišljala sam o tome kakvu bi žurku ona mogla da napravi ovde, kad sam imala samo malu studentsku sobicu za primanje gostiju, ali nije mi odgovorila na to. Kad je stigla, dve nedelje kasnije, pogledala je oko sebe kao da bi soba mogla da postane veća ako je dobro zagleda, a onda je kazala da će odlazak u pab na piće morati da bude dovoljan. Kad sam otišla na posao, kazala mi je da pomenem piće Džejku i „nekim od drugih kolega". Pitala sam kako li je ona zamišljala to, da li je mislila da tamo radi mnogo ljudi koji žele da se druže nakon posla. Kad sam rekla da ne mogu da uradim to, zakolutala je očima i rekla da prepustim sve njoj. I verovala sam da će smisliti nešto. Bila je devojka koja ume da organizuje stvari.

Pojavila se kasnije tog dana, i nije bilo mnogo gužve dok smo ćaskale kraj moje kase. A kad je Džejk prošao kraj nas, nakašljala sam se da joj ukažem kako je to on, osoba o kojoj sam neprestano govorila. Ali nisam morala ništa da govorim, jer su se pogledali i oboje su se osmehnuli.

– Džema Keršo? – pitao je, glave nagnute u stranu.

– Džejk Berton!

Približio se i izgledalo je kao da će se zagrliti, ali nisu i bilo je malo neprijatno.

– Džes – kazala je Džema, okrećući se ka meni. – Sećaš li se Džejka? Iz škole?

Iz škole? Zavrtelo mi se u glavi. To nije u redu. Ja sam bila ta koja je poznavala Džejka, i trebalo je da ga upoznam sa svojom prijateljicom. Bili smo pedeset kilometara od mesta gde smo Džema i ja išle u školu. Kako je i Džejk išao tamo?

– Potpuno sam zaboravila da si se preselio ovamo – rekla je Džema. – Sećaš se Džes, zar ne?

Džejk i ja smo se, napokon, pogledali u oči. – Nisam je se setio – rekao je, a onda je pogledao u pod, kao da je kazao nešto čega se stidi. – Ali malo smo se upoznali dosad.

– Slušaj, večeras idemo na piće. Hoćeš li da dođeš? Povedi neke prijatelje, ako želiš.

– Kul. Daću ti svoj broj.

Izvadio je ofucanu cedulju iz džepa, a ja sam mu dala olovku, i kad ju je uzimao od mene dodirnuo mi je prste i osetila sam jezu i zapitala sam se da li je i on osetio nešto. Dao je ceduljicu Džemi i nestao. Dok se udaljavao, Džema i ja smo razrogačile oči, a kad je otišao, prasnule smo u smeh.

– Ne mogu da poverujem da si došla na faks i zaljubila se u tipa s kojim smo išle u školu godinama!

Pokušavala sam da se setim da li mi je izgledao poznato, sad kad sam znala sve. Džemin brat je izgleda igrao fudbal sa skoro svima, tako da je Džema poznavala više ljudi nego ja.

– Šta se dogodilo? Njegovi su se preselili ovamo? – I dalje sam pokušavala da shvatim.

– Da, nakon mature, mislim. Tata mu je dobio nov posao ili tako nešto. – Zastala je, pa nastavila. – Znaš, poljubila sam ga jednom, na nekoj žurki.

Nisam ništa rekla, ali bila sam skrhana. Osećala sam se gotovo kao da sam ga otkrila, kao da je uvek stajao među limenkama supe u tom supermarketu, kao da nikad nije bio dečak, niti tinejdžer koji ljubi devojke na žurkama. Bilo je toliko toga što me je zanimalo, ali nisam znala kako da pitam. Kao, da li se dobro ljubi ili zašto nikad nisam čula za njega.

Idi, sigurna sam da ovde ima stvari koje su ti neprijatne. Zamišljanje kako tvoj tata ljubi Džemu, na primer. Razmišljanje o tome kako smo bili mladi, ranjivi i romantični. Pokušaj da preguraš to, i nastavi da čitaš. Važno je.

Kad sam završila smenu, pohitala sam u svoju sobu da se spremim. Džema je bila u kuhinji koju sam delila sa sedam drugih devojaka, i pila je čaj sa dve od njih. Pozvala je i njih na piće. Osetila sam tremu. Bilo je sasvim moguće da Džejk i ja ne progovorimo te večeri, ili da on ne dođe, ali nekako sam znala da neće biti tako. Već sam odlučila šta ću da obučem, odabrala sam omiljene farmerke i crnu majicu za koju mi je Džema uvek govorila da mi dobro stoji. Imala je tanke bretele i bila je svilenkasta, a neki drugi momak na nekoj drugoj žurki rekao mi je da izgledam seksi u njoj, i zbog toga sam se osećala seksi. Osećala sam se kao neko drugi.

Obukla sam se prerano, i četkala dugu, tamnu kosu dok nije zasijala. Malo sam se našminkala i skinula šminku, misleći da je to preterano, i ponovo se našminkala, pažljivije i skromnije drugi put. Sve vreme smo se Džema i ja šalile i smejale, i pokazala mi je poruke koje su ona i Džejk poslali jedno drugom tog dana. Potvrdio je dolazak. Povešće prijatelja. Džema je kazala kako se nada da je taj prijatelj seksi.

Dogovorila je sastanak u osam. U pola osam obavila sam debeo šal oko vrata, obukla kaput i obula čizme. A onda sam otišla pešice do paba, držeći Džemu podruku, osećajući se kao da idem prema novom početku. Ili sad mislim tako, znajući šta sam uradila? Pretpostavljam da nije važno.

Džema je bila odevena u crvenu haljinu koja joj je isticala kukove i sise, a i jedno i drugo je bilo bujno, ali ne preveliko. Stavila je jarkocrven karmin, i imala je mrlju na zubima, a ja joj nisam rekla, ne znam zašto. Izgledala je tako glamurozno, i stalno sam mislila o onom što je rekla, o tome kako je jednom poljubila Džejka na nekoj žurki, i nisam mogla da podnesem pomisao da bi to moglo da se ponovi. Ali ona nije bila zainteresovana za njega. Imala je te zime momka po imenu Mark, koji je studirao mašinstvo. Pušio je mnogo trave i vodio ju je u barove u susednom gradu, i spavali su zajedno. Mnogo je pričala o seksu... koliko često, koliko dugo i koliko mu je veliki.

Nikad nisam imala seks. Bilo je prilike nekoliko puta, ali nikad mi nekako nije delovalo ispravno. Bojala sam se toga, da budem iskrena. Izgledalo mi je kao neka linija nakon čijeg prelaska nema povratka. A jeste bilo tako, naravno. Bila sam nekako zaglavljena. Očajnički sam želela da budem odraslija, ali užasavala sam se toga. Nisam bila spremna za pravi posao ili odgovornost. I seks sam povezala s tim, kao još jednu stvar koju odrasli rade. Nešto što ću i ja raditi jednog dana.

Džema i ja smo popile po dva pića dok smo se spremale. Volela sam prijatan osećaj koji mi je alkohol pružao. Na pola prve boce piva počela sam da se opuštam, osetila sam kako mi samopouzdanje raste. Džema je izvadila bocu votke iz torbe i dodala mi je, podignutih obrva, ali odmahnula sam glavom. Nekoliko puta, dok smo bile u školi, zaletela sam se i umesto da budem simpatična i vesela, postala sam neraspoložena i pijana pre nego što smo stigli na žurku ili u pab. Želela sam da te večeri budem opreznija.

Kad smo stigle u pab, Džema je pogledom potražila Džejka, ali znala sam da nije tu. Mogla sam da osetim to. I osetila sam kad je ušao. Naježila sam se. Pitam se da li ćeš se smejati ovom; da li ćeš misliti da izmišljam. Kunem ti se da ne izmišljam. Nismo razgovarali veoma dugo. Džema je razgovarala s njim i očijukala s njegovim prijateljem, a ja sam samo stajala tamo, osećajući se glupo. Džejk i ja smo razmenjivali bezglasne osmehe. A dva sata kasnije, izašla sam napolje na čist vazduh, a alkohol je sprečavao da mi bude hladno. Naslonila sam se na fasadu paba, osećajući kako mi teku suze. Stvarno sam se nadala da će se nešto dogoditi. Džema me je naložila, a ja sam bila glupa i poverovala u to.

Zatreptala sam da oteram suze i izbrojala do deset. Rekla sam sebi da ću se vratiti unutra i nastaviti da se pretvaram kako je sve u redu. Ali napravila sam svega nekoliko koraka, jer vrata su se otvorila i Džejk je izašao. Nadala sam se da će mi prići i da neće. Na trenutak sam pomislila da ću povratiti, a onda sam ponovo bila dobro.

– Džes – rekao je mirnim glasom, gledajući me u oči.

Išao je prema meni i nije se zaustavio kad sam očekivala to, nije se zaustavio dok mi nije prišao sasvim blizu. Zapitala sam se da li je previše popio, da li je to mogao da sakrije u glasu ali nije mogao da kontroliše svoje pokrete. Kazala sam mu zdravo, promuklim glasom.

Na trenutak smo samo gledali jedno drugo, i mislila sam da će me poljubiti. Spremila sam se, obliznula usne, a onda me nije poljubio i osećala sam se glupo i razočarano i iznenada mi je postalo hladno. Zadrhtala sam. Pitao me je ko sam *i kad sam mu rekla da ne znam na šta misli, prišao mi je još bliže i rekao da ne zna ništa o meni. Bila sam zbunjena. Počela sam da mu pričam o studijama, o svojoj studentskoj sobi.*

A onda me je poljubio, i nisam bila spremna, i mada sam dugo razmišljala o tome i bilo je divno, nisam mogla da prestanem da mislim o tome kako je on ljubio Džemu, u nekom drugom dvorištu, na nekoj drugoj žurki. Zagrlio me je, obavio je svojim kaputom oboje.

Mada sam bila toliko sigurna u vezi s njim, taj poljubac nije izgledao kao početak nečeg, kao da će dovesti do svega ovog, do tebe. Možda jer se nisam usudila da verujem. To je bio samo poljubac, pod dejstvom alkohola, stalno sam govorila sebi. To nije bila veza, nije bio izlazak. To smo uradili da prekratimo vreme. Napili smo se i poljubili, jer nismo imali šta drugo da radimo. I bili smo tinejdžeri, prepuni hormona. To je bio samo poljubac.

Želela sam da znaš kako sam upoznala tvog tatu. Sreli smo se u supermarketu, pa onda u pabu.

Volim te,
mama

3.

Džes je sutradan bila u dnevnoj sobi sa Idi kad je čula mamin ključ u bravi. Ležale su na leđima na šarenom prekrivaču za igranje koji je Džema kupila kad se Idi rodila. Džes je pružala stvari ćerki, gledala je da li će ih ova uzeti. Idi je mahala ručicama. Džes je skupila snagu. Čula je kako mama ulazi, čula ju je kako otkopčava jaknu. Svakog časa će ući u sobu.

– Vratila sam se – kazala je Kerolajn. – Kako ste vas dve?

Džes se uspravila i podigla Idi. Morala je da drži Idi kraj sebe, mislila je. Idi joj je nekako pružala zaštitu.

– Moram da razgovaram s tobom o nečemu. Da skuvam čaj?

Otišle su u kuhinju, i Džesina mama, Kerolajn, stalno je postavljala pitanja.

– Da li nešto nije u redu sa Idi?

Džesi se zaustavila. *Makar nije Idi*, pomislila je. Makar nije moja beba. Ali ona je bila mamina beba. Zar nije mama uvek govorila, kad je Džes imala tri, četrnaest i dvadeset godina, da će joj uvek biti beba? Tako to izgleda kad imaš decu.

Džes je uključila ketler i uzela šolje iz kredenca jednom rukom, držeći Idi drugom. Postajala je sve bolja u tome, ali mama je ipak ispružila ruke, i Džes joj je dala Idi.

– Idi je dobro. Sačekaj malo.

Kad je čaj spremljen, Džes je izvadila pakovanje keksa iz kredenca, a ona i mama su sele, nije više mogla da odlaže.

– Juče sam išla u bolnicu – kazala je.

– Mislila sam da ideš u kupovinu – prekinula ju je mama.

– Znam. Nisam htela da ti kažem, za slučaj da nije ništa. Ali nije bilo tako. I sad moram da ti kažem.

Kerolajn je prekrila usta rukama, i Džes je na tren osetila kao da nije u toj sobi već malo iznad nje, posmatra to, i mislila je kako njena mama reaguje na loše vesti kao ljudi u filmovima ili na televiziji. I zapitala se kako je moguće da je to njen život, njihovi životi, i kako je moguće da će vest koju će saopštiti potpuno uništiti ovu prijatnu, mirnu porodičnu atmosferu i rasturiti sve.

– Imam rak dojke – kazala je Džes. Te reči su bile zbrzane i nadala se da ih je majka pravilno čula, nadala se da neće morati da ih ponovi.

– Rak dojke? – ponovila je mama, a Džes je klimnula glavom. – Ali imaš dvadeset jednu godinu!

Džes je zatvorila oči na tren. Želela je da kaže kako nije korisno to što je podseća na godine, da nije korisno to što ne veruje u ono što joj je upravo rečeno. Ali nije imala snage. Njena mama je oduvek bila takva. Kad je rekla mami da je trudna, da će se ispisati s fakulteta da bi se porodila, bila je takva. A tad je vest imala veze s novim životom, ne s bolešću. Nimalo nalik ovom.

– Džesika, da li je to istina?

Džes je klimnula glavom, a kad je mama ustala, pomislila je da će je zagrliti, ali samo joj je vratila Idi. Džes ju je uzela. Bila je napola usnula, omamljena, i pobunila se zbog neprijatnosti, dok ju je jedna osoba dodavala drugoj, tiho zacvilevši. Džes je pogledala svoju ćerku i obećala joj je, u sebi, da se nikad neće ponašati ovako. Ako bude dovoljno srećna da doživi da Idi odraste, a Idi joj kaže nešto ovakvo, ona će biti smirena i pružiti joj podršku i ljubav.

– Koliko znaš? Kad počinje terapija? – pitala je Kerolajn.

Sela je sad kad nije morala da drži Idi, i izgledala je kao da ima na stotine ovakvih pitanja navrh jezika. I plakala je. I Džes je shvatila da ona nije toliko plakala. Ali činilo joj se da bi uskoro mogla.

– Ne znam ništa, mama. Bila sam u šoku.

– Ali nisi pitala?

– Ne, nisam pitala. Bila sam sama, sa Idi, i to je bio užasan šok. Nisam mogla da podnesem to. Čak ni sad ne znam šta bih pitala.

Usledila je duga tišina, i Džes je osećala majčino neodobravanje. Želela je da zamoli mamu da je zagrli. Da joj kaže kako će sve biti u redu. Da joj kaže kako će joj pomoći da pregura to. Ali Kerolajn je ponovo ustala i počela da hoda po sobi.

– Moja tetka je imala rak dojke, sećaš li se? Peni. Živela je blizu škole. Jednom smo joj odneli paprikaš, kad je bila u bolnici.

Džes se nije sećala, ali mislila je kako nije bilo razloga da se priča o tome. Kad se njena mama ovako zakači za nešto, često nije mogla da se zaustavi.

– Umrla je – kazala je tiho Kerolajn.

I iznenada, Džes nije mogla da podnese. Morala je da izađe iz kuće, da se udalji od ovih zidova koji su je pritiskali. Morala je da izađe na svež vazduh i bude sama.

– Odvešću Idi u šetnju – rekla je.

Ako je njena mama čula kako joj glas podrhtava, nije ništa rekla.

– Hoćeš li da pođem s tobom? – pitala je.

Džes je odmahnula glavom. – Dobro sam – rekla je.

Potrajalo je dok se njih dve nisu spremile. Džes je obukla jaknu i šal, i odenula je Idi u odelce za sneg. Nikad ga ranije nije nosila i bilo joj je preveliko, njeni udovi nisu dopirali do kraja rukava i nogavica. Džes je položila ćerku u kolica i prekrila je ćebetom. Sagnula se da poljubi Idi, i suza joj je pala s lica na ćerkino, i znala je da mora da izađe brzo, jer se rasplakala. Nije želela da je majka vidi svu skrhanu.

Džes je otvorila vrata i čula je kako joj mama nešto govori, ali izgurala je kolica napolje i zatvorila vrata za sobom, bez osvrtanja. Suze su sada tekle brzo, i pohitala je do kraja ulice, usporivši korak tek kad je znala da je previše odmakla da bi majka pošla za njom. Setila se nečeg, imala je šest ili sedam godina, kad je ležala s mamom na kauču i gledala kviz koji su obe volele. Mama je glasno govorila odgovore, a Džes nije znala nijedan, ali sviđala joj se voditeljka, koja je uvek nosila svetlucave haljine i imala je najlepšu kovrdžavu kosu koju je Džes ikad videla. Postojala je neka krilatica iz te emisije, nešto o tome kako treba iskoristiti priliku, i Džes je ponekad vikala to sa sprata, kad je trebalo da spava, a mama bi došla gore da joj kaže da se vrati u krevet, ali smejala se, i uvek bi se dodatno grlile.

Idi je spavala. Nežno kretanje kolica ju je smirivalo. Bila je dobra beba, pomislila je Džes, mada nije imala s kim da je uporedi. Bila je vesela, mila. Džes je razmišljala da je ne rodi. Imala je dvadeset godina, bila je na drugoj godini fakulteta i neočekivano je zatrudnela. Razmišljala je o prekidu trudnoće. Znala je druge devojke koje su uradile to, znala je za tu mogućnost. Nije mislila da je to pogrešno. Ali nekako je znala da ne želi to. Nije planirala trudnoću, ali ona se dogodila i odlučila je da prihvati to.

Džes je podigla glavu. Jedva je primećivala kuda idu, povremeno se zaustavljala da pažljivo pređe ulicu, išla je levo ili desno, bez mnogo razmišljanja. Bila je blizu svoje stare osnovne škole. Jedan od prozora bio je prekriven crvenim i zelenim otiscima dlanova. Za nekoliko godina, Idi će biti u jednoj od tih učionica, učiće slova i brojeve. Džes ju je pogledala, njeno mirno usnulo lice bilo je jedino što se videlo, i pokušala je da je zamisli kao četvorogodišnjakinju. Džes se nejasno sećala prvog dana škole. Mama je uvek govorila da je to nemoguće, ali sećala se. Setila se kako je stajala na igralištu u dokolenicama koje su joj spadale niz noge i stalno se saginjala da ih podigne. Kako će Idi izgledati, u sivoj suknji i dokolenicama? I da li će Džes biti tu da vidi to?

Džes je stalno mislila na Džejka. U prvim danima trudnoće usudila se da zamisli njih dvoje kako to rade zajedno, ali nije ispalo tako. Setila se kako je došla kući tog vikenda, rekla mami, a mama je rekla da će njih dve gajiti dete i da im muškarci nisu potrebni. Džes je ponekad gledala Idino lice i tražila sličnost sa Džejkom. Imala je njegove tamne oči i oblik brade, i Džes se neprestano čudila činjenici da su stvorili ljudsko biće, nesvesno, tokom tih dugih dana i noći koje su zajedno proveli u krevetu. Kako je Idi nasledila njene i njegove osobine, kako je bila njihova.

Otišla je nakon velike svađe sa Džejkom oko zajedničke budućnosti. Nijedno od njih nije planiralo ovo, ali dok je ona brzo prihvatila tu ideju, on ju je odbio. Možda nije mogao da je prihvati. Sigurno nije želeo da je prihvati. A ona je bila tako besna – sav strah da će ga izgubiti pretvorio se u bes – i rekla je stvari koje nije mogla da prećuti i prekinula je svaki kontakt. I sad je on putovao po zemlji, trudeći se da započne muzičku karijeru, trudeći se da ostavi svoj trag. Kako je mogla da ga prekine ovakvim vestima? *Imam rak.* Nije mogla. Nije htela. A opet...

Idi je šmrcnula i probudila se, baš kad su prolazili pored parka, a sprave su bile mokre od noćašnje kiše. Džes nikad nije stavila Idi na ljuljašku, nikad je nije držala za ruku dok se spušta toboganom. *Kad sve to počinje?*, pitala se. Kad mogu da sede, kad mogu da puze ili hodaju? Pitala je mamu, ponekad, o takvim stvarima, a Kerolajn bi odmahnula rukom i rekla kako se ne seća. Pitaće patronažnu sestru, pomislila je, sledeći put kad svrati kod Idi. Pitaće je koliko dugo treba da čeka pre nego što može da stavi ćerku na ljuljašku.

Džes je krenula kući kad je Idi počela da plače. Bila je gladna, a Džes nije želela da sedi i hrani je na mokroj klupi. Kako je Idin plač postajao žešći i glasniji, Džes je gurala kolica brže. Prošle su kraj crkve, pored kineskog restorana i onda supermarketa. Bile su na pet minuta od kuće, i Idi je sad zavijala, i tek tad je Džes primetila da je prestala da plače. Prinela je ruku licu, pitajući se da li je crveno i naduveno. Čim su ušle u toplinu kuće, Džes je počela da svlači sebe i bebu, znajući da će se Idi smiriti čim je stavi na grudi. Ali pre nego što je stigla da uradi to, Kerolajn je uletela u hodnik, pružajući ruke da uzme Idi.

– De, de, dušo. Šta je bilo, ha? – Kerolajn je privila Idi uza se, a Idi je okrenula glavu, udarajući glavom u Kerolajnine grudi.

– Daj mi je, mama. Gladna je.

Kerolajn je dodala Idi, sa uvređenim izrazom lica. – Volela bih da mi dozvoliš da je ponekad nahranim. To bi ti dalo vremena da se odmoriš.

– Kako da je ti hraniš kad još sisa? – Džes je zazvučala oštrije nego što je nameravala.

Kerolajn je podigla ruke i vratila se u kuhinju, a Džes je čula zvuk ključanja vode u ketleru. Privila je Idi na grudi i prošla kroz dnevnu sobu, da sedne u fotelju. Bila je skrhana. Dojila je Idi triput noćas, a između podoja je ležala budna, pitajući se šta sve ovo znači, šta treba da uradi.

Kad je Kerolajn ušla u dnevnu sobu s dve šolje čaja, Džes joj se osmehnula.

– Izvini – kazala je. – Sva se uznemirila i to me je iznerviralo.

– Dušo, hoćemo li se pretvarati da se ništa od ovog nije dogodilo?

– Ništa od čega? – pitala je Džes, trudeći se da zvuči smireno.

– Rak!

– Ne pretvaram se. I dalje moram da se brinem za bebu, zar ne? Kerolajn je odmahnula glavom, kao da to nije istina.

– Razmišljam da pozovem Džejka – kazala je Džes. I onda nije bila sigurna da li je to rekla da iznervira majku ili jer je bilo istina. Kerolajn je uzdahnula. – Zašto bi, zaboga, uradila to? Očigledno je dosad saznao da si se porodila, a nije se javio, zar ne? Ne mislim da će ti priskočiti u pomoć.

Džes je ćutala. Bilo je mnogo toga što njena mama nije znala. Nije mogla da zna. Način na koji ju je Džejk gledao kad su se budili zajedno, način na koji joj je dodirivao lice ili držao pramen njene kose s dva prsta, kao da proverava da li je prava. Način na koji ju je zasmejavao, pričao joj priče o svom detinjstvu. Način na koji je prodirao ispod svih slojeva i stvarno je razumeo, čak i kad je pokušavala da nešto sakrije od njega.

Tog dana kad je Idi rođena, Džes je očajnički želela da ga pozove, da mu pokaže, ali bila je iscrpljena od porođaja i zaspala je, a njena mama je sedela u uglu sobe, sa Idi u naručju, i kad se probudila to joj više nije izgledalo kao tako dobra ideja.

– Mislim da ću otići na sprat i odspavati s njom – kazala je Džes. – Nisam dobro spavala, a ona će zaspati nakon podoja.

– Dobro – rekla je Kerolajn.

Zvučala je gotovo utučeno i Džes je morala da spreči sebe da pita u čemu je problem. Znala je da je nervozna zbog malo sna, i potrudila se da se kontroliše. Gore je pomerila prekrivač i legla sa Idi, koja se najela i bila napola usnula. Džes ju je gledala, način na koji joj se lice grči i menja svakih nekoliko sekundi, sve dok i sama nije zaspala.

Probudila se zbog glasnog zvuka zvona i shvatila je da je to njen telefon. Uspela je da se javi pre nego što se Idi probudila.

– Halo? – gotovo je prošaptala.

– To sam ja – kazala je Džema. – Mogu li da dođem kasnije?

Džema je nedostajala Džes svakoga dana kad je bila na fakultetu. A kad se vratila, bez diplome i trudna, ponovo su počele da se druže.

Provodile su vikende i mnoge večeri zajedno. Samo bez alkohola, makar za Džes. Džema je samo slegnula ramenima kad joj je Džes rekla da je trudna, i Džes ju je volela zbog toga. Često je osećala da će poludeti bez Džeme.

– Da, dođi – kazala je. – Odmah nakon posla?

– Doneću picu.

Džes je prekinula vezu i pogledala na sat. Bilo je gotovo vreme ručku. Razmišljala je o nekim stvarima. O svojoj mami i tome da li će uskoro krenuti na posao. A onda je ponovo pomislila na Džejka, i iznenadila se, i proverila je ima li i dalje njegov broj telefona. A sve vreme je znala da ima.

4.

Draga Idi,

Želela sam da znaš za prvu pravu svađu koju sam imala s tvojim tatom. Važno je da vidiš stvari iz oba ugla. Ponekad naša ljubavna priča zvuči kao bajka, a i bila je takva, ponekad. Ali nije uvek. Šest meseci nakon tog prvog poljupca, bili smo praktično nerazdvojni. Uklapali smo pauze na poslu i stajali smo napolju, bez obzira na vreme, i ljubili se. Povremeno bi menadžer promolio glavu kroz vrata da nas ukori. Nije mogao ništa da uradi, ali očigledno je mislio kako je važno da pokaže svoj prezir.

Povremeno smo se svađali, ali samo oko gluposti. Koji film da gledamo ili na koga je red da plati piće. Nismo imali mnogo novca. On je radio u supermarketu puno radno vreme, ali to nije bilo dobro plaćeno. Mislila sam da je to samo privremeni posao. Naveo me je da pomislim da je tako. Mnogo je pričao o svojim velikim planovima da svira u nekom bendu i proputuje svet. Nismo razgovarali šta će se dogoditi kad završim fakultet. Bilo je leto i bili smo zaljubljeni i život je bio dobar.

Tvoj tata je svirao gitaru. Često ju je uzimao kad smo bili u kući u kojoj je živeo s roditeljima, dok smo sedeli u njegovoj sobi. Pevao mi je pesme bendova Kjur i INXS. Mislila sam da je talentovan. Imao je nežan glas, ali bilo je nečeg ispod toga, nečeg sirovog i grubog, i to se moglo razaznati kad peva. Glas mu je bio drugačiji od ostalih koje sam čula. Mislila sam da će uspeti. Pitala sam ga da li je pokušao da piše pesme, a on nije hteo da priča o tome. Samo je govorio o snimanju albuma, pronalaženju basiste i bubnjara i iznajmljivanju tonskog studija.

Jednog popodneva, kad sam završila predavanja za taj dan, a tvoj tata je bio na poslu, lutala sam po gradu. Mislila sam da mu kupim nešto, ali imala sam svega nekoliko funti i nisam znala kako da kupim išta vredno. Prolazila sam pored biblioteke kad sam videla obaveštenje u izlogu. Lokalni bend je tražio gitaristu i pevača. Naveli su bendove na koje se ugledaju, bendove koje sam slušala u sobi tvog tate, imena koja sam videla na posterima na njegovom zidu. To je bilo savršeno. To nije bio pravi poklon, ali iskreno sam verovala da bi to mogao da bude početak njegove karijere, i bila sam tako ponosna što sam ga videla. Izvadila sam svesku i olovku iz torbe i zapisala sve pojedinosti. Pogledala sam na sat. Imala sam još dva sata do kraja smene tvog tate. Nisam otišla kući. Samo sam se besicljno šetala, obilazila prodavnice, jedva čekajući da mu saopštim vest.

Kad je ostao samo sat i po do početka pauze, ušla sam u supermarket. Dan je bio topao, bez vetra, i kosa mi je bila oznojena na potiljku, kad sam stigla tamo. Podigla sam je obema rukama i pustila da padne. Parking je bio ograđen zidom, i sela sam na njega. Izvadila sam knjigu iz torbe. Neku Dikensovu. Imala sam seminar o njemu sutradan, a trebalo je da pročitam još dvesta stranica. Išlo je sporo. Zastajala sam nakon svakih nekoliko stranica i gledala na sat. Htela sam da mu kažem za taj bend, ali želela sam i da ga vidim. Htela sam da me zagrli, da spoji prste na mojim krstima.

A onda, konačno, izašao je, trudeći se da se navikne na jako sunce. Skočila sam i mahnula mu, i on se polako osmehnuo, i to je bilo dovoljno da mi kaže kako mu je drago što me vidi. Kad je stigao do mene rekla sam mu sve u jednom dahu. Plesala sam oko njega, približavala lice njegovom, čekajući poljubac.

– Sačekaj malo! – rekao je, i glas mu je bio oštar kao nikad pre, i prestala sam da se pomeram, ali sam ostala blizu njega.

Odmah se izvinio, ali ponovio je da mu treba malo vremena, da je upravo izašao s posla. Kazala sam da sam samo uzbuđena zbog njega, i čula sam kako zvučim kenjkavo. Osetila sam se mlado, i glupavo. Da li je trebalo da ignorišem to, ili da dignem galamu i odjurim? Osećala sam kako sam na ivici suza i nisam uradila ništa da ih zaustavim. Pogledala sam ga, kako bih se uverila da je video šta je uradio. Pogledao me je u oči na tren. Rekao je da mu je žao, i da ne bi trebalo da plačem.

Zagrlio me je, i opirala sam se nekoliko trenutaka pre nego što sam dozvolila svom telu da uradi to što želi. Zatim je izvadio kutiju cigareta iz torbe, zapalio jednu i ponudio mi kutiju. Odmahnula sam glavom. Počela sam da pušim, pomalo, kad sam s njim. To je bilo nešto što smo radili zajedno. Bila je to naša stvar. Glupo, znam. Preklinjao me je da kažem nešto. Ali nisam znala šta da kažem.

Rekla sam kako moram da idem kući. Bacio je cigaretu na zemlju i zgnječio ju je petom svoje crne čizme. I miris je bio jači, iznenada, i bilo mi je vruće, i samo sam želela da odem.

Nije me sprečavao. Pitala sam se u tom trenutku da li će slegnuti ramenima i dozvoliti mi da odem, ali odveo me je do svojih kola, kao i uvek. Volela sam da gledam kako vozi. Volela sam kako mu se mišići na ruci pomeraju kad menja brzine, kako gleda u retrovizor pre nego što se zaustavi ili promeni kolovoznu traku. Često smo uključivali radio i zajedno pevali, ali ne i tog dana. Nismo razgovarali, a kad se zaustavio ispred mog studentskog doma, krenula sam da otkopčam pojas, a on me je dodirnuo po ruci.

– Žao mi je – rekao je.

Rekla sam da znam. Znala sam. Verovala sam mu. Kad sam ušla u zajedničku kuhinju, moja prijateljica Kiša stajala je kraj sudopere puneći ketler, i okrenula se i pitala šta nije u redu. Volela sam to što je odmah znala, ali nisam želela da pričam o tome, i kazala sam kako nije ništa i otišla sam u svoju sobu da čitam. Ležala sam na krevetu dva sata, trudeći se da se usredsredim na tekst ispred sebe, trudeći se da ne tugujem.

Bila sam mlada, volela sam ga, i naredne noći, otišla sam ponovo da ga sačekam posle posla i pretvarali smo se da se ništa nije dogodilo. Kad me je poljubio, to nije izgledalo kao obično. Bio je pažljiv, shvatila sam. I to je bilo dovoljno da me navede da mu oprostim. Odveo me je do svoje kuće i skuvao mi je čaj. Kad smo proveli neko vreme u njegovoj sobi, uzeo je gitaru. Pitala sam ga da li je zvao momke iz benda. Ostavila sam mu juče ceduljicu s podacima na suvozačkom sedištu.

Malo je svirao, a onda je prestao i pogledao me je. Rekao je da nije. Kad sam ga pitala zašto, kazao je da to nije njegov fazon. Ostala sam bez teksta. To je upravo bio njegov fazon. Prava vrsta muzike, prava uloga u bendu. U čemu je bio problem? Osim ako nije stvarno želeo stvari o kojima je govorio. Osim ako se nije bojao da nije dovoljno dobar. Osim ako nije nameravao da zauvek ostane u supermarketu, pretvarajući se kako namerava da uradi nešto od svog života, ali nikad ne radi to.

Nisam rekla sve te stvari. Samo sam rekla kako mislim da se boji. Gledala sam kako mu lice postaje ljutito, ali nije ništa rekao, oćutao je. Rekao mi je da ne želi da priča o tome i kako bi trebalo da idem.

Prethodnog dana sam ja bila ta koja je mogla da stavi tačku na našu vezu. Ja sam imala kontrolu. Tog dana je on mene zamolio da odem. Osetila sam kako crvenim, i htela sam da povučem svoje reči. I uradila bih to da sam mogla. Više sam želela, u tom trenutku, da budem u toj sobi s njim nego što sam želela da ga izazivam. Pokušala sam da kažem kako to nije važno, kako mi je žao, ali nešto se zatvorilo u njemu i nije me slušao.

Uvek me je vozio kući, ali tog dana se nije ponudio, nije ustao da me isprati. Tiho sam zatvorila vrata njegove spavaće sobe, strčala niza stepenice i otišla. Glasno sam plakala sve do kuće, ne mareći kako izgledam niti ko će me videti.

Dotad smo već imali seks. Znam, znam. Ne želiš da znaš pojedinosti, tako da ih neću iznositi. Ali važno je da razumeš zašto sam bila toliko uznemirena. Spavali smo zajedno, i mislila sam da je on pravi za mene, a tog dana sam se uplašila da sam pogrešno shvatila, da sam izgubila nevinost s nekim ko ne mari za mene. I zato sam plakala, i napola hodala, napola trčala do kuće, gde sam se zatvorila u sobu i još plakala.

Te noći sam pozvala mamu i ispričala joj kako mislim da je gotovo sa Džejkom, i da mi je srce slomljeno, i ona me je slušala. Kazala je da ta prva ljubav nije uvek prava i ispričala mi je priču, koju nisam ranije čula, o muškarcu koga je poznavala pre nego što je srela mog tatu. A onda je frknula i kazala kako ni moj tata nije bio pravi, očigledno. Bilo je neobično čuti je kako priča tako, baš kao što je tebi čudno što čitaš o mojim tinejdžerskim godinama. Ali zbog toga sam bila još sigurnija da je sve gotovo. Možda će sledeći muškarac biti onaj pravi. Druga sreća.

Džejk se nije javio sutradan. Otišla sam na faks i vratila se kući i pokušala da pročitam ono što sam propustila jer sam provodila slobodno vreme s njim. Kad mi se javio, prekosutra, gotovo sam prestala da verujem u to. Ali kad sam mu čula glas, uzbudila sam se i nisam mogla da govorim. Morala sam da podsetim sebe da dišem. To je posledica ljubavi. Moraš da zapamtiš da dišeš. Rekao je da mu je žao, i da me voli i pitao je možemo li da zaboravimo to.

Nisam bila sigurna, i rekla sam mu to. Sateran u ćošak, objasnio mi je. Bojao se da pokuša ono što je želeo. Bojao se da previše želi muzičku karijeru, i da je nikad neće imati, i ponekad mu je bilo lakše da ne pokušava.

Obrlatio me je. Mislim da sam znala da hoće, da ću mu dozvoliti. Već sam ga volela, znaš. Već me je pridobio. Kad sam rekla mami da smo i dalje zajedno, zvučala je zabrinuto, ali kazala je da treba da radim ono što me čini srećnom, i da će uvek biti tu za mene ako stvari krenu loše. Znala sam na osnovu toga kako misli da grešim. Ali to je bio moj život, i morala sam da donesem odluke, iako nisu bile prave.

Stvari su ponovo bile kao pre, vrlo brzo, i nismo više pričali o tome. A kad se nešto slično pojavljivalo kasnije, jednostavno *nisam to pominjala. Pustila sam ga da radi šta želi. Što je značilo da mu se život vrlo malo promenio tokom sledeće godine. Ostao je u supermarketu iako sam ja mislila da bi trebalo da proba nešto veće i bolje. Ostao je i nisam ga forsirala.*

Želela sam da znaš za našu prvu svađu. Bila je bolna i brzo se završila. To nije bio kraj sveta. To nije bio naš kraj.

S ljubavlju,
mama

5.

Zvono na vratima oglasilo se malo posle šest. Džes je bila na spratu, kupala je Idi, baš kao i uvek u to vreme. Na svojoj koži je iskusila koliko je kolotečina važna, i sad je vreme između šest i sedam bilo ispunjeno kupanjem, maženjem i pričama. Minut kasnije, Džema je ušla na vrata. Sagnula se iznad kade i uputila Idi neverovatno širok osmeh, zaranjajući šake u mlaku vodu i golicajući je po stomaku. Džes je volela što Džema prvo pozdravlja Idi. Volela je što je Džema onda sela na pod i zagrlila Džes. – Možeš li da mi dodaš taj peškir? – pitala je Džes, pokazujući glavom ka radijatoru.

Podigla je Idi i spustila je na topao peškir koji je Džema prostrla po podu. Umotala ju je. A onda ju je podigla i odnela do svoje spavaće sobe, gde su bile pelene i nove benkice i pidžamice. Džema se bacila na Džesin krevet i kosa joj se rasula oko glave.

– Mrtva sam umorna.

Džes je gotovo rekla kako Džema ne zna šta je umor, da je ona mislila da zna pre nego što je rodila Idi, ali sad je svakodnevno doživljavala nov nivo umora. Ali ugrizla se za jezik. To nije bilo pošteno, i znala je da njena prijateljica nije mislila ništa loše.

– Posao?

Džema je radila u najboljem baru u gradu, što nije bilo nešto posebno.

– Da, imali smo tu veliku poslovnu zabavu, i bili su pravi kreteni. Svaki od njih je želeo drugi koktel svaki put i bili su mrtvi pijani do tri sata, a pretvarali su se da nisu, jer su morali da se vrate na posao. A prilično sam sigurna da su se dvoje ili drogirali ili imali seks u toaletu.

Džes se nasmejala. – Kako znaš?

– Bili su tako potuljeni. Stalno su se iskradali zajedno. A mislim da mu je ona i šefica.

– Bruka. – Džes je uživala u Džeminim pričama. Znala je da je polovina izmišljena, da je to nešto što je Džema radila da bi lakše pregurala duge smene, i nije marila. Njen svet je bio tako mali i uživala je što se tako proširivao.

Džes je ugurala Idine male udove u odelce i onda se naslonila na jastuke i počela da doji ćerku.

Džema je legla na stomak. – Unapređena sam u pomoćnicu menadžera, jer Karli ide na trudničko, što znači više novca za isti posao.

– To je sjajno! – Džes se nadala da joj reči ne zvuče šuplje. Stvarno se trudila da tako misli. Ponekad joj je bilo neverovatno teško da gleda svoje vršnjake kako žive svoj živote, dok je ona zaglavljena u nekoj vrsti čistilišta. Kod kuće s bebom. S nedovršenim fakultetom. Mislila je da će da diplomira kasnije, a onda odluči šta će dalje. Ali sad, čitava budućnost joj je bila nepoznata, i nije mogla da misli predugo o tome a da se ne rasplače.

Malo kasnije, kad joj je mama otišla u književni klub, Džes i Džema su sišle dole u dnevnu sobu, da pojedu picu. Idi je bila u svojoj korpi kraj Džesine fotelje. Očni kapci su joj stalno treperili i povremeno se trzala, ali je čvrsto spavala.

– Jesi li dobro? – pitala je Džema. – Izgledaš stvarno tužno.

Džes se osmehnula. Nije rekla svojoj prijateljici za rak. Nije rekla nikom osim mami. I ovo je možda savršen trenutak. Idi spava, mama je napolju, Džema je spremna da je sasluša. Ali Džes, nekako, nije mogla da nađe prave reči. I zato je rekla Džemi za drugu stvar koja je muči.

– Razmišljala sam o Džejku – kazala je.

Džema je podigla obrve, ćutke pozivajući Džes da nastavi.

– Mislila sam da je sjajan dok smo bili zajedno, i možda Idi zaslužuje da ima nekog osim mene...

– Nema samo tebe – prekinula ju je Džema. – Ima tvoju mamu. Ima mene. Nisi sama, znaš.

– Znam – rekla je Džes. – Nisam mislila tako. Znam da joj ne fali ljubav. Ali fali joj otac. A ja sam odrasla bez oca, manje-više, i znam taj osećaj. Da uvek čekaš da se pojavi ili da se sabere i zaključi kako želi da vidi svoje dete. To nije najlepši način odrastanja.

– Nisam znala da si se osećala tako. Nikad mi nisi rekla.

Džes je obrisala suze. – Pretpostavljam kako nikad nisam htela da zvuči kako mi mama nije dovoljna. Uradila je toliko toga za mene, mnogo se trudila. Ali želim više za Idi. Želim da ima oba roditelja.

Ili jednog, mislila je Džes. Makar jednog.

– I šta s tim? – pitala je Džema. – Javićeš mu se? Mislila sam da je sve gotovo kad si se vratila ovamo.

Džes je pružila ruku ka poslednjem komadu pice, baš kad je Idi počela da cmizdri. Talas iscrpljenosti ju je zapljusnuo. Bio je nemilosrdan, taj posao koji je obavljala. Idi je jela, pa spavala, pa opet jela. To je bilo dosadno, i tako zamorno. A ipak je bilo ključno. Bez nje, Idi ne bi mogla da preživi. Otac ne može da doji bebu, ali može da sluša dok mu govoriš kako misliš da ćeš poludeti. Može da drži bebu dok ti plačeš. I ako imaš rak, ako umreš, može da je odgaji.

Džes je spustila napola pojeden komad pice na tanjir. Podigla je Idi i držala je tako da su im se nosevi dodirivali. – Ponovo si gladna, devojčice? – Umorno je otkopčala grudnjak za dojilje i prinela je Idi do dojke. Sve to vreme, razmišljala je kako da odgovori na Džemino pitanje. Da li će se javiti Džejku? Da li je sve toliko konačno da ne može da se obnovi?

– Rekao je neke stvari koje ne mogu da zaboravim. Više ga je zanimala budućnost s bendom nego sa mnom i Idi.

– Moraš da se setiš da tad nije postojala Idi – kazala je Džema, mršteći se.

– Kako to misliš?

– Pa, sad je ona ova mala osoba i veliki je deo tvog života, ali tad je bila nepoznanica. Posebno za njega. Odrastala je u tvom telu, ali za njega je to bila apstraktna stvar. Samo mislim da bi mogao da se promeni, ako ga pustiš u svoj život. Da bi mogao da bude ono što želiš.

Džes je razmišljala o tome, ali nije ništa rekla. Džema je bila u pravu, ali nije mogla da zaboravi bol koji je osetila kad je ostala prepuštena sama sebi. Kad god zamisli Džejkovo lice, bila je besna.

A opet, često je mislila o njemu. Bilo je tu nedovršenog posla, čak i ako je u pitanju samo svađa koju treba dovršiti.

– Javiću mu se – rekla je. Osećala se dobro što je donela odluku.

– A onda ćemo videti.

Džesina mama se vratila kući kad je Džema odlazila, a kad je Džes zatvorila vrata, nakon što je mama ušla, a prijateljica izašla, iznenada je osetila umor. Kako je došlo do ovog? Osećala se kao da joj izmiče život koji je trebalo da ima.

– Gde je Idi? – pitala je Kerolajn.

– U korpi, u dnevnoj sobi. Zaspala je. Mislim da ću je odneti gore u krevet.

– Hoćeš li prvo da popiješ šolju čaja sa mnom?

Džes je poželela da odbije. Oči su je bolele, i verovatno je imala manje od dva sata pre nego što se Idi ponovo probudi, zahtevajući mleko. Ali nešto u maminom pogledu navelo ju je da klimne glavom. Da li je bila usamljena, pitala se Džes. Da li je bila usamljena one dve godine kad je Džes bila na fakultetu, i dolazila kući samo za raspust i poneki vikend? Mama joj je uvek bila tako samostalna, tako jaka, da Džes nikad nije razmišljala o tome.

Kerolajn je podgrejala vodu, a Džes je izvadila šolje iz kredenca. Kerolajn je izvadila dve vrećice čaja iz kutije, a Džes je otišla do frižidera po mleko. Koliko puta su izvele ovaj ritual tokom godina? Bilo je nečeg utešnog u tome, ali i nečeg pomalo tužnog. Koliko godina će nastaviti ovako, samo njih dve? A u nekom trenutku, hoće li Idi imati svoju ulogu u ovoj predstavi? Hoće li uvek biti samo njih tri, koje vole jedna drugu?

– Da li si htela da mi nešto kažeš? – upitala je Džes.

– Samo sam htela da se izvinim. Mislim da nisam dobro prihvatila tu priču s rakom. Bilo je tako neočekivano, i tako grozno, i nisam znala šta da radim.

– U redu je.

Džes je sedela na sofi, u dnevnoj sobi, a mama na fotelji, i želela je da su bliže jedna drugoj. Želela je da su majka i ćerka koje sede zajedno, jedna kraj druge, i miluju jedna drugoj kosu.

– Jesi li rekla Džemi? – pitala je Kerolajn.

– Nisam. Ne znam kako.

Džes je otpila malo čaja i nije podigla pogled. Nije mogla da pogleda majku u oči. Bila je na ivici suza, i znala je da joj neće biti potrebno mnogo da počne. Ako počne, nije znala kad će se zaustaviti. Osećala se kao da se, nekako, vratila u detinjstvo. Ovde, u majčinoj kući. Naterala je svoj glas da bude miran dok je menjala temu.

– Treba da kažem tati – rekla je.

Usledila je tišina, a kad je Džes podigla pogled, mama je izgledala uvređeno.

– Zaslužuje da zna...

– Nisam rekla da ne zaslužuje – brecnula se Kerolajn.

Uvek je bilo tako. Džes se nije sećala da su joj roditelji bili zajedno, i zato su uvek tu bile ona i mama, kod kuće, a njen tata na obodu stvari, samo je virio spolja. Bio je nezainteresovan čitavog njenog života, uključivao se samo kad ga je molila, nije prisustvovao mnogim proslavama rođendana, Božićima i roditeljskim sastancima. Džes se osećala iznevereno, ali nije mogla da natera sebe da prekine veze s njim. I eto, on je bio još jedna osoba kojoj treba reći. Još jedna osoba za koju se treba pobrinuti, koju treba skinuti sa spiska.

– Ne mislim da će se mnogo potresti – rekla je Džes.

Čim je to rekla, poželela je da povuče reči. Bilo je to glupo. Nije bio čudovište. Samo je bio nemaran. Sebičan. Bila mu je ćerka i imala je dvadeset jednu godinu, bila je mama, i imala je rak. Sigurno će se potresti. Iznenadila se kad se mama nije pobunila zbog tih reči.

– Poznaješ Tonija. – Kerolajnin glas je zvučao ogorčeno.

Kad je bila dete, Džes je žudela za tatom koji živi kod kuće i odlazi na posao i igra se s njom vikendom. Svi njeni prijatelji su imali takvog tatu, i izgledalo je nepravedno što ga ona nema. Njen tata je povremeno dolazio po nju i vodio ju je sa sobom, ali izgledalo je da nikad nije radio pravu stvar: vodio ju je u bioskop kad je dan bio vedar i sunčan i kad bi ona radije trčala po parku; vodio ju je u tematske parkove kad je ona bila suviše mala da uživa u mnogim atrakcijama. A tu su bila i otkazivanja, izneverena očekivanja. Često je stajala kraj vrata sa spakovanom torbom kad bi telefon zazvonio, a njoj se srce steglo. Čula bi majčine ukočene, brze odgovore i znala da on neće doći. Ne radi se o tome da je nastavio život, da je imao drugu porodicu. Uvek je živeo sâm. Džes nije bila zamenjena; bila je zaboravljena. Nije bila sigurna šta je gore.

– Jesi li ga ikad volela? – pitala je mamu.

To je zvučalo kao nešto što je verovatno pitala ranije, ali nije mogla da se seti.

– Nisam sigurna da je to bila ljubav – odgovorila je Kerolajn.

Džes je želela da, makar jednom, njena majka zaboravi na ogorčenost i kaže joj šta se stvarno dogodilo. Nikad nije želela da se Idi oseća tako, bez obzira na to šta se dogodi sa Džejkom. Ali Kerolajn nikad nije imala ništa lepo da kaže o Džesinom ocu, što nije imalo smisla. Sigurno je postojalo nešto zbog čega su se zbližili. Mora da su se makar svideli jedno drugom.

– Kaži mi – rekla je Džes, nadajući se da će njena majka shvatiti njenu potrebu, bez naglašavanja.

Kerolajn je pogledala u Džes, upitno. Obe su popile čaj. Idi je bila mirna, grudi su joj se dizale i spuštale u savršenom ritmu. I iznenada, Džes je poželela da nije to pitala. Da li je sad bilo prekasno da kaže kako se predomislila? Da podigne Idinu korpu i odnese je na sprat i nikad ne sazna celu priču? Jer šta ako je grozna? Ali ne, preteruje. Njena mama je dozvolila da tata bude prisutan u njenom životu sve ove godine, tako da sigurno nije sve bilo tako loše, šta god da se dogodilo među njima.

– Upoznala sam ga na fakultetu, znaš to – počela je Kerolajn.

Džes je klimnula glavom. Polovina nje je želela da majka nastavi, a polovina da ne nastavi.

– Na početku je jasno rekao kako ne želi vezu, ne želi da se ženi i ima decu. Znao je to. Ali bila sam naivna, i mislila sam da će se predomisliti kad sazri ili se zaljubi. I nastavili smo tako, povremeno, otprilike četiri godine. Stalno sam mislila da će se promeniti, iako mi je stalno govorio da neće. A onda sam saznala da ću roditi tebe, i rekla sam mu to, a on je kazao da mu je žao, ali to nije ono što je želeo, i da je uvek bio jasan u tome.

Džes se činilo kao da pričaju o nekom drugom, nekom dalekom, nekom iz neke knjige ili filma. Ne o njenoj majci. Ne o njoj.

– Da li je želeo da prekineš trudnoću? – pitala je Džes.

– Da, mislio je da je to najbolje rešenje. I razmišljala sam o tome. Čak sam i zakazala termin.

Džes nikad nije čula za to. Trudila se da se ne trgne, ali bilo je teško čuti da je moglo da je uopšte ne bude.

– Nisam mogla da uradim to. Nisam želela. Poštovao je moju odluku, rekao je da će on uraditi pravu stvar, u finansijskom smislu. Čak i tad sam mislila da će se predomisliti kad se rodiš. Kad budeš stvarna. Bebe su stvarne majkama od trenutka kad saznaju da su trudne, zar ne? Ali ne mislim da je tako za očeve. Ne mislim da oni to shvataju dok se beba ne rodi.

Kerolajn je podigla pogled i Džes je pokušala da pokaže kako je spremna da čuje to, ali mora da to nije dobro prenela.

– O, dušo, tako mi je žao. Ovo mora da ti je teško. Samo... izgledalo je kao da želiš da znaš.

– Želim, u redu je.

– Pa, nemam još mnogo šta da kažem. Rođena si i obavestila sam ga i došao je da te vidi, tri dana kasnije. Tri dana! Bila si njegova krv i meso, a nije potrčao da te vidi čim je čuo da si se rodila. Nikad to nisam razumela. Odmah sam se zaljubila u tebe, bila sam zaluđena, a kad se on pojavio, bilo mi ga je žao, iskreno. To što nikad neće upoznati ljubav koju smo nas dve već imale. Koju je bio suviše sebičan da pusti u svoj život.

Džes je razmišljala o sličnostima i razlikama između mamine i njene priče. Šta li je mama pomislila kad se pojavila kod kuće, nakon druge godine studija i trudna? I bez oca. Istorija se ponavlja, zar ne?

– Želim da stupim u kontakt sa Džejkom – rekla je Džes. – Ali brinem se da će biti tako. Kao s tatom.

Kerolajn nije očekivala tu naglu promenu teme razgovora, videla je Džes, ali dobro se prilagodila.

– Da li je to zbog raka, dušo? Da li misliš da je bolje da bude ovde, za slučaj da...

Kerolajn je zaćutala, ne mogavši da natera sebe da izgovori kraj te rečenice, iako su obe znale kakav je. Te neizgovorene reči visile su u vazduhu među njima, zbog čega nisu mogle jasno da vide jedna drugu.

– Delimično zbog toga – kazala je Džes. – Da, zbog toga sam sigurno ponovo razmislila o svemu. Ali i zbog toga što je on njen tata, i ona zaslužuje da ga upozna.

– Pa, samo razmisli još malo o tome. Ne lomi preko kolena. Po mom mišljenju, gore je imati nezainteresovanog oca nego ga uopšte nemati.

Džes je želela da raspravlja o tome, da je pita kako ona to zna. Što se nje tiče, Kerolajn je imala brižne, pažljive roditelje koji su bili prisutni u njenom detinjstvu. Šta ona zna o tome kako izgleda imati oca kao što je bio njen, ili kao Idin? Njena majka nije provodila sate uzaludno čekajući kraj prozora da se pojavi neki automobil. Ali stisla je usne i nije ništa rekla. Bilo je kasno, a Idi će se uskoro ponovo probuditi. Vreme je za spavanje.

6.

Draga Idi,

Želela sam da znaš kako izgleda odrastati bez tate. Odrasla sam s pola oca, u najboljem slučaju. On nipošto nije bio polovina čoveka. Nije bio slomljen ili ožalošćen ili nešto takvo, makar koliko znam. Ne mora da znači da znam sve. Samo nije želeo da bude otac, i gotovo da to i nije bio. Možda bi bilo lakše da je odbio da se uopšte meša. Zato stalno razmišljam o tome da li da vratim tvog tatu u tvoj život. Ali ne mogu da pretpostavim da je i on takav. Želim da verujem da je tvoj tata bolji čovek nego što je moj ikad bio. I verujem u to, gotovo stalno.

U mom ranom detinjstvu, postojale smo samo ja i mama, i to mi nije smetalo. To je bilo sve za šta sam znala. Volela sam je žestoko, jer je ona bila sve što sam imala. Bili su tu prijatelji i baka i deka i svi ti ljudi koji su dolazili i odlazili, donosili mi poklone, vodili me u park i igrali se sa mnom. Ali oni su bili samo sporedni likovi, što se mene tiče. Glavni smo bili ja i ona. Ona me je stavljala u krevet i bila tu kad se probudim uplašena usred noći. Ona mi je spremala hranu i grlila me čitave noći kad sam bila bolesna i vodila me je svuda. I volela sam je zbog toga.

Mora da sam imala sedam ili osam godina, kad sam počela da primećujem da ostale porodice nisu kao naša. U to vreme sam počela da idem kod prijateljica na čaj, ili da se igram, ili čak da prespavam, ponekad, i videla sam da obično postoji tata, i prilično često brat ili sestra. I ona mora da je znala da ću je pitati jednog dana, ali nije bila spremna za to. Kazala je da moj tata nije u stanju da mi bude tata, i mislila sam kako misli da je fizički nesposoban. Mislila sam da je bolestan.

Te noći, odšunjala sam se u prizemlje i čula je kako razgovara s njim telefonom. Čula sam je kako kaže da sam se raspitivala, i da li bi on želeo da dođe? Narednih nekoliko dana sam skakutala od nestrpljenja, pitajući se kakav je. Pošto nisam mogla da izbacim iz glave ideju da je bolestan, pitala sam se da li je možda u invalidskim kolicima ili nema nogu ili tako nešto. Ali uvek je, u mojoj mašti, bio vrlo zgodan. Visok, s gustom, tamnom kosom. Kao tate koje sam videla u filmovima.

A onda, sledeće subote, neko je pokucao na vrata usred popodneva, a kad sam ih otvorila, on je bio tamo. Tad sam ga prvi put videla, koliko se sećam. Očekivala sam da imam osećaj kao da ga poznajem, da će mi izgledati poznato, da će izgledati kao da je moj, ali nije. Bio je samo običan čovek, kao ostali očevi koje sam videla. Nimalo nalik očevima iz filmova. Polako je ušao i rekao zdravo, pružio mi je ruku, i bila je hladna i nekako istovremeno i pomalo vlažna, i bila sam razočarana. Toliko sam ga uzdizala u mislima, a on je bio običan čovek.

Ušao je i moji roditelji su popili čaj i pokušala sam da ih zamislim kako se ljube ili da su par, kao roditelji mojih prijatelja, i nisam mogla. Bili su učtivi jedno prema drugom, oboje su odbijali da pojedu poslednji keks s tanjirića, dok ja nisam slegnula ramenima i uzela ga. Popila sam sok prebrzo, a onda sam morala da odem u toalet, i bojala sam se da ću propustiti nešto.

Nakon tog dana, povremeno sam ga viđala. Ne redovno. Ne svakog vikenda ili svakog drugog četvrtka. Povremeno bi pozvao telefonom, a mama bi rekla da će me odvesti nekud, ili bi me pozvao na ručak, i nije mi palo na pamet da odbijem to. Mislim da sam se nadala kako će se jednog dana pretvoriti u tatu. Da će znati kako da razgovara sa mnom i šta me zasmejava, i da će razumeti složenosti mojih prijateljstava kao što ih mama razume, ali to se nikad nije dogodilo. Nije pamtio šta volim ili ne volim da jedem, koje su mi omiljene boje. Kad mi je kupovao stvari, često su bile pogrešne. I bilo je teško razgovarati s njim jer nije umeo da se druži s decom. Često je pokušavao da mi priča o svom inženjerskom poslu, a ja sam želela da mu vrisnem kako ga ne razumem.

Želim da stvari za tebe budu mnogo bolje, Idi. Ne želim da tvoj otac bude neznanac ili neko ko je tu ali te ne razume. Želim da volite jedno drugo, da budete mali tim. Želim to, bez obzira na to da li sam tu ili nisam. Ali tvoj tata i ja više nismo zajedno, i teško je napraviti prvi potez.

Želela sam da znaš kako izgleda biti bez tate, ali ne želim da ti živiš kao ja. Pronaći ću ga za tebe, Idi. Reći ću mu. Ne kad budeš imala sedam ili osam nego sad. Jer ti zaslužuješ da znaš. Ti zaslužuješ najbolje.

S ljubavlju,
mama

7.

Džes se probudila sutradan ujutro osećajući kako je donela čvrstu odluku da stupi u kontakt sa Džejkom. Da je imao naloge na društvenim mrežama, mogla bi da kontaktira s njim lajkujući njegove postove, ali uvek je insistirao da je to gubljenje vremena. Uzela je telefon i ušla u njihovu *Votsap* konverzaciju, pregledajući je. Razgovarali su svakog dana, slali jedno drugom fotografije i šale i pričali pričice koje su im ulepšavale dane. A onda ništa, od pre oko godinu dana. Džes je upisala reč „zdravo", pa ju je izbrisala. Bilo je tako lako razgovarati kad razgovor započne... napisala mu je na stotine poruka, o gotovo svemu što joj je prolazilo kroz glavu. Ali bilo je teško ponovo započeti nešto nakon tako dugog prekida. Bilo je teško pronaći pravi pristup.

Džes je vezala Idi u stolicu i odnela je u kupatilo, gde je svukla pidžamu i uključila tuš. Dala je Idi gumenu patkicu, koju je ona odmah počela da žvaće. Ušla je u tuš-kabinu, mašući Idi kroz vrata, kad je lice počelo da joj se mršti. Dok je prala kosu, Džes je razmišljala o Džejku, o vremenu kad je otišla da mu kaže da je trudna.

Pokazala mu je test za trudnoću, i on ga je uzeo iz njene ruke i rekao „jebiga". I Džes je mislila kako nijedna srećna priča o bebi ne počinje tom rečju. Kazala mu je da još nije ništa odlučila, da ne zna da li će zadržati bebu. Znala je da će roditi bebu. Ali želela je da vidi kako će on reagovati. A on je klimnuo glavom i rekao da treba da razmotre sve mogućnosti. Tad je znala da nije zainteresovan za to i da će joj to slomiti srce. Znala je da će biti sama, i to je bilo strašno i neizrecivo tužno.

Nastavili su da se viđaju, gotovo da nisu razgovarali o trudnoći, gotovo da se nisu dodirivali. A onda je, nekoliko nedelja kasnije, on dobio priliku da krene na turneju sa svojim bendom, i to je bio kraj.

Kad sad razmišlja o tome, bilo je to zaprepašćujuće konačno, sve što se dogodilo. Džes je izašla iz tuš-kabine i obmotala peškir oko sebe. A onda, pre nego što je stigla da se predomisli, napisala je poruku na telefonu, pregledala je i duboko udahnula. A onda je pritisnula slanje.

Zdravo, Džejk. Žao mi je što ti se javljam iznenada nakon toliko vremena. Ima nekoliko stvari o kojima želim da razgovaram s tobom, ako želiš. Javi se. Nadam se da ti turneja dobro napreduje.

Ta poslednja rečenica, o turneji, bila je poruka, mada se trudila da zvuči nehajno. Želela je da on zna kako nije ljuta zbog njegove odluke. Ne sad. U drugim okolnostima, verovatno bi bila uzbuđena zbog njega, zagrlila bi ga kad bi joj rekao vest. To bi značilo da će neko vreme provesti odvojeno, naravno, ali bio je to njegov san i bio je vredan žrtve. Zbog činjenice da je bila trudna to je bila najgora moguća vest u najgore moguće vreme. Sad je sve to prošlo, toliki meseci, a tad je postojala samo patnja i panika. Džes se nagnula iznad Idine stolice i pomilovala ćerku po obrazu. Pitala se šta bi Džejk mislio o ovoj predivnoj osobi koju su stvorili. Da li će moći da joj oprosti što je krila Idi od njega.

– Jesi li skoro gotova, dušo? – Mamin glas je dopro iz prizemlja, pravo do Džesine spavaće sobe.

Pokušala je da potisne sve misli o Džejku i zameni ih čeličnom odlučnošću potrebnom za odlazak kod lekara. Mama je insistirala da je odveze tamo, a Džes je znala kako će pokušati da krene s njom, i bila je napola rešena da joj dozvoli, jer još nije bila sigurna koja pitanja da postavi. Mama će poneti beležnicu, znala je to, i zapisati šta je doktor rekao. I dok će Džes to smatrati sramotnim i pomalo blesavim, biće joj drago da se podseti tih informacija kad ih kasnije zaboravi.

Ćutale su tokom vožnje, Kerolajn je vozila, Džes je bila na suvozačkom sedištu, a Idi u svojem sedištu pozadi. Nakon nekoliko minuta, Džes se nagnula napred, uključila radio, a začula se pesma iz *Jadnika*. Pogledala je mamu na tren i obe su se nasmejale kad je ona malo utišala radio. Kad su poslednji put bile zajedno u kolima, pevale su „On my own" iz *Jadnika*, iz sveg glasa. I nisu znale da Džes ima rak.

Žene u čekaonici su uglavnom izgledale kao vršnjakinje njene mame, primetila je Džes. U stvari, žena na recepciji pogledala je Kerolajn, pretpostavljajući da je ona došla na pregled. A kad je Džes istupila i kazala da je ona došla kod hirurga, žena na šalteru ju je pogledala, a onda je pogledala i bebu kraj njenih nogu i tužno se osmehnula. Sele su, a njena mama je gledala televizor u uglu, na kojem je prikazivana neka emisija o uređenju kuće, ali Džes je stalno gledala ostale žene u čekaonici. Jedna je imala oko četrdeset godina, a kraj nje je sedeo neki muškarac i držali su se za ruke, oboje su gledali pravo pred sebe. Muškarac je plakao i nije se trudio da zaustavi ili sakrije suze. Druga žena je izgledala mnogo starije, imala je možda sedamdeset pet, i sedela je kraj podjednako stare žene, možda prijateljice ili sestre, i stalno su čavrljale, kao da su mlade i bezbrižne. Da li sve te žene imaju rak? Kako podnose to? A kad je Džes prozvana, ustala je i podigla Idino sedište.

– Mogu da je čuvam, ako želiš... – kazala je mama.

Džes se osmehnula. – U redu je, možeš da uđeš.

Dok su pratile bolničarku hodnikom, do male ordinacije, Džes je osetila majčinu ruku na krstima, kako je nežno usmerava.

Isti lekar koji joj je saopštio dijagnozu ušao je u prostoriju, i nakašljao se. A onda je ušla Aša, Džesina dodeljena negovateljica.

– Džes – rekao je lekar – drago mi je što vas ponovo vidim. A ovo je...

– Ja sam joj mama – rekla je Kerolajn, i Džes je začula kako joj je glas malo zadrhtao.

Džes je pomislila da je mama tek sad počela da shvata ozbiljnost situacije. Ona je pak imala vremena da razmisli i prihvati to.

– Voleo bih danas da razgovaram s vama o terapiji. Makar delovima za koje znamo. Razgovarali smo o vašem slučaju na konzilijumu i mislimo da je najbolje da vam prvo zakažemo operaciju. Tad ćemo analizirati tumor i utvrditi da li vam je potrebna hemoterapija i zračenje. Da li vam to zvuči u redu?

Džes je pogledala mamu, koja je izvadila beležnicu i hemijsku olovku iz torbe i zapisala:

Operacija, onda hemoterapija? Ili zračenje?

Sa znakovima pitanja iza reči hemoterapija i zračenje. Gotovo se nasmejala besmislenosti svega toga. Ali onda se okrenula ka lekaru, videla da je ozbiljno gleda, čekajući odgovor.

– Slušajte, ja ne znam ništa. Šta god ga kažete da je najbolje, to ćemo i uraditi.

Lekar je klimnuo glavom i okrenuo se ka Aši, koja je držala još jednu hrpu letaka. Džes se setila da je Aša nažvrljala svoj broj telefona na jednoj ceduljici, koja se verovatno nalazi na dnu torbe s priborom za bebu.

– Aša ima neke informacije koje morate da pročitate, a imaju veze sa operacijom. Preporučujemo mastektomiju a ne lumpektomiju, a ima raznih opcija za rekonstrukciju, o kojima ona može da vam ispriča, ako želite.

To nije bilo pitanje, ali glas mu se podigao na kraju rečenice i Džes je imala potrebu da progovori.

– Dobro.

– Da li vam odgovara da zakažemo operaciju petnaestog februara? Kerolajn je progovorila. – To je za dve nedelje.

– Da. Želimo da budemo brzi. Tumori mogu da rastu iznenađujuće brzo. Kad znamo sa čime imamo posla, želimo da uradimo to što je brže moguće.

Džes nije ništa rekla, samo je klimnula glavom. Dve nedelje. Dan nakon Dana zaljubljenih. Ići će u bolnicu i uspavaće je i odseći joj jednu dojku. Bila je ponovo zaprepašćena koliko to zvuči neverovatno. Rak je uvek bio samo reč koja joj ništa ne znači. Koju je viđala u knjigama, ili čula u razgovoru ili na televiziji, i povezivala ju je sa starošću i umiranjem. Nije pretpostavljala, nije mogla da pretpostavi, da će tako brzo postati deo njenog života.

Nije čula ništa nakon toga, ali videla je da njena majka zapisuje stvari i bila je zahvalna. U glavi je stalno ponavljala sledeće reči.

Kaži Džemi. Kaži Džejku. Pobrini se za Idi. Zatvorila je oči na nekoliko trenutaka, a onda je čula svoje ime.

– Džes, jeste li dobro?

Lekar je ustao, spreman da preduzme nešto ako joj bude potreban.

– Umorna sam – Džes je čula sebe kako kaže. – Tako sam umorna.

– To je šok – kazala je Kerolajn. – Biće ona dobro. Odvešću je kući.

Doktor je klimnuo glavom i uputio je Džes osmeh koji je bio prilično tužan, i Džes je ustala. Kad se sagnula da podigne Idino sedište, učinilo joj se da neće imati snage da ga podigne.

– Ja ću – rekla je Kerolajn.

I Džes se ugrizla za donju usnu da ne bi zaplakala. To što je njena majka prepoznala to, što je imala sposobnost da vidi šta joj je potrebno... To joj je mnogo značilo.

U kolima, na putu do kuće, Džes je pregledala poruke. Dobila je jednu od Džejka. Nije disala dok ju je otvarala, i bilo joj je drago što je u kolima tiho, što je mama bila usredsređena na put, ili se makar pretvarala da jeste.

Zdravo, Džes. Naravno da možemo da razgovaramo. Znaš to. U Ipsviču sam. Sviramo u nekom baru večeras i onda idemo u neki drugi grad sutra. Nije onako kako si mislila. Verovatno nisi čula za njega. Pozovi me.

Džes ju je pročitala tri puta. *Znaš to.* Kako je znala to? Da li je trebalo da pretpostavi, jer je bio toliko divan dok su bili zajedno, da će biti spreman da razgovara s njom do kraja života? Nije znala pravila, i nekako se osećala izgubljeno. Svaki put kad bi pročitala tu kratku poruku, uvek su joj pažnju privlačile reči *Nije onako kako si mislila.* Da li je mislio da je bilo bolje ili gore? Nadala se da je neuspešan, da je spreman da odustane, da se vrati kući, ali onda je prekorila sebe zbog toga. To je bio njegov san.

Ali šta je s njenim snovima? Nije nameravala da postane majka u dvadeset prvoj, i nije nameravala da ima rak. I mada nikad nije tačno znala šta želi da uradi sa svojim životom, sigurno nije bilo pošteno da se ovo desi?

– Šta želiš za ručak? – Kerolajnin glas prekinuo je Džesine misli.
Džes je htela da vrisne. Nije joj bilo do ručka. Kako može da misli o ručku, kad se radi o životu i smrti?

– Samo sendvič ili tako nešto – kazala je.

Mama je sklonila ruku s menjača i nakratko ju je spustila na Džesinu. A toplina je bila utešna, ali onda je nestala i parkirali su se iza svoje kuće i Džes je nekoliko puta duboko udahnula i okrenula se da ne gleda mamino zabrinuto lice.

8.

Džes je izbegavala Džemu od svog poslednjeg odlaska u bolnicu, ali znala je da je došlo vreme da joj kaže šta se događa. Pozvala je svoju najbolju prijateljicu, znajući da ne radi do uveče, i zamolila ju je da dođe. A sad, Džes je sedela na krevetu, s praznim koferom pored sebe, čekajući da se oglasi zvono na vratima.

Kad se oglasilo, Džes je sišla u prizemlje da otvori.

– Uđi – kazala je, gotovo uvlačeći Džemu unutra. – Dođi u moju sobu.

– Šta se događa? – pitala je Džema. Tek je progovorila, a već je bila nasred stepeništa.

Džes je želela da joj kaže kako to nije ništa, ili da ima tajnu koju ne želi da mama čuje. Mislila je na trenutke kada su zajedno trčale stepenicama do njene sobe. Stare osam godina, s Barbikama u rukama i glavama punim maštarija. Stare trinaest godina, sa šoljama čaja, ozbiljne i ćudljive, misleći kako je to što su dobile menstruaciju i nisu najmlađe u odeljenju značilo da su odrasle. Stare sedamnaest godina, s bocama kole začinjene votkom koju su ukrale iz bifea Džeminih roditelja. Toliko puta je Džes požurivala svoju prijateljicu tim stepenicama do svoje sobe da bi joj nešto rekla, ali nikad nije bilo ovako.

Kad su ušle u sobu, Džes je zatvorila vrata. Idi se igrala na prostirci na podu, gde ju je Džes ostavila. Malo se vrpoljila, mašući nogama.

– Moram da ti kažem nešto, i stvarno je grozno, i mislim da ne mogu da te gledam dok to govorim.

– Zašto si izvadila kofer? – pitala je Džema. – Da li odlaziš?

Džes se kratko nasmejala. Zamisli da se radi samo o tome. Da ona odlazi, da počinje iznova. Da još ima tu mogućnost.

– Imam rak – kazala je Džes. I shvatila je da je to rekla samo jednom ranije, svojoj mami, i da će to verovatno često govoriti u budućnosti. I dalje joj nije izgledalo stvarno. Možda će postati, s vremenom.

– Rak? – Džema nije mogla da poveruje.

Džes je pokušala da zamisli da je situacija obrnuta. Da je ona u Džeminoj kući i da joj je Džema rekla da ima rak. Zamišljala je da bi njena reakcija bila prilično slična.

– Rak dojke – potvrdila je.

– Jesi li sigurna?

Džes se gotovo nasmejala. Džema je pitala isto kad joj je saopštila da je trudna, ali to je imalo smisla. Ljudi ponekad pogreše. Ali rak nije takav.

– Naravno da sam sigurna. Imam operaciju sutra i moram da se spakujem, i ne znam šta da ponesem, jer kad sam išla u porodilište bilo je dosta spiskova na internetu koji su govorili šta mi je potrebno, i nadala sam se da ćeš mi ti pomoći, jer ne mogu da pitam mamu. Pretvara se da je dobro, ali stalno odlazi u svoju spavaću sobu i čula sam je kako plače, i ne želim da joj otežavam stvari...

Džes je prestala da govori jer je Džema prešla kratak prostor između njih i zagrlila Džes, i stegla je tako jako da Džes nije mogla da diše, ali to je bilo predivno. Zašto mama nije uradila to? Pokušala je da se seti da li ju je mama zagrlila otkako je čula vesti. Nije bila sigurna.

Idi se rasplakala, počela je glasno da jeca, i Džema je pustila Džes i kleknula na pod, pre nego što je podigla Idi.

– Ovo je sjebano – kazala je. – I tako mi je žao što ti se to dogodilo.

Džes je osetila da joj se nešto otkačilo u grudima, nešto što je bilo zatvoreno, i počela je da plače. Sela je na pod kraj svoje prijateljice i pružila ruke ka ćerki, a Džema joj je dodala Idi bez reči, i Džes ju je podojila, na podu svoje dečje spavaće sobe, a suze su joj stalno padale na Idinu toplu glavu.

Dve prijateljice su ćutale desetak minuta, a kad se Idi otkačila od Džesine dojke, pospana, Džes ju je nežno spustila u kolevku i okrenula se ka Džemi. Suze su prestale, i mislila je da može da se pouzda u svoj glas.

– Hoćeš li mi pomoći? – pitala je.

– Naravno da hoću. Šta ti je potrebno? Ja sam ovde, Džes. Šta god da treba.

Džes je progutala knedlu, odlučna da se ne rasplače ponovo. Ali Džemina podrška bila je ono što joj je potrebno. Ono što je želela od mame. Nema teških pitanja niti anegdota o ljudima koji su umrli. Samo čista, jednostavna ljubav. I ponuđena pomoć.

– Moram da se spakujem. Ne mogu da mislim ispravno.

Džema je rekla Džes da sedne na krevet. Otišla je u prizemlje i skuvala čaj, čak je pronašla i malo keksa, i onda je preuzela kontrolu nad pakovanjem, vadila je odeću iz fioka i pribor za higijenu iz kupatila. Dodala je jednu knjigu i četku za kosu.

– Hvala ti – rekla je Džes, duvajući u vruć čaj. – Nisam mogla da uradim to.

– Nisam iznenađena – kazala je Džema. – Ovo je veliki šok. Ti si neopisivo mlada za to, i tek si postala mama. Nije fer.

Nije bilo pošteno. Džes je često razmišljala o tome. I čula je svaki put majčin glas u mislima. *Život nije fer.* To je Kerolajn rekla kad se Džes požalila što nema brata ili sestru, što ne sme da ima kućnog ljubimca, što nije mogla da upiše fakultet koji je želela. Setila se toga i pitala se da li bi se sve ovo dogodilo da je otišla na taj fakultet. Ne bi upoznala Džejka, ne bi imala Idi. Da li bi i dalje bila tamo, spremala diplomski, bez veće brige od mamurluka i dugova?

– Da li si zato razmišljala o Džejku? – pitala je Džema.

– Da.

– I šta si zaključila?

Džes je izvadila telefon iz džepa. – Poslala sam mu poruku, a on je odgovorio. Zamoliću ga da se sastanemo.

Da nije svojoj prijateljici upravo rekla da ima rak, Džes je znala da bi Džema zacičala zbog toga, munula je laktom i zasmejala je. Ali Džema je sad samo klimnula glavom.

– To je dobro – rekla je. – Mislim da je to ispravno.

– Džema, smem li da te zamolim za još jednu uslugu? – pitala je Džes.

– Slobodno.

– Kad se budem sastala s njim, hoćeš li da pričuvaš Idi? Spremiću mleko za nju, ali ne voli da ga tako pije, pa će možda sve vreme vrištati, a mama to ne podnosi dobro. Pored toga, nisam sigurna da želim da joj kažem.

– Naravno – kazala je Džema. – Samo mi reci kad i pobrinuću se da zamenim smenu ako radim.

Džes je razmenila još nekoliko poruka sa Džejkom, i dogovorili su se da treba da se sastanu, ali nisu odabrali datum i vreme. To će biti nakon operacije, naravno, i Džes je mnogo razmišljala, dok je noću dojila Idi, o tome šta će on moći da primeti. Nameravala je da mu kaže, ali hoće li on primetiti? Hoće li videti da više nije cela, da joj je odsečen jedan deo tela jer je bio otrovan? Odlučila je da ima rekonstrukciju odmah nakon mastektomije. Implantat. Postojale su duže, složenije procedure kad su hirurzi uzimali tkivo iz leđa, stomaka ili butina da rekonstruišu dojku, ali Džes nije bila sigurna. Želela je da sve bude što jednostavnije. Možda neće biti vidljivo nekom posmatraču, posebno kad je odevena. Ali opet, Džes se pitala i brinula se zbog toga da li će izgledati drugačije, promenjeno, i da li će ljudi koji je dobro poznaju moći to da primete.

Džema je ubrzo otišla kući. Ponovo je čvrsto zagrlila Džes na vratima, i Džes je videla, kad se odmakla, da se Džema bori da ne zaplače. Uhvatila je prijateljicu za ruku.

– U redu je – kazala je Džes. – Sve će biti u redu. Hvala ti.

Džema nije odgovorila. Vrlo nežno je izvukla ruku, okrenula se i otišla stazom, a Džes je znala da plače, i da nije htela da ona to vidi. Verovatno nije želela da ponovo rasplače Džes.

Zatvorila je vrata i naslonila se na njih. Osećala se bolje sad kad je Džema znala. Osećala je kao da stvari idu u pravom smeru. Pogledala je telefon i videla da ima novu poruku od Džejka.

Džes, biću u Mančesteru za dve nedelje. Možemo li da se sastanemo drugog marta? X

Džes nije bila sigurna kad su počeli da dodaju poljupce na kraj poruka. Da li je ona počela ili on. Trudeći se da ignoriše strah zbog toga kako će izgledati i osećati se pomenutog datuma, odgovorila mu je na poruku i rekla da joj to odgovara, i morala je da se osmehne zbog pomisli da će ga ponovo videti.

Te večeri, nakon ćutljive večere s mamom, Džes je odnela Idi na sprat. Znala je da neće dobro spavati, i želela je rano da legne. Oprala je zube i obukla pidžamu i nameravala je da podoji Idi kad joj je telefon zazvonio. Bila je to Džema. Počela je da priča čim se Džes javila.

– Sećaš li se kad smo imali žurku kod mene i izmakla je kontroli i imali smo sat vremena pre povratka mojih roditelja, a kuća je bila u haosu?

Džes se nasmejala. – Naravno.

– Tad sam bila najviše uplašena, do danas. Ali na kraju je sve bilo dobro, pa će biti i sad.

– Džema, da li porediš nas koji razvaljujemo kuću tvojih roditelja sa mnom koja imam rak? – pitala je Džes. Trudila se da zvuči veselo. Želela je da Džema zna da nije ljuta.

Džema je počela da se smeje. – Jebote, Džes, ne znam šta da kažem. Samo sam htela da te oraspoložim.

Džes je legla u krevet i držala je telefon ramenom dok je prinosila Idi grudima. – Pre godinu dana, opijala sam se sa studentima i vraćala se u studentsko naselje mamurna. A sad imam bebu i rak. Kako se, dođavola, to dogodilo?

– Ne znam – odgovorila je Džema. – Stvarno ne znam. Želiš li da sutra pođem s tobom?

– Ne, poći će mama. Poslaću ti poruku kad se sve završi.

– Dobro.

Džes je imala potrebu da se zahvali Džemi za sve što joj je bila tokom godina. Bilo je to glupo, mislila je, ali bojala se da se neće probuditi iz anestezije. Deo nje je mislio kako mora da dovede sve u red, za svaki slučaj. Ali bilo je preteško pomenuti to, i zato nije.

– Laku noć, Džema – kazala je.

– Laku noć, Džes.

9.

Draga Idi,

Želela sam da znaš kako su prijatelji najvažniji. Čućeš to često, da ljubav dođe i ode, ali prijatelji će uvek biti tu. To je kliše jer je istina. Jedna od stvari koje ti od srca želim je da imaš prijateljicu kao što je Džema. Prijateljice su važne, možda čak i ključne. Zapamti to. Trudi se da se ne vežeš za jednu osobu. Ima mnogo neverovatnih devojaka i žena. Neka gomila njih bude u tvom životu. Ali potrudi se da pronađeš nekog ko je poseban i ko će uvek biti tu.

Džema i ja smo bile zajedno u osnovnoj školi, i bile smo prijateljice, ali ne najbolje. Potrebno je nekoliko godina da se snađeš, znaš. Da otkriješ ko si i kojim ljudima želiš da se okružiš. A onda kreneš u srednju školu, i svi su podeljeni u grupe. Sportisti, popularni, pametni, oni koji se ne uklapaju. Ima nekih preklapanja, i pravila su tako složena da nisam sigurna da ih iko razume. Ali znaš ako završiš na pogrešnom mestu.

I tad smo se Džema i ja propisno upoznale, i ostale smo zajedno. Ona je igrala odbojku ali nije bila sa sportistima, a ja sam svirala flautu ali nisam mnogo volela muzičare, i pronašle smo se negde između i ostale tamo. Većinu vremena smo bile samo nas dve, i to nije bilo sjajno. Jer ako uložiš sve nade u jednu prijateljicu, a prijateljica te napusti, ili ako je bolesna samo nedelju dana, prepuštena si sebi. Mama se uvek brinula zbog toga, uvek je želela da budemo deo neke veće grupe. Ali tri je nezgodan broj za prijateljstvo. Neko je uvek zanemaren. Možda broj nije toliko važan. Uvek je bilo drugih prijatelja, nemoj me pogrešno shvatiti, ali kao da su bili zamagljeni, a Džema je bila u žiži. Bila mi je omiljena. Jednostavno.

Kad sam dobila menstruaciju, Džema je došla i zatekla me u toaletu na velikom odmoru. Bile smo u drugom razredu srednje škole, a moj prvi čas je bio francuski, a Džemin prehrambena tehnologija, i uvek smo se nalazile ispred zgrade prirodnih nauka, i ponekad smo jele ono što je spremala tog jutra. Ali tog dana, kad sam ustala na kraju francuskog, osetila sam da nešto nije u redu i kad sam opipala ispod suknje, ruka mi je bila krvava. I zato sam izjurila iz učionice, držeći torbu iza sebe da prekrijem mrlju, i otišla sam pravo u toalet. Počela sam da nosim uloške u torbi nekoliko meseci ranije, pripremajući se za taj dan, i upotrebila sam toalet-papir da upijem krv s gaća, ali šta je trebalo da uradim s tamnocrvenom mrljom na zadnjem delu suknje? Sela sam na klozetsku šolju, zaključala kabinu i stomak me je zaboleo od zabrinutosti. Imala sam deset minuta pre početka časa matematike. Džema je trebalo da ide sa mnom.

I tad sam shvatila da me Džema čeka ispred zgrade prirodnih nauka, pitajući se gde sam. A onda sam je čula kako me doziva. Pitala sam da li je još neko tu, a ona je rekla da nije. Kazala sam joj da sam dobila menstruaciju. Džema je dobila početkom prve godine, i čekala sam taj dan, mada tad nisam znala zašto. Zamolila me je da je pustim u kabinu, i polako sam otključala vrata. Nije bilo prostora za nas dve, i glave su nam bile priljubljene dok sam joj pokazivala mrlju. Bila je mala, veličine kovanice, ali znala sam da ne mogu da nosim tu suknju do kraja dana i nadam se da niko neće primetiti. Džema je bila smirena. Kazala je da uvek postoje rezervne suknje u odeljenju za izgubljene stvari. Otrčala je da mi donese jednu. Pet minuta kasnije, napustile smo toalet ruku podruku, a suknja mi je bila zgužvana na dnu ranca. Suknja koju mi je donela bila je prevelika, tako da sam je do kraja dana pridržavala, ali to nije bio problem. Džema me je spasla. Uvek je to radila.

Nakon toga, kad je neka od nas imala problem, druga bi rekla: „Gore nego suknja s flekom od menstruacije?" i obe bismo se nasmejale. Čak i kad sam joj rekla da sam trudna, a da smo Džejk i ja raskinuli.

Kad smo imale petnaest godina, moja mama i njen tata počeli su da nas puštaju da same idemo u grad. Govorile smo da idemo u avanturu. I uvek je bilo tako, koliko god blesavo zvučalo. Sele bismo u autobus ili voz i lutale po prodavnicama, i jele u Mekdonaldsu, ali ta nova sloboda bila je tako uzbudljiva, i uvek smo na kraju razgovarale s momcima ili uzimale besplatne uzorke proizvoda, a ako se ništa ne bi dogodilo, provodile smo vreme smišljajući priču koju ćemo ispričati ostalima u školi, a onda je to stvarno izgledalo kao avantura. Jednog dana, kad sam sa Džemom išla do autobuske stanice, dala mi je kovanicu od jedne funte, i kazala da i ona ima jednu, i da treba da kupimo najveću stvar koju možemo. Kasnije tog popodneva, jedva smo ušle u autobus sa ogromnom kartonskom kutijom koju je neko dao Džemi besplatno i za koju je kazala da će je pretvoriti u kućicu za igru za svoju mlađu rođaku, i zaboravile smo na funte. Nikad se nisam smejala tako kao što sam se smejala sa Džemom. Bila je uvek zabavnije društvo od ikog drugog, i zato su sve druge devojke postale nevažne za mene. Nikad nisam razumela zašto je ona odabrala mene.

Nadam se da ćeš imati avanture s prijateljicama. Nadam se da će ti ulepšati sumorne, dosadne školske dane. Nadam se da ćeš se smejati toliko da te stomak zaboli i rasplačeš se i poželiš da nikad ne prestane. Ne znam da li svi to rade. Odrastanje je tako komplikovano, a devojčice znaju da budu surove i naporne. Pronađi prave i drži ih se. Isplatiće ti se.

Sećam se dana kad sam rekla Džemi da idem na fakultet. Ona je već bila odlučila da neće ići na fakultet, i pričala je o tome da ćemo se zaposliti negde zajedno, u nekom restoranu, baru ili prodavnici. Mnogo je pričala o štednji i iznajmljivanju stana, a ja sam sve vreme gledala nastavne programe i potajno čitala brošure. Znaš, želela sam sve te stvari o kojima je Džema pričala. Uhvatila sam sebe kako postajem povodljiva kad sam s njom, pristajem na stvari za koje znam da ne mogu da ih ispunim jer sam želela nešto drugo. I bila sam uplašena da će me ona zameniti nekim drugim, dok sam tri godine odsutna, čitajući i pišući radove i saznavajući ko sam. Zašto i ne bi? Nisam mislila da me vredi čekati.

I kad sam skupila hrabrost, već sam imala ponude tri fakulteta za studije engleskog jezika. U mislima sam već bila otišla. Bio je ispitni rok i bilo je vruće i svi su bili nervozni i napeti. Zatekla sam Džemu u školskoj sali, i sela na stolicu kraj nje. Bilo je ljudi u prostoriji, ali niko dovoljno blizu da me čuje. Radio je bio uključen, a dečak koga smo poznavale od osnovne škole, Mark, pevao je svaku pesmu, i znao je svaku reč. Bio je okružen ljudima koji su čekali da pogreši.

Džema se okrenula prema meni, i ja sam jednostavno rekla to. Gledala sam kako joj se izraz lica menja. Mislila sam da će biti ljuta, ali nije bila. Bila je tužna. Rekla sam joj da ne idem predaleko, samo do Mančestera. Ali kazala je da stvari neće biti iste, i bila je u pravu, tako da se nisam raspravljala. Sećam se da je rekla da, kad se budem vratila, ako se vratim, više neću hteti da se družim s njom. Da ću imati nove prijatelje, pametne, i da mi neće biti potrebna. Htela sam da joj kažem da će mi uvek biti potrebna. Da se razlikuje od ostalih ljudi koje poznajem. Da je veselija. Življa. Nasmejala sam se i kazala da se brinem zbog iste stvari, o tome da ja njoj neću biti potrebna. O tome da će me zameniti kad me ne bude bilo. Rekla sam da ću se sigurno vratiti, i da će mi ona biti potrebna isto kao i uvek. Pomenula sam suknju s mrljom od krvi, i osmehnula se. Rekla sam da mi niko nije bio tako važan kao ona, i zagrlila me je. Obe smo se rasplakale.

A onda se s radija začula pesma „Bad Romance", a onaj Mark je i dalje nepogrešivo pevao, a Džema je tad počela da peva naglas, a onda i ja, i onda smo istovremeno ustale i počele da plešemo. Smejale smo se, i ljudi su nas gledali, ali nismo *marile, i tad sam znala da će uvek biti tako među nama. Da vreme i udaljenost neće biti važni. Da je ona moja najbolja prijateljica, i da će uvek to biti.*

Želela sam da znaš da su prijateljice najvažnije. To je stvarno čarobno, voleti nekog tako, i biti voljen. Saznaćeš to kad se dogodi, Idi. A kad se dogodi, ne ispuštaj to.

S ljubavlju,
mama

10.

Džes je otvorila oči i pogledala oko sebe. Bila je u bolničkoj sobi, u krevetu u kojem je bila pre nego što su je odveli u operacionu salu. Mama je sedela na stolici pored i čitala neki časopis. Džes ju je gledala, potajno, na trenutak, i videla da se mamine oči ne pomeraju. Samo je zurila u stranicu. Zatim je Kerolajn primetila Džesin pogled i spustila časopis u krilo.

– Džes! Kako se osećaš?

Džes je polako sela, primećujući da su joj grudi osetljive i bolne. A onda je znala da će povratiti i pružila je ruku da dohvati kartonsku posudu za povraćanje na stočiću, i taj pokret je izazvao bol. Ali onda je povratila i nije imala ništa u želucu osim tečnosti i kiselina joj je nadražila grlo.

– Gde je Idi? – tiho je pitala Džes.

Kerolajn je izgledala izbezumljeno. – Sa Džemom, dušo. Zar se ne sećaš da si je zamolila da je pričuva?

Džes se sećala, ali u tom trenutku je želela da beba bude kraj nje. Znala je da to nije logično, i da ne bi imalo smisla da dovede Idi ovamo, na ovo mesto, ali to je nije sprečilo da želi.

– Možemo li da je pozovemo?

Džes je videla telefon na stolu i krenula da ga uzme, ali onda je ponovo osetila mučninu i ponovo je povratila u kartonsku posudu. Kerolajn je ustala i krenula prema Džes i spustila je hladnu šaku na ćerkino čelo.

– Dušo, sačekaj malo. Tek si se osvestila. Daj sebi nekoliko minuta.

Džes je pokušala da se osmehne i klimnula je glavom. Pogledala je svoju bolničku spavaćicu, pomerila je okovratnik. Ispod je videla zavoje koji joj prekrivaju grudi. Pitala se kako izgleda ispod njih. Koliko će joj dojke biti nejednake; koliko deformisane.

Baš kao što je Džema prva dobila menstruaciju, dobila je i grudi pre Džes. Jednog petka kazala je Džes kako je mama vodi u kupovinu grudnjaka, a Džes je gorela od ljubomore. Znala je da bi se njoj mama nasmejala da je tražila grudnjak za sebe. Nije mogla da se pretvara kako joj je potreban, ne još. Džes se jasno sećala kako je videla bretele Džeminih novih belih grudnjaka ispod školskih košulja i osećala se detinjasto svakog jutra kad bi oblačila košulju.

A onda, otprilike šest meseci kasnije, Džesine grudi su se pojavile, gotovo preko noći. Nosila je grudnjak veličine C. Znala je da je glupo ponositi se nečim na šta nije imala uticaja, ali ipak se ponosila. Videla je kako je ljudi posmatraju drugačije. Kako je momci gledaju. I svidelo joj se to. Kako bi se onda osećala da je znala kako će imati te dojke svega nekoliko godina? Džes je osetila suze, ali nije im dozvolila da poteku. Usredsredila se na gutanje knedle koja joj je zastala u grlu i treptanjem je sprečila suze, a onda se okrenula ka mami.

– Znaš li kako je prošlo? Šta su rekli? Koliko sam dugo ovde?

Kerolajn se tužno osmehnula. – Doneli su te pre oko pola sata. Rekli su da si počela da se budiš, ali da će potrajati neko vreme. Nisu rekli kako je prošlo. Sigurna sam da žele da pričaju o tome s tobom, ne sa mnom. Jesi li gladna? Žedna?

Džes je znala da joj je želudac prazan. Rečeno joj je da ne sme ništa da jede tog dana, a operacija je počela tek popodne. Sad je bilo gotovo šest sati. Ali nije bila gladna. Samo je želela da opere zube, da izbaci ukus bljuvotine iz usta. Rekla je to mami, a Kerolajn je potražila pastu i četkicu za zube u Džesinoj torbi, a onda je pozvala bolničarku koja je pomogla Džes da ustane i ode do toaleta.

– Hoćete li moći da obavite to sami? – pitala je bolničarka. – Sačekaću ovde da vam pomognem da se vratite u krevet.

– Biću dobro – kazala je Džes. Kad je zaključala vrata, duboko je udahnula i pogledala se u ogledalo. Izgledala je umorno i malo naduveno, a bolnička spavaćica joj nije dobro pristajala. Ali pregurala je to. Napravila prvi korak.

Džes je polako i pažljivo oprala zube, zabrinuta da će joj se ponovo smučiti od naglih pokreta. A onda je umila lice. Kad je napustila malo kupatilo, osećala se mnogo bolje. Bolničarka joj je pomogla da legne u krevet. Bila je to krupna, sredovečna žena s teget pramenovima u plavoj kosi.

– Mogu li da vam donesem nešto da jedete, Džesika? Malo dvopeka? – pitala je.

Džes je odmahnula glavom. – Ne, hvala. Nisam gladna.

Bolničarka se namrštila. – Jeste li sigurni da ne možete ništa da pojedete? Morate da povratite snagu.

Džes je poraženo klimnula glavom. – Dobro. Suv dvopek, molim. I možda šolja čaja?

Bolničarka se ozarila. – Odmah stižu.

Na tom odeljenju bile su još četiri žene, a sve su bile u najmanju ruku godina njene majke. Kad su stigle tog jutra, Džes je znala kako su svi pretpostavljali da njena majka ide na operaciju. Bilo je nekoliko sumnjičavih pogleda kad je Džes obukla bolničku spavaćicu, a čak i sad je osećala ženske poglede na sebi. To ju je ljutilo jer se trudila da ne razmišlja o nepravednosti svega toga. Trudila se da ne bude ogorčena zbog toga, sad, kad je upravo počela i ima bebu kojoj je potrebna.

Kad je progutala komad dvopeka, Džes je poslala Džemi poruku i pitala je mogu li da imaju kratak video-poziv. Džesin telefon je zazvonio gotovo odmah.

– Kako se ponašala? – pitala je Džes.

– Idi? Dobro. Ne voli previše da pije iz bočice, ali na kraju je pristala. Trenutno spava. Kako si ti?

Džes je pogledala prijateljičino lice, zabrinutost na njemu. – Dobro sam – kazala je. – Završeno je. Gotovo je.

I bez upozorenja, osetila je kako joj suze teku iz očiju, i poželela je da je Džema u sobi s njom, da joj pruži jedan od onih lekovitih, medveđih zagrljaja.

– Hej – kazala je Džema – u redu je. Sjajna si. Stvarno. Sjajna si. Sve će biti u redu.

Džes nije ništa govorila neko vreme. Nije mogla. Nije gledala mamu, ali u nekom trenutku mama ju je uhvatila za ruku, i Džes je poželela da je njena mama rekla te reči. Ali istovremeno, znala je da nije u maminoj prirodi da tako brblja, i bilo je besmisleno želeti da je drugačije. Kad se malo pribrala, pitala je može li da vidi Idi, i Džema je okrenula kameru i usmerila je prema kolevci. Idi je čvrsto spavala, a očni kapci su joj treperili. Izgledalo je da joj je udobno i da je zadovoljna, a Džes je bila strašno zahvalna Džemi što se pobrinula za nju, i očajnički je želela da zagrli svoju ćerku.

– Doneću je sutra – rekla je Džema.

Džes je tad poželela da je kod kuće, ali rečeno joj je da će morati da ostane u bolnici najmanje jednu noć, a možda i dve. Želela je da bude u svom krevetu, kraj Idi. Ta potreba ju je iznenadila. Bila je majka tek nekoliko meseci, a ipak je osećala kako je pogrešno to što je odvojena od ćerke. Pre završetka razgovora, Džema se nagnula do ekrana i kazala još nešto.

– Ko jebe rak, Džes. Imam toliko planova za budućnost, a ti si u svima njima.

– Avanture? – pitala je Džes.

– Nego šta.

I Džes se osmehnula, zadovoljna što je Džema uz nju.

11.

Draga Idi,

Želela sam da znaš koliko se bojim da te ostavim. Toliko si bespomoćna, rasla si u mom telu i hranila se iz mog tela. Znam da ti, s vremenom, više neću biti potrebna na isti način kao sad, ali to je budućnost, a ovo je sadašnjost. Rekla sam da ću uskoro prestati da te dojim, jer počinjem hemoterapiju i imaću lekove u mleku. I kad sam bila na operaciji, isprobali smo to. Prvi korak bio je muženje mleka u bočice. Danima sam muzla mleko između podoja da se pobrinem da ga ima dovoljno. Stavljala sam ga u zamrzivač. Ipak, bojala sam se da ćeš plakati dok me ne bude bilo i da nećeš ništa jesti, da nećeš preživeti bez mene. A sad znam da možeš. Da si dobro. I ne znam da li je to bolje ili gore.

Kad te je Džema donela da me vidiš, dan nakon moje operacije, osećala sam se kao da sam bila odsutna danima. Osećala sam se kao drugačija osoba od one koja te je ostavila juče ujutro, poljubila ti glavicu i trudila se da ne zaplače. Džema me je zagrlila, i rekla sam joj da bude nežna jer me sve boli. A onda je podigla sedište da te vidim, i zamolila sam je da te izvadi. Jedva sam čekala da te držim. Toplota tvog tela i tvoj miris bili su izuzetno jaki. Prinela sam te na bolne grudi i duboko udahnula. A ti si se vrpoljila, tvoja paperjasta kosa mi je golicala vrat, i znala sam da ti duboki, razorni jecaji nisu daleko, ali sprečila sam ih.

Zamolila sam Džemu da ostane do uveče, i ona je ostala. Osećala sam, nekako, kao da ćeš me izlečiti. I jesi, na neki način. Ne medicinski. Ali bila si razlog za moj oporavak; razlog za postojanje. Bila si prva stvar za koju sam pitala kad sam se probudila nakon operacije. Bila sam užasnuta da ću te izgubiti. Napustiti te. Imaš samo jednog roditelja i mislim da je to moja krivica, tako da je bilo najvažnije da ne nestanem. Tog popodneva, dok sam te gledala, razmišljala sam o tvom tati i treba li da prestanem da se pretvaram kako mi nije potreban i zamolim ga da bude u našem životu. Da li nam je potreban ovde, za slučaj da mene ne bude. Ali koliko znam, rak je nestao i ne moram trenutno da se brinem. Sastaću se s njim, kao što sam nameravala. Pokazaću mu tvoje fotografije i pričati o stvarima koje radiš, i videću u njegovim očima da li je spreman da bude otac.

Želela sam da razgovaram o svojoj trudnoći s tobom. Jednog dana, možda ćeš biti trudna ili ćeš želeti da zatrudniš, i važno je da znaš šta da očekuješ. Imala sam mučninu svakog jutra, tokom svih devet meseci. Budila sam se preznojena i zbunjena, usta su mi bila hladna i trčala sam do toaleta. Nakon nekoliko nedelja, izvadila sam staru posudu za mešanje iz kredenca, koju nikad nisam koristila, i to mi je bila posuda za povraćanje. Držala sam je kraj kreveta dok spavam i povraćala sam u nju svakog jutra. A onda sam je prala, trudeći se da ne povratim.

Osim toga, osećala sam se dobro. Kažu da je trudnoća lakša kad si mlada, i verujem u to. Kad doručkujem, mučnina bi prestajala, i vraćala se samo ako nisam redovno jela. Ako bih izašla nekud, nosila sam keks umotan u providnu foliju, kako bih uvek imala šta da pojedem. Između obroka koje smo mama i ja pravile, mazala sam med ili džem na dvopek, jela banane ili žitne pahuljice.

Na prvom ultrazvuku, klimnula sam glavom i ništa nisam rekla kad me je radiolog pitao da li sam došla sama. Mama je htela da pođe, ali nije mogla da izađe s posla. Ni Džema. Nisam disala dok sam čekala da te radiolog pronađe. I bila si tamo, na ekranu, trbušasta i nejasna. Gledala sam dok si protezala nogu i onda se vratila u sklupčan položaj, i nisam mogla da poverujem da se to događa u meni, a ja to ne osećam. Osećala sam neko čudno treperenje, ali ništa konkretnije od toga. Rasplakala sam se i odagnala suze. Volela bih da me je neko držao za ruku.

Nedugo nakon toga, stomak je počeo da mi raste. Bila sam mršava i izgledalo je kao da mi je stomak porastao preko noći. Ljudi kojima nisam rekla počeli su da shvataju, a ja sam i dalje povraćala u onu posudu svakog jutra, čim se probudim. Vreme kao da se ubrzalo nakon toga. Ubrzo sam te osećala kako se prevrćeš i protežeš, i smišljala sam imena i kupovala malu odeću, i pročitala nekoliko knjiga o trudnoći i porođaju, jer sam se osećala bespomoćno i želela sam da uradim nešto praktično.

Mama je pitala da li sam razmišljala o imenima. Kazala je da joj se sviđa Šarlot, ako bude devojčica, i Robert, ako bude dečak. Namrštila sam se. Nekako sam znala da si devojčica. Rekla sam da razmišljam o Idi. Moja baka, mamina mama, zvala se Idit, i volela sam je najviše kad sam bila mala. Imala je svetle, sjajne oči i bila je vesela, i uvek je imala neku priču o životu. Bila je sve što sam mislila da jedna žena treba da bude, i uvek sam sanjala da imenujem ćerku po njoj.

Mama je kazala da je to lepo, a kad sam je pogledala, videla sam da je mislima odsutna, možda se sećala majke, koja je umrla mlada. Imala sam samo deset godina, moja majka malo preko trideset, a Idit je imala nešto više od pedeset. Nikad nisam razmišljala o tome koliko je bila mlada, jer sam imala prijatelje koji su izgubili bake i deke i prihvatila sam to bez mnogo razmišljanja, kao što deca rade. Ali možda je mama trpela posledice toga. Naravno da je trpela posledice toga.

Nekoliko dana kasnije, ležala sam na krevetu s Džemom. Ležale smo jedna kraj druge, razgovarale o muškarcu s kojim je počela da se viđa i nekom školskom prijatelju na koga je naletela, to nije imalo veze s tobom, a ti si se tako naglo pomerila da sam instinktivno uhvatila Džeminu ruku i spustila je na svoj stomak. Džema je zaćutala, a i ti si zaćutala, bila si mirna na tren. A onda si se ponovo pomerila, kao prvi put i Džema je zaprepašćeno povukla ruku i kazala „Jebote!", a ja sam se osmehivala.

Poslednjih nekoliko nedelja bilo je teško. Padala je kiša i bojala sam se da ću se okliznuti i povrediti te. Bilo je čudno, mislila sam, nositi najdragoceniju stvar u svom životu na prednjem delu tela, kad možeš da se oklizneš i padneš. Bilo je neprijatno i došlo je vreme da se rodiš. Imala sam čudne nalete energije, čistila sam kuću, ali uglavnom sam sedela i gledala televiziju. Svakog jutra sam povraćala, i molila te da izađeš. Čekala sam tako dugo da te upoznam, i bila sam spremna. Torba je bila spakovana i stajala je kraj ulaznih vrata.

Mislim da nisam uopšte spavala tih poslednjih dana. Prevrtala sam se, nisam mogla da se skrasim, bila sam preumorna da čitam. Većinu noći, oko ponoći, ustajala sam iz kreveta i išla u prizemlje. Ponekad sam pila čaj stojeći u kuhinji, ponekad sam čitala knjigu ili časopis. Jednom sam ispekla kolače, a mama se nasmejala i pojela jedan za doručak, kad je ustala. Čekala sam. Čekala sam tebe.

I mada sam osećala, tokom tih dana i noći, kako će biti čudno imati dete u mojim godinama, kako neću znati šta da radim ili kako da se brinem o tebi, sad kad smo neko vreme zajedno, ne mogu bez tebe. I ne želim da ti budeš bez mene.

Želela sam da znaš koliko se bojim da ću te ostaviti. Molim te znaj, Idi, da ću se boriti protiv raka svim silama. Daću sve od sebe. Nadam se da ću ti, jednog dana, kad budeš imala petnaest godina, dati ova pisma i reći ti da sam ih napisala kad sam mislila da ću te napustiti, i da mi je drago što nisam.

S ljubavlju,
mama

12.

Ujutro onog dana kad je trebalo da se sastane sa Džejkom, Džes se probudila suvog grla. Uglavnom se oporavila, a prethodne noći je skinula zavoje i zurila u svoje telo u ogledalu, i dugo plakala. Znala je da hoće, ali sad je sve bilo gotovo, i bila je spremna da nastavi sa životom. Sastanak sa Džejkom bio je zakazan tek u dva, ali osećala se nervozno, napeto. Nakon što se istuširala i doručkovala, jedući jednom rukom dok je držala Idi drugom, obukla je sebe i nju i otišle su u šetnju.

Osećala se prilično oporavljeno nakon operacije. Provela je nekoliko dana u krevetu, prepustila je obaveze mami, a onda se polako vraćala u normalu. Ili ne baš u potpuno normalno stanje nego u onoliko normalno koliko je bilo moguće. Otišla je u bolnicu na snimanje, čekala je da čuje rezultate. Ali tog dana se potrudila da odagna brige.

Šetnja ju je spasavala otkako je rodila Idi. Do pre godinu dana nikad joj nije padalo na pamet da ode u šetnju, ako nije išla nekud, ali sad je izlazila s kolicima ili nosiljkom najmanje jednom dnevno, i nikad nije išla na neko konkretno odredište. Koliko god jogunasta bila Idi, koliko god neraspoložena i umorna i naporna, bilo joj je drago kad je bila napolju, umotanog tela i lica izloženog zimskom vetru. Džes je mogla da hoda kilometrima, duboko i lako je disala i pokretala noge, a Idi je dremala ili joj se osmehivala.

Džes je razmišljala o sastanku sa Džejkom, o tome šta će mu reći. Osoba kakva je sad znatno se razlikovala od osobe kakva je bila kad su bili zajedno. Da li će on prepoznati da je ona ista osoba, negde unutra? Da li je ostalo ičeg među njima? Ali onda je prekorila sebe i podsetila se da se ne sastaju jer ona želi da ponovo bude s njim. Sve je imalo veze sa Idi. S rakom i činjenicom da joj je budućnost bila tako nesigurna. S činjenicom da nije mogla da se pomiri s tim: da će joj on biti potreban na način na koji nije očekivala.

Hodala je jednom stazom i obrela se pored kanala. Idi je počela da se meškolji, ali zvuk vode kao da ju je smirio, i Džes je pogledala na sat i videla da su prošla gotovo tri sata otkako je Idi jela. Bilo je vreme da krene kući. Džes je pomislila da povede Idi na sastanak sa Džejkom, ali on je nije zamolio to, i zato se dogovorila da je ostavi s mamom. Baš kao kad je otišla u bolnicu, izmuzla je mleko i bilo ga je dovoljno za period njenog odsustva. Dani dojenja bili su ograničeni, jer za nedelju dana počinje hemoterapiju. Kad su se vratile kući, i kad je svukla Idi i prinela je grudima, pokušala je da zapamti taj trenutak. Jako vučenje kad je Idi uhvatila bradavicu, trzaji koje je osećala dok je njena ćerka sisala. Nije želela da zaboravi to. Provela je toliko sati radeći to tokom poslednjih nekoliko meseci, ali znala je kakvo je sećanje, kako bledi. Pogledala je Idi i poljubila ju je u teme. Idi se neće sećati, naravno. Džes se nadala da ona hoće.

Dva sata kasnije bila je spremna za polazak. Džema je došla i držala je Idi u naručju, a Džes je rasprostrla prostirku sa ogledalom u kojem je Idi volela da se ogleda i nekoliko igračaka koje je mogla da drži.

– Idi – kazala je Kerolajn. – Mi ćemo se snaći.

Džes je znala da njena mama ne odobrava sastanak sa Džejkom, ali sad nije bilo vreme da se bavi time. Sagnula se i poljubila Idi.

– Hvala ti – kazala je.

Bila je gotovo kraj vrata, kad je mama progovorila.

– Izgleda da si se mnogo potrudila. Nadam se da je on vredan toga.

Bilo je istina da se Džes mnogo potrudila. Da bi sprečila sebe da se oseća neprijatno zbog izmenjenog tela, provela je mnogo vremena baveći se šminkom i frizurom. Odabrala je crne farmerke koje su joj prikrivale postporođajni stomak. Potrudila se da pretvori sebe u devojku kakva je nekad bila. I kad je dobila poruku, bila je ljuta. Morala je da trči na voz, i on je upravo pošao kad joj je telefon zapištao, a kad ga je izvadila iz džepa i videla Džejkovo ime, osećala se kao kad su se tek upoznali. Nemirna, puna iščekivanja. Ali u poruci nije pisalo da on jedva čeka da je vidi, niti da je krenuo, čak ni da će zakasniti. U poruci je pisalo da ne dolazi.

Žao mi je, Džes. Nešto mi je iskrslo. Ne mogu da odložim to. Možemo li da se vidimo neki drugi put? X

Džes je osetila kako joj se vrele suze skupljaju u očima i zatreptala je. Kako se usuđuje da joj uradi to kad je organizovala da joj neko čuva dete i sve vreme se spremala, i nervozno čekala? Poželela je da razbije nešto. Želela je da razbije telefon, ali sprečila je sebe. Pogledala je kroz prozor u polja koja promiču, i osetila se bespomoćno. Kao da je prekasno. Za nju i Džejka. Za ljubav. I počela je da piše nekoliko poruka i obrisala ih je. Želela je da mu kaže kako je već u vozu, kako joj je uništio dan, kako je bila toliko uzbuđena što će ga videti. Ali bolje je da ništa ne kaže. Nije želela da on zna koliko joj je bilo stalo.

Pošto nije imala kud da ide, i nije morala da se brine o bebi, prvi put nakon nekoliko nedelja, Džes se uputila u Mančester kako je i namaravala i lutala od prodavnice do prodavnice. Besciljno. Pre godinu ili dve bila bi srećna da provede jutro ili popodne na ovaj način, možda da kupi novu bluzu ili karmin, ali nešto se promenilo i nije mogla da se usredsredi ni na šta. Na kraju je otišla u kafić gde je trebalo da se sastane sa Džejkom i sedela je sama, s kafom i komadom torte. Ponovo je pročitala Džejkovu poruku, proveravajući da joj nešto možda nije promaklo u tonu ili sadržaju. Ali bilo je nemoguće znati da li ju je poslao nepromišljeno, zato što je bio mamuran, i nije hteo da se smara, ili se dogodilo nešto ozbiljno. Džes je pretpostavljala da je ono prvo verovatnije.

Primetila je neku senku na stolu, i kad je podigla pogled videla je nekog muškarca, koji je želeo da razgovara s njom. Izgledao je nekoliko godina starije od nje, i bio je visok i imao je dužu kosu, nežne smeđe oči zbog kojih je izgledao ljubazno.

– Smem li da sednem kraj vas? – pitao je.

– Zašto? – Džes je znala koliko je grubo to zazvučalo, ali zanimalo ju je. Pogledala je oko sebe i videla da ima dovoljno praznih stolova u kafiću. Dakle, prostor nije bio problem.

– Izgledate kao da vam je potrebno društvo, to je sve – kazao je.

U prošlosti, Džes bi se osmehnula i pristala. Bila bi polaskana što se taj muškarac zanima za nju, posebno jer ju je neko drugi ispalio. Ali Idi ju je promenila, i samopouzdanje joj više nije bilo toliko povezano s mišljenjem drugih ljudi. A onda ju je rak dodatno promenio.

– Dobro mi je samoj – kazala je. Nije to ublažila osmehom, uprkos osećanju da je trebalo. Postojao je deo nje koji je želeo da kaže kako ima bebu i rak, pita ga da li je i dalje zainteresovan za nju. Ali nije bila dovoljno hrabra za to. Taj muškarac je otišao, nedokučivog izraza lica. Dobacio je preko ramena. – Nisi baš toliko seksi.

Dok bi se ranije postidela zbog toga, tog dana je Džes osetila bes. Nije tražila njegovu pažnju niti društvo. I odbivši ga, nije bila neljubazna niti ga je kritikovala. Zašto je osetio potrebu da je ponizi? Bila je besna. Na Džejka i ovog neznanca. Na sebe, što je verovala da se danas može dogoditi nešto dobro. Ostavila je napola popijenu kafu i nedirnutu tortu i skupila je svoje stvari, a onda se vratila na železničku stanicu.

Nedostajala joj je Idi. To je bila istina. Želela je, na neki način, da nije tako i da može da uživa u vremenu koje ne provodi s njom, ali nije mogla da izbegne to. Dojke su joj bile otežale i bolne, i želela je da oseti težinu bebe u naručju, da se mazi s njom na krevetu ili sofi. Želela je da ode kući.

Tek kad je izvadila ključ od kuće iz torbe, Džes se zapitala šta će reći mami i Džemi. Ako im kaže istinu, mama će se pretvarati da je saosećajna, ali Džes je znala da će biti zadovoljna, jer nikad nije verovala Džejku. Nije bila sigurna da može to da podnese. Otvorila je vrata i mama je stajala u hodniku. Mora da ju je čula kako se približava.

– Kako je Idi? – pitala je Džes.

– Dobro je. Spava. Kako si provela popodne?

Džes je bila umorna i tužna. Želela je da se pretvara, da kaže kako su ona i Džejk razgovarali, i da je bilo lepo, ali bila je preumorna da nastavi s lažima.

– Nije došao – rekla je.

Kerolajn je glasno uzdahnula. – Samo se nije pojavio? Ostavio te je da čekaš?

– Ne, javio mi je čim je mogao, ali već sam bila u vozu.

Džes se zapitala zašto ga brani. Nije znala da li joj je rekao što je pre mogao.

– A koji je njegov izgovor?

Izgovor, ne razlog. Džes se iznenada naljutila. Kao što se ranije naljutila na Džejka, ali ovog puta se naljutila na majku.

– Nešto mu je iskrslo – kazala je oštro. Prošla je kraj majke, oče-šala joj je ruku, i popila čašu vode u kuhinji pre nego što je otišla u dnevnu sobu da vidi Džemu i ćerku. Idi je spavala na leđima, s rukama kraj ušiju. Potpuno opušteno. Džema joj je uputila nežan, pomalo tužan osmeh, a Džes je znala da je čula razgovor s majkom u hodniku, i znala je da Džema nikad neće kazati „rekla sam ti". Džes je kleknula kraj Idi i nagnula se da čuje Idino tiho disanje. Disala je u istom ritmu kao ćerka dok se nije smirila. Bila je svesna da majka ulazi u sobu, ali nije ništa rekla, i ostale su tako, njih četiri, ćutale su, dok se Idi nije probudila.

Tek kad je dobila drugu Džejkovu poruku, Džes je shvatila da nije odgovorila na prvu.

Žao mi je, u redu? Nadam se da nisi ljuta.

Džes je mislila o odgovorima koje je mogla da pošalje. Smireno, kao da joj njegovo otkazivanje nije poremetilo dan. Pomalo ogorčeno. Ispunjena besom. Prsti su počeli da pišu, i poslala je poruku pre nego što je stigla da razmisli.

Ne znam zašto sam se iznenadila.

Gotovo odmah je dobila odgovor.

Šta bi to trebalo da znači?

Džes je znala da postoji prilika da popusti i pokaže da je bolja od njega, ali bila je toliko uvređena. Ne samo zbog sebe nego zbog Idi. Idi, kojoj će on možda biti potreban, da joj priskoči u pomoć. Baš kao njen tata, nije mogao da se potrudi i uradi pravu stvar.

Nema veze. Zaboravi.

Tišina minut ili dva, a onda njegov odgovor.

Uvek to radiš. Ako si ljuta, reci mi. Ne pretvaraj se da nije važno. Rekao sam da mi je žao i nisam mogao da dođem danas. Nadam se da veruješ u to.

Džes je odlučila da ne odgovara. Bilo je mnogo stvari koje je mogla da kaže u odgovoru, ali sve bi samo rasplamsale svađu. Iznenadila se kad joj je telefon ponovo zapištao.

Pokušaj da ne misliš najgore o meni, važi?

Bila je u iskušenju da odgovori nešto sarkastično, ali se zaustavila. Da li je stvarno to radila? Da li je uvek mislila najgore o ljudima? Ili možda samo o muškarcima.

Džes je želela da razgovara s nekim, ali nije bila sigurna s kim. Džema će uskoro otići na posao, a znala je da će joj se mama pridružiti u kritikovanju Džejka, ali nije bila sigurna da to želi. A onda se setila Aše, svoje negovateljice. Džes je potražila Ašin broj. Unela ga je u telefon pre nekoliko nedelja.

– Halo?

– Da li je to Aša? – pitala je Džes.

– Da. Ko je to?

– Ovde Džes Makinli. Videla sam vas u bolnici nekoliko puta. Ja sam ona s bebom...

– Sećam se, Džes. Šta mogu da uradim za vas?

Džes nije mogla da se seti zašto je pozvala, šta je nameravala da kaže. Samo se nadala, zar ne, da ova žena zna odgovore. Da zna kako se oseća, koliko je izgubljena.

– Ne znam šta da radim. Tako je teško. Samo se trudim da nastavim, ali toliko sam umorna.

– Džes, slušajte me. Vi ste mlada mama i to otežava sve kroza šta prolazite. Kad sam ja bila mlada mama, bila sam u haosu mesecima. A nisam imala rak. Dajte sebi malo vremena. Budite nežni prema sebi.

Džes je razmislila o tome. Možda je samo trebalo da radi jednu po jednu stvar, da ide korak po korak. Možda bi sve bilo u redu da je uradila tako.

– Hvala vam – kazala je.

– Da li ste željeli da me pitate nešto određeno?

– Ne, samo mi je bilo potrebno da razgovaram s nekim ko me ne voli. Izvinite, to zvuči pomalo ludo. Ali svi se toliko trude da mi bude bolje. To je iscrpljujuće.

– Shvatam, Džes. Pozovite me kad god želite.

Kad je završila razgovor, Džes je pustila vodu i sela u kadu, trudeći se da sve izbaci iz glave. Džejka, rak, svoju mamu. A te noći je spavala malo bolje.

13.

Džes je imala pregled u bolnici, a mama se ponudila da ponovo pođe s njom. I krenule su, Kerolajn, Džes i Idi, tri generacije žena u istom automobilu, išle su u bolnicu da saznaju kako je prošla operacija i kako se oporavlja. Džes ovog puta nije bila previše nervozna. Nakon svakog odlaska tamo, bolnica joj je postajala sve više poznata i sve manje zastrašujuća. I dalje je klela sudbinu zbog onog što joj se dogodilo, ali radila je to u sebi. Osećala se kao da se dobro oporavila, i nije imala razloga da veruje da ima dodatnih problema, tako da je očekivala da razgovor s lekarom bude prilično bezbolan.

Ali videla je, čim je prozvana, da se to neće dogoditi. Lekar koji joj je saopštio dijagnozu bio je tu, kao i Aša. Izgledalo je kao da im je laknulo kad je mama ušla u ordinaciju s njom. Džes je spustila nosiljku za bebu na pod i svalila se na stolicu.

– Šta nije u redu? – pitala je.

Džesina mama se okrenula da je pogleda. Sigurno nije to primetila. Ali za Džes je to bilo očigledno. Ordinaciju su ispunjavali malodušnost i zabrinutost.

– Vesti nisu dobre, nažalost – kazao je doktor.

Džes mu je bila zahvalna, što je prešao odmah na stvar. Čekanje ju je ubijalo.

– Kad smo obavili operaciju, tumor je bio veći nego što smo mislili, i zato smo vas pozvali da dođete na dodatna snimanja. Nažalost, rak se proširio. Sad vam je u kostima.

Džes je prvo pomislila na majku, koja je sedela kraj nje i slušala te reči. Nijedna majka ne bi trebalo da prolazi kroz to, mislila je. Sigurno ne bi mogla da sluša takve stvari o Idi. A onda je pogledala svoju bebu, koja je bila budna i zurila u nju, i shvatila je da nikad neće sedeti pokraj Idi na ovakvim pregledima, jer neće biti živa. Ako se Idi bude suočila s nečim sličnim u budućnosti, moraće to da radi bez majke kraj sebe. I zbog toga je počela da se guši. Osećala se kao da je nešto polako drobi. Lica ljudi u prostoriji su lebdela oko nje, i nisu htela da se smire. A onda je zatvorila oči, dozvolila da je tama okruži, dok je prihvatala tu novu i užasnu istinu.

A onda su stvari ponovo došle u žižu, i Džes je videla da mama tiho plače, dok joj suze teku niz lice. Džes je opipala sopstveni obraz, ali tako je i mislila: nije plakala. Okrenula se ka mami i nezgrapno je zagrlila, i mislila je koliko su puta tako tešile jedna drugu, i koliko će puta to još raditi. Kako je toga bilo sigurno više u prošlosti nego što će biti u budućnosti. Bilo je neobično misliti tako. Džes je osećala kako joj mamine suze kvase bluzu, i htela je da se odmakne, ali znala je da ne može. Na kraju, doktor se nakašljao i čarolija je razbijena. Džes i mama su se odmakle jedna od druge i okrenule ka čoveku koji je doneo tu vest u njihov život.

– Koliko mi je ostalo? – pitala je Džes.

– Džesika... – Kerolajn se ubacila. – Ne mislim da je korisno znati...

Džes se okrenula ka mami i pokušala da joj pogledom kaže da je voli. – Ja moram da se nosim s tim, mama. Želim da znam koliko mi je života ostalo.

Doktor je prošao rukom kroz kosu. Odlagao je to, što je značilo da nije dobro. Džes je pokušala da pretpostavi. Mislila je da bi podnela da čuje da je ostalo godinu dana, ali jedva. Bilo bi grozno, naravno, ali bilo bi dovoljno vremena da uradi stvari koje želi, da sredi sve za Idi. Idi se rasplakala, i Džes je pomislila kako je uvrnuto smešno što je ona, Džes, jedina od njih tri koja ne plače tokom ovog razgovora o svojoj budućnosti, ili njenom odsustvu. I kad je doktor progovorio, upravo je vadila Idi iz sedišta i mislila je da je pogrešno čula.

– Izvinite – kazala je, spremajući se da podoji Idi. – Šta ste rekli?

Namrštio se. To mora da je najgori deo njegovog posla, mislila je. Ko bi želeo taj posao, kad uključuje razgovore u ovoj sterilnoj, hladnoj sobi?

– Nekoliko meseci – kazao je. – Mislimo da je nekoliko meseci.

– Hoćete li početi hemoterapiju, kako je planirano? – pitala je Džes.

– Mislimo da je tako najbolje. Možda ćete živeti duže. Ali to zavisi od vas. Da li želite da radite to?

Džes je klimnula glavom. Nije znala. Kako bi mogla da zna? Samo je mogla da prihvati to što joj predlažu.

Govorile su vrlo malo u kolima na povratku kući, jer je Džes i dalje bila zaprepašćena, a mama je nastavila da plače kad je pokušala da kaže nešto. Kad su se parkirale ispred kuće, Džes je otvorila vrata gotovo pre nego što se mama zaustavila, i izašla je da uzme Idi.

– Dušo, trebalo bi da razgovaramo o ovom... – rekla je mama.

– Pozvaću Džemu – kazala je Džes, polako idući ka ulaznim vratima, sa sedištem u ruci. Idi je postala teža, primetila je. Biće joj teže da je nosi naokolo. I ponovo, taj način razmišljanja. Neće biti tu da vidi kako Idi prerasta ovo sedište za auto i seda u novo. Da je vidi kako se samostalno kreće, puzi i hoda. Nikad neće videti svoju ćerku kako trči. To nije zvučalo stvarno, ne još.

Pozvala je Džemu čim je došla u svoju spavaću sobu i zatvorila vrata. Idi je zaspala u kolima i nije se pomerila kad ju je Džes unela u kuću. Kad bude čula Džemin glas, i Džemin odgovor na vesti, znaće kako se oseća povodom toga, pomislila je. I nije bila sigurna zašto je to moralo da bude tako, niti šta je značilo. Samo je znala da mora da podeli najgore vesti koje je ikad imala sa svojom najboljom prijateljicom.

Džema se javila nakon četvrtog zvona. – Kako je bilo u bolnici? – pitala je.

Džes je zaustila da kaže nešto, i shvatila je da ne može. Reči su bile tu, navrh jezika, ali nije mogla da ih kaže.

– Džes, jesi li tu?

– Ovde sam – procedila je.

Nikad nije čula da joj glas tako bezizrazan, i to ju je zaprepastilo.

– Loše vesti? – pitala je Džema. – Džes, ovde sam. Možeš da mi kažeš.

Da li može? Uvek je govorila Džemi sve. Dobre i loše stvari. Ali ovo nije kao sve ostalo, zar ne? Ovo je tako konačno, i stvar koja pripada prijateljstvu starica, a ne devojaka.

– Džema – kazala je. – Umirem.

Niko nije izgovorio tu reč. Ni lekar, niti mama. Da nije čula Džemin glasan uzdah, pomislila bi da je prijateljica prekinula vezu. Džes je sela na svoj krevet i zapitala se gde je Džema, gde se nalazi dok sluša te vesti. Da li će uvek povezivati tu prostoriju, to mesto, sa Džes? Da li će se sećati ovog razgovora kad Džes bude mrtva?

– Ne! – Džema je rekla. – Ne umireš, Džes. Neću ti dozvoliti, jebote.

Džes nije ništa rekla. Bilo joj je teško da diše. Pogledala je Idi i to ju je smirilo. Dok je gledala svoju bebu, znala je kako da nastavi. Udahni, izdahni. Samo diši. Kako to da će umreti? Kako to da će ostaviti sve te ljude koje mnogo voli? Kako to da ljubav nije dovoljna?

– Džema – čula je sebe kako govori. – Ne znam mogu li ja ovo.

– Doći ću za deset minuta.

Kad je stigla, Džema je uzela stvari u svoje ruke. Kerolajn je lutala od sobe do sobe, u prizemlju, nesposobna da se skrasi ili opusti. Džema je skuvala čaj, pobrinula se za Idi, dodala Džes pidžamu i rekla joj da ide u krevet. Sve to vreme, Džes je pokušavala da podseća sebe na svoju užasnu situaciju. Imala je dvadeset jednu godinu, imala je bebu, i umirala je od raka. Te tri stvari se nisu uklapale. A ipak su sve bile istinite, i ona je morala da se suoči s tim.

14.

Draga Idi,

Želela sam da znaš kako rak nije ono najvažnije o meni. Čitavog svog života imaćeš ovu priču i nećeš imati mene. Moja majka je umrla od raka kad sam bila beba. To ćeš govoriti ljudima, a oni će ti govoriti koliko im je žao, i izgledaće da smo rak i ja nerazdruživi. Ali nije uvek bilo tako. Dobila sam dijagnozu s dvadeset jednom godinom, i živela sam preko dve decenije ne pomišljajući na rak. Samo zato što sam skončala od raka, ne želim da misliš kako je to bilo najvažnije u vezi sa mnom. Najvažnija u vezi sa mnom bila si ti.

Sve donedavno, povezivala sam rak sa starim ljudima. Znala sam da mladi ljudi, čak i deca, mogu da ga dobiju, ali nisam mislila da mogu da umru. Bila sam naivna i drago mi je zbog toga. Jer da sam znala da bi tako nešto moglo da mi se dogodi, bila bih možda više uplašena, i ne bih živela tako bezbrižno i dobro.

Sećam se kad smo Džema i ja prvi put pušile cigarete. Zamolila je svog starijeg brata Dena da ih kupi za nas, pakovanje od deset marlboro lajtsa. Imale smo četrnaest godina i bio je početak leta. Zajedno smo posle škole otišle do njene kuće, odšunjale smo se na sprat i pokucale na Denova vrata. Slušao je trans muziku vrlo glasno i nismo znale da li nas je čuo, tako da je Džema otvorila vrata. Ležao je na krevetu s jednom devojčicom godinu dana starijom od nas. Ljubili su se, a njegova ruka bila je u njenoj bluzi. Godinama sam se ložila na Dena, i dok smo stajale tamo, zapitala sam se da li bih želela da ja ležim tamo, a on me dodiruje. I jesam i nisam. To me je malo uplašilo. Mislila sam da će Den da drekne na nas što smo ih omeli, ali samo je pružio ruku ka svojoj jakni, izvadio cigarete iz džepa i bacio ih Džemi, i pre nego što smo izašle ponovo je ljubio tu devojku. Nije ništa rekla, a mene je zanimalo kako se osećala, da li joj je smetao prekid ili to što smo je gledale.

– Da li Den izlazi s tom devojkom? – pitala sam.

– Izgleda tako – kazala je Džema.

Džemini roditelji nisu bili kod kuće. Oboje su radili kao medicinske sestre, i u smenama. Izašle smo u dvorište. Džema je imala upaljač koji je kupila na trafici. Brinula sam da će nas Džemina prva komšinica videti i reći Džeminim roditeljima, ali Džema je slegnula ramenima i kazala da ju je baš briga. Bila je hrabrija od mene. Skinula je celofan s kutije, izvadila dve cigarete i zapalila ih, a onda dodala jednu meni. Osećala sam se neprijatno, ali bilo mi je drago što radimo to zajedno. Znala sam da ću kašljati ili uraditi nešto pogrešno, i nije mi smetalo da Džema to vidi.

Sećam se osećaja sunca na obrazima i čelu dok sam prinosila cigaretu usnama. Imala je grozan ukus, kao što sam očekivala, i nisam razumela zašto toliko ljudi puši. Mislim da nijedna od nas nije uvukla dim kako treba. Duvale smo dim u topao vazduh i dizale obrve jedna prema drugoj. Pitala sam se kako smo izgledale, da li smo izgledale kul, starije ili drugačije. I dalje smo bile odevene u školske uniforme, i sećam se da sam mislila kako će mama osetiti dim na mojoj i pitati me za to. To nije bilo dovoljno da me spreči. Bilo mi je pomalo muka i malo mi se vrtelo u glavi, ali ipak sam ponovo prinela cigaretu usnama.

A onda je devojka iz Denove sobe izašla na zadnja vrata, bosa, i pitala može li da dobije cigaretu. Džema je slegnula ramenima i dodala joj jednu, i pitala nas je da li smo treći razred, što je verovatno već znala. Bila sam previše ćutljiva, i želela sam da Džema postavi toj devojci neka pitanja, i pokušavala sam da se setim da li se zove Lusi, Lajla ili Loren. Jednom je svirala flautu u orkestru, i sećala sam se toga, a nisam znala zašto. Verovatno je imala petnaest godina, i pušila je uverljivije nego ijedna od nas, a ja sam očajnički želela da znam da li ona i Den imaju seks, da li su upravo imali seks u periodu otkad smo ušle u njegovu sobu do trenutka kad je izašla da puši s nama. Ali nisam mogla da pitam.

Kad smo sve tri ugasile opuške na kamenju koje je oivičavalo Džemino dvorište, a Džema ih odnela u kantu za smeće, Den je izašao iz kuće. Podigao je ruku da zakloni oči od sunca i rekao je devojci kako je mislio da je otišla kući. Kazala je da upravo kreće, i prošla je kraj njega ne dodirujući ga, a on ju je gledao kako odlazi. I tačno se sećam šta nam je onda rekao.

– Umrećete od raka ako popušite previše cigareta.

To je bilo neočekivano i nisam bila sigurna da li se šali. Mnogo puta sam ga videla kako puši. Ali ne nedavno. I dalje sam imala ukus cigarete u ustima, i nisam uživala u tome, ali nameravala sam da popušim ostatak kutije sa Džemom, čim mi se ukaže prilika. U stvari, pitala sam se koja će od nas popušiti jednu manje, zbog one jedne koju je ta devojka uzela. Podelile smo troškove. Mislila sam kako je pušenje nešto što moraš da vežbaš pre nego što u njemu postaneš dobar. Ali nakon što je Den rekao ono, više nisam bila tako dobro raspoložena i imala sam osećaj da je popodne završeno. Rekla sam da idem kući. Džema je slegnula ramenima i vratila se u kuću. Den je sedeo na stolici pored zadnjeg ulaza, i kad sam prošla kraj njega, dodirnuo mi je ruku i rekao da ćemo se videti kasnije. Odmakla sam se, zbunjeno. Nisam nikog poljubila. Znala sam da Džema jeste, i osećala sam se kao da zaostajem, kao da je ona mnogo ispred mene. Ali nisam bila sigurna da sam spremna za to. I sad je Den, dečak koga sam najviše želela da poljubim, očijukao sa mnom, a ja sam bila uplašena.

Otišla sam peške kući, sisajući mentol bombone i nadajući se da je to dovoljno da ukloni miris dima. I izgleda da jeste bilo, jer mama nije ništa rekla. Ne sećam se pušenja ostatka te kutije cigareta, ali verovatno smo uradile to, a bilo je i drugih kutija nakon toga. Ali nikad nisam redovno pušila, i ponekad sam se pitala koliko je to imalo veze s Denovim rečima. Umrećeš od raka. A sad, eto, umirem od raka.

Doživela sam prvi poljubac nekoliko nedelja nakon toga, i ne s Denom. Bio je to jedan dečak s kojim sam išla na engleski, koga smo videle u parku, s nekim prijateljima, jednog petka uveče. Odveo me je dalje od Džeme i pribio me je uz merdevine tobogana, i gurnuo mi je debeli jezik u usta pre nego što sam bila spremna, i bilo je grozno. Želela sam, onda, da sam bila dovoljno hrabra da očijukam s Denom. Da sam se samo pojavila u njegovoj kući jednog popodneva i pokucala na vrata. Moraš da uzmeš ono što želiš kad ti se ponudi, jer ponuda neće uvek važiti.

Den i dalje živi u istoj kući, i ponekad ga viđam kad Džema i ja idemo u grad. Zna da imam bebu. Verovatno zna i da imam rak. Pitam se da li se seća šta mi je rekao, tog letnjeg popodneva pre sedam godina. O raku, o ljubljenju.

Želela sam da znaš kako rak nije ono najvažnije o meni. Bila sam tinejdžerka, nekad, obična i mlada. Očajnički sam želela da odrastem, ne znajući šta će se onda dogoditi.

S ljubavlju,
mama

15.

Nakon nekoliko dana, Džes je počela da se privikava na novu situaciju. Stalno je zaboravljala. Stalno je mislila na stvari koje bi mogla da uradi sa Idi u budućnosti, a onda bi se setila da neće biti živa. Nije primećivala koliko razmišlja o budućnosti, dok nije ostala bez nje. To prisećanje je bilo teško i bolno; kao šamar. Kerolajn se trudila da se ponaša što je normalnije mogla, ali Džes ju je dvaput čula da plače iza vrata spavaće sobe. A tu je bila i Idi. Nesvesna, i obe su joj bile potrebne izuzetno mnogo.

Džes je odlučila kako bi bilo lepo da pronađe neke fotografije i izdvoji ih za Idi. Mislila je da pita mamu gde su sve fotografije, ali čula ju je dole u prizemlju i odlučila da je ne gnjavi. Osećala se kao da hoda po konopcu, trudeći se da kontroliše svoje očajanje i ne uznemirava majku, i to je bilo iscrpljujuće. Pronaći će te fotografije sama. Otišla je u majčinu spavaću sobu. Jedna komoda bila je puna uredno presavijene odeće, a u drugoj su se nalazili dokumenti, sitnice, sve i svašta. Džes je sklonila kosu sa očiju i otvorila gornju fioku. I tu je pronašla gomilu pisama sa svojim imenom napred. Džejkov rukopis. Neotvorena.

Zaboravivši na fotografije, Džes je izvadila pisma iz fioke i odnela ih u svoju spavaću sobu. Prebrojala ih je, drhtavim rukama. Šest. Pogledala je datume, i videla je da je prvo stiglo nedugo nakon velike svađe s Džejkom, one koja je okončala sve. Otvorila je prvo. Idi je spavala u kolevci kraj Džesinih nogu, a kad ju je Džes pogledala, videla je Džejka u ćerkinim očima, u obliku njenih usana.

Džes,
Rekla si mi da voliš prava pisma kad smo bili u bioskopu i gledali film o ljubavnicima, koje je razdvojio rat, i koji

su pisali jedno drugom pedeset godina. Film se završio i svi su izašli, ali ti si me uhvatila za ruku i rekla mi da ostanem na sedištu jer si plakala i trebalo ti je malo vremena da se pribereš. Evo ti pismo. Znam da ne možemo da povučemo stvari koje smo rekli juče, i tražila si da ti se ne javljam, tako da ti neću slati poruke, imejlove niti ću te zvati. Ali pismo mi izgleda drugačije. Možeš da odabereš da li ćeš da ga otvoriš i kad. Ako čitaš ove reči, želim da znaš da mi je žao. I već mi nedostaješ, a prošao je samo jedan dan.
    S ljubavlju,
    Džejk x

Džes je bila kao paralizovana. Svih tih meseci je verovala da on ne mari. Da je odabrao da ćuti. Otvorila je drugo pismo.

Džes,
    Prošlo je nekoliko nedelja od mog prvog pisma, a nisi mi se javila. Ne znam da li si previše ljuta da bi mi se javila ili si bacila pismo. Stalno mislim na tebe i našu bebu. Sad si u četvrtom mesecu trudnoće. Stalno mislim na to da li ti se stomak vidi, i da li osećaš bebine pokrete. Čak mi ni sviranje gitare ne pomaže da ne mislim na tebe, jer samo želim da te pozovem i postavim ti pitanje koje mi se mota po glavi. Možeš li da mi oprostiš?
    S ljubavlju,
    Džejk x

Džes je ostala bez daha. Uzela je dva pisma koja je otvorila i pročitala i sjurila se u prizemlje. Mama je bila u dnevnoj sobi, usisavala je. Nije čula Džes, i kad se konačno okrenula, oči su joj bile iskolačene od iznenađenja.

– Šta je ovo, jebote, mama? Zašto si sakrila ova pisma?

Kerolajn je krenula da isključi usisivač i uputila je Džes jedan od onih pogleda koje je poznavala od detinjstva. Pogled koji je značio: ja sam odrasla osoba, a ti si dete. Znam šta je najbolje.

– Ne razgovaraj tako sa mnom, Džesika. Žao mi je. Uradila sam ono što sam mislila da je najbolje.

– Kako je najbolje da sakrivaš pisma od osobe kojoj su upućena? To nije najbolje, to je petljanje u tuđa posla! – Džes je osetila kako joj se obrazi žare, a srce joj tuče kao ludo.

– Čekaj malo – kazala je Kerolajn, pomalo nesigurnim glasom. – Stavi se na moje mesto. Vratila si se kući, trudna, prestrašena i slomljenog srca. Rekla si mi da si raskinula sa Džejkom, da on ne želi da ima nikakve veze s tobom i bebom. Uradila sam sve što sam mogla da se pomirite. A kad je prvo pismo stiglo, ti si tek počela da ga zaboravljaš. Odlučila si da zadržiš bebu i počele smo da pravimo planove, i nisam želela da te ometam dozvoljavajući ti da pročitaš njegove bedne izgovore.

Džes je žestoko odmahnula glavom. – To nije bila tvoja odluka. Nisi imala pojma šta je pisalo u tim pismima. Idi je njegovo dete, mama. Njegovo i moje. Nisi imala nikakvo pravo da se tako isprečiš između nas.

Ne čekajući odgovor, Džes je izjurila iz sobe i vratila se na sprat. Dugo nije čula uključivanje usisivača. I za to vreme, pročitala je ostala pisma, jedno za drugim.

Džes,

Prošle su nedelje otkako si otišla, i svako jutro se budim i tražim te u krevetu. Moje telo odbija da zaboravi. Sad si u petom mesecu trudnoće, i ne mogu da te zamislim sa stomakom. Možda znaš, dosad, da li je dečak ili devojčica. Trudim se da ne mislim kog je pola beba, ali kad te zamišljam kako je držiš, uvek vidim devojčicu. Kad čitam neku knjigu ili gledam televiziju, mislim o imenima likova i da li bi to bilo dobro ime za našu bebu. Jebiga, Džes. Znam da sam pogrešio onog dana kad si mi rekla. I znam da možda nema nade. Ali ne želim ovakav život, stalno na putu, bez ikoga s kim mogu da razgovaram. Želim život kakav sam imao, s tobom.

S ljubavlju,

Džejk x

Džes,

Ne znam da li čitaš ovo ili da li želiš da čuješ šta radim, ali moram da zamišljam da si tamo jer bih se inače osećao izgubljeno. Sviramo pet-šest svirki nedeljno, u malim pabovima i klubovima. To je naporan posao, a ljudi nas uglavnom ne slušaju. Ali osećam da mi je ovo jedina prilika i moram da dam sve od sebe. Tom i ja pišemo gomilu novih pesama. Pre neki dan bili smo u Brajtonu, i jedna devojka je došla u bekstejdž i poljubili smo se, ali nije mi prijalo. Zamolio sam je da ode, i ona je izgledala uznemireno i osetio sam se grozno, ali želeo sam da si to ti, i ne bi bilo pošteno.
S ljubavlju,
Džejk x

Džes,

Ubija me što ne znam da li si se porodila, da li ste vas dvoje dobro. Mislio sam mnogo puta da te pozovem. Izgleda da, kad god gledam televiziju, vidim neku bebu i ubija me što ne znam da li imam sina ili ćerku. Mora da ti teško pada to što si sama. Znam da imaš mamu, ali voleo bih da imaš mene. Odlučio sam, nakon poslednjeg pisma, da ti više neću pisati, ali ipak sam napisao ovo pismo. Ne znam kako da ti objasnim koliko mi je žao. Ako postoji prilika da budemo porodica, ne želim da odustanem od toga.
S ljubavlju,
Džejk x

Džes,

Dobro, ovo je poslednji pokušaj. Ne mogu da radim ovo sebi. Nakon što pošaljem pismo, provedem nekoliko dana, pitajući se da li je stiglo i razmišljajući o tome kako ga otvaraš, čitaš ga i odgovaraš. A onda, nedelju dana kasnije, zovem roditelje svakog dana da pitam ima li pošte, i stalno gledam u telefon. To nije dobro za mene. Mislim da si mi poslala jasnu poruku svojom ćutnjom. Dosad si sigurno rodila bebu, i uvek se pitam kako vam je, kako si nazvala dete, da li misliš na mene. Ali ne mogu da pričam sam sa sobom. Uvek sam ovde, ako se predomisliš ili želiš da razgovaraš.

S ljubavlju,
Džejk x

Idi se probudila kad je Džes završila poslednje pismo, i nije shvatila da plače dok nije podigla svoju ćerku i suze su počele da joj padaju na Idinu meku, paperjastu kosu. Spustila je Idi na grudi, nadajući se da ima dovoljno mleka da je nahrani. Nakon operacije, dojila ju je iz jedne dojke, i morala je da dopunjava ishranu bočicama formule uprkos tome što je muzla mleko kad god je imala priliku. Džes je znala da lekari misle kako je tvrdoglava. Nije htela da odustane od dojenja kad je započela hemoterapiju, a svi su mislili da bi trebalo. Ali nekako nije. Bilo je nečeg posebnog u osećaju da je Idi potrebno nešto iz Džesinog tela, i Džes je želela da nastavi sve dok može. To je bila jedina stvar koju je njeno telo radilo kako treba, i želela je da nastavi.

Pomislila je na poruku koju je poslala Džejku s pitanjem mogu li da se sastanu. Sve je sad izgledalo drugačije, kad je pročitala pisma, kao da je promenila sočivo na kameri i mogla je sve jasno da vidi. Džejk je pretpostavljao da je ona znala kako mu izgleda život na turneji, jer što se njega tiče, on joj je napisao o tome. A kad je morao da otkaže njihov sastanak bez objašnjenja, mislio je da će ga ona razumeti, da se takve stvari događaju na turneji. Bes koji je Džes osetila prema svojoj majci i dalje nije prošao, ali trudila se da je to ne obuzme potpuno, jer je sad morala da misli o nečem važnijem. Džejk je želeo da se sastane s njom, želeo je to već dugo, a ona to nije znala. A sad je imala dodatne razloge da se sastane s njim.

Idi se odmakla od Džesine dojke, sita i naizgled zadovoljna, ali za nekoliko minuta, počela je da otvara i zatvara usta, kao da pokušava ponovo da sisa, i Džes je znala da i dalje očekuje mleko iz druge dojke. Sredila je odeću i odnela Idi u prizemlje da joj dâ bočicu. Nije htela ponovo da vidi mamu nakon malopređašnje svađe, ali nije imala drugog izbora. Sipala je mleko u prahu u bočicu, Idi se vrpoljila i plakala joj na ramenu, kad je mama ušla u sobu. Krenula je da uzme Idi, i Džej joj je dozvolila, jer se mučila, ali nije joj bilo previše drago što je prihvatila pomoć. Ne još.

– Žao mi je – kazala je Kerolajn.

Džes se iznenadila. To nije bila reč koju je mama često koristila, i Džes je znala koliko joj je bilo teško da to kaže.

– Nisam želela da budeš povređena. Nisam želela da Idi bude povređena. Mislila sam da bi mogao da se vrati i ponovo nestane. Muškarci to rade.

Džes se okrenula. – Ne svi muškarci, mama. To je tata uradio. Ali ne možeš da se ponašaš prema Džejku kao da je isti kao tata.

Kerolajn se osmehnula, ali kiselo. – Živela sam mnogo duže nego ti, dušo, i možeš da mi veruješ.

Naglo je zaćutala, a Džes je znala da je shvatila šta je rekla. „Živela sam mnogo duže nego ti." *Duže nego što ću ja ikad živeti*, dodala je u sebi Džes.

– Slušaj – nastavila je Kerolajn. – Niko od nas ne zna šta treba da radi. Situacija je teška, i niko nije mogao da je predvidi. Da li bih uradila nešto drugo s pismima da sam znala da ćeš sad imati rak? Možda. Ne mogu da budem sigurna. Ali tu smo gde smo, i ako želiš da uključiš Džejka, neću te sprečavati...

– O, baš si velikodušna! – Džes više nije mogla da zadrži bes. – Nimalo te se ne tiče da li ću da stupim u kontakt s njim ili neću. On je Idin tata, za slučaj da si zaboravila, a njoj će biti potreban tata, jer neće imati mamu još dugo...

Džes je zaćutala, nesposobna da nastavi. Jecala je, i još nije završila pripremu mleka, a Idi je plakala sve glasnije. Kerolajn ju je nežno ljuljala, tiho joj govoreći i pokušavajući da je umiri. Bila je dobra baka, Džes nije mogla da porekne to. Džes ne bi mogla da radi to bez nje. Ali sigurno joj to nije davalo pravo da se ponaša ovako, da tretira Džes kao neko dete koje ne može da donosi odluke o svom životu i budućnosti svoje ćerke.

Kad je bočica bila spremna, Džes ju je ćutke dodala mami i napustila sobu. Znala je da će Kerolajn nahraniti Idi i staviti je na spavanje, zato je otišla na sprat, legla u krevet i plakala. Sve je bilo tako grozno, i nije bilo fer, i nije znala kako da popravi stvari. Uzela je telefon i napisala poruku Džejku.

Upravo sam pročitala tvoja pisma. Mama ih je skrivala od mene. Nisam znala da želiš da se vidimo.

Pogledala ju je pre slanja. Da li je bila jasna? Bilo je toliko toga što je želela da kaže. Deo nje je hteo da uzme telefon i pozove ga, ali nije verovala sebi da mu neće sve ispričati, o raku i svemu, u jednom uplašenom naletu. Poslala je poruku i spustila telefon na pod kraj kreveta da ga ne bi stalno gledala očekujući odgovor.

Džes mora da je zaspala jer je videla mamu kako sedi na ivici kreveta sa Idi u naručju.

– Dušo – kazala je Kerolajn – kako se osećaš?

Džes je sela i uzela Idi. – Dobro sam. Nisam htela da zaspim. Žao mi je što sam te ostavila s njom.

Džes je zaćutala, svesna da je to što govori smešno kad će za nekoliko nedelja ili meseci, Džes ostaviti Idi zauvek s mamom.

– Šta da radim? – pitala je. – Mislim, kad ne budem mogla da se staram o njoj. Kad budem previše bolesna, umorna od terapije, svega toga.

– Smislićemo nešto – rekla je Kerolajn. – Uglavnom radim danju, a Džema noću. Ponudila se da pomogne koliko može. Upregnućemo i tvog tatu ako budemo morali...

– A Džejka? – pitala je.

Pogledala je majčino lice, primetila brigu.

– Pretpostavljam da to zavisi od tebe – kazala je.

Bila je to nekakva pobeda, ali nije izgledalo tako. Džes je spustila Idi na krevet pored sebe i primakla joj se. Možda će, ako ostane blizu Idi, što duže može, nekako utisnuti sebe u ćerkino sećanje. Možda će se Idi sećati da se osećala bezbedno i voljeno, iako se neće sećati Džesinog lica ili glasa.

Kerolajn je ustala da izađe iz sobe, a onda se okrenula. – Želiš li nešto?

Džes je pokušala da proguta knedlu. Bilo je mnogo stvari koje je želela, ali za razliku od detinjstva, mama nije mogla da popravi sve. – Ništa, hvala ti – kazala je.

Džejkov odgovor stigao je nakon što je mama izašla.

Da li je to istina? Proveo sam mesece misleći da me mrziš. Zašto bi to uradila?

Džes je iznenadio njegov oštar ton, posebno nakon što je pročitala šest nežnih i iskrenih pisama, jedno za drugim. Nije znala šta da misli. Brzo je napisala odgovor.

Kunem se da je istina. Stvarno moram da razgovaram s tobom. Možemo li da zakažemo drugi sastanak?

Sastanak nije zvučao kao odgovarajuća reč. Bila je previše hladna i poslovna, ali nije mogla da se seti ničeg drugog, i poslala je poruku. A onda je čekala, ležeći kraj ćerke, na odgovor koji nije došao.

16.

Draga Idi,
Želela sam da znaš zašto smo tvoj tata i ja raskinuli.
Trudnoća nas je oboje iznenadila. To mora da je teško proči-
tati, i žao mi je, ali htela sam da ti kažem istinu. Ne želim da
ulepšavam ništa. Bili smo mladi i imali smo velike planove za
budućnost i nikad nismo razgovarali o tome da imamo decu,
sigurno ne još, i bili smo veoma uznemireni, i nismo znali šta
da radimo. Bila sam sva sluđena otkako sam saznala, i nisam
rekla nikom osim tvom tati. Ni mami, niti Džemi. Nosila sam
te naokolo kao neku tajnu.
  Jednog dana, nekoliko nedelja nakon što sam saznala,
otišla sam kod tvog tate i videla sam da se nešto dogodilo.
Nešto uzbudljivo. Stalno se šetkao, nije mogao da se skrasi,
ali kad sam ga pitala šta se događa, rekao je ništa. I bili smo
zajedno sat-dva, pričali o svemu drugom osim o trudnoći,
oboje smo pokušavali da se pretvaramo kao da se ništa nije
promenilo među nama i da smo i dalje zaljubljeni i mladi, bez
obaveza i odgovornosti. A onda, dok smo sedeli na sofi i gle-
dali televiziju, tvoj tata je dobio neki SMS, i telefon mu je bio
na naslonu sofe kraj mene, i pogledala sam i pročitala sam je.
Pisao mu je prijatelj Tom: Jesi li odlučio? Uzeo je telefon, pro-
čitao poruku, a onda ga stavio u džep, ne odgovorivši. Znao je
da sam je videla, i čekala sam da kaže nešto o tome, ali nije.
Minut ili dva sam ga gledala kako gleda televiziju, kao da
nisam tu. I ustala sam i uzela daljinski i isključila televizor, i
stala sam ispred njega, prekrštenih ruku, i čekala da kaže ili
uradi nešto.

– Šta je bilo? – pitao je.

Bila sam uglavnom smirena, ali tad mi je bilo dosta. Prasnula sam.

– Kako to misliš, šta je bilo? Došla sam danas u nadi da ćemo razgovarati o tome šta da radimo, o bebi, a vidim da se nešto događa s tobom, ali ti nećeš da mi kažeš šta je. Nervozan si i čudan. Pokušala sam da ignorišem to i samo budem s tobom, ali onda si dobio tu uvrnutu poruku od Toma i pretvaraš se da je nema. Moraš odmah da mi kažeš šta se događa!

Tokom mog monologa, Džejk je podigao ruke, kao da se predaje.

– Smiri se, Džes. Dobro, reći ću ti. Hoćeš li da sedneš?

Sela sam na sofu kraj njega. Mislila sam o trenucima kad smo sedeli tu zajedno, gledali filmove ili razgovarali. Obično zagrljeni, ruku i nogu obavijenih oko onog drugog. Ali tad smo sedeli udaljeni nekoliko centimetara i želela sam da pređem tu udaljenost rukom, ali znala sam da moram da ga saslušam.

– Bend. Tomu se javio taj tip iz izdavačke kuće. Svideli smo im se. Žele da napravimo veliku turneju po pabovima i klubovima, da steknemo obožavaoce.

Želudac mi se zgrčio. Izgubiću ga. Znala sam, u tom trenu, da je sve gotovo. Postavila sam mu mnogo pitanja, kao, da li će izdavačka kuća da potpiše ugovor s njima i da li će biti plaćeni za tu turneju, a sve vreme sam razmišljala da odgovori nisu važni, jer videla sam koliko je želeo da uradi to, i koliko će me zamrzeti ako ga zamolim da ne ide.

Pitala sam ga da li je rekao Tomu za trudnoću, a on je odmahnuo glavom. I mislila sam da mi je tako poručio da nije spreman da promeni svoj život kako bi napravio mesta za tebe. Onda me je zagrlio, stavio mi ruke u kosu, i poljubio me je u čelo. I osetila sam kao da se oprašta od mene. Baš je bilo grozno što je ta divna prilika okončala sve. Prilika kojoj bih se radovala i koju bih slavila u svakoj drugoj prilici. Bio je to korak napred ka onom što je on stvarno želeo, onom što su mnogi ljudi želeli a većina nije dobijala, i očajnički nisam želela da mu stojim na putu. A opet, stvari su se promenile, zbog tebe.

Pokazao je glavom na moj stomak i pitao jesam li odlučila šta želim da uradim. To je zapečatilo sve. Ranije smo uvek pominjali nas, o tome šta ćemo mi da uradimo. Ali sad sam bila sama. Nije moglo biti jasnije. Ustala sam, nadajući se da on neće videti kako mi se srce slama, i pokušala sam da budem jaka. Rekla sam mu da ću te roditi. Tad sam prvi put to rekla glasno, ali čim sam to uradila znala sam da je to istina. Rekla sam da ću se vratiti kući i živeti s mamom, i on je klimnuo glavom. Raskidala sam s njim. – Šta će se dogoditi kad se vratim? – pitao je. Nije rekao, do tog trenutka, da će otići.

Nisam bila sigurna šta me pita. Da li ga je zanimalo možemo li i dalje biti zajedno, ako ja to želim? Mislila sam o njemu koji ide od grada do grada, svira gitaru i peva te umilne, umilne pesme koje su on i Tom napisali, i znala sam da će biti drugih devojaka. Nisam mogla da ga zadržim. To ne bi upalilo. Želela sam da se ponašam odraslo, ali bila sam toliko povređena, i to sam i rekla.

– Nema mesta za tebe u našim životima – rekla sam. – Ni mom niti bebinom. To nije pošteno. Sad smo gotovi.

Džejk je izgledao zbunjeno, i pitala sam se šta je očekivao. Da li je mislio da ću reći kako treba da ode na nekoliko meseci, a ja ću roditi bebu, a onda može da se vrati kući i igra se tate, i sve će biti u redu? Nisam mogla da kažem to. Možda neke žene mogu, ali ja ne. Izgledao je tužno i ljutito, ali nije rekao da će ostati. Da možemo da pokušamo, on, ja i ti. Da je to rekao, popustila bih. Ostala bih s njim.

Bilo je vreme da pođem. Nisam imala šta da kažem. Skupila sam stvari: svoju jaknu, ključeve, telefon. I mislila sam kako sam, kad došavši, nekoliko sati ranije, nehajno skinula tu jaknu ne znajući da ću, kad je ponovo obučem, ostati bez svoje velike ljubavi. Htela sam da ga poljubim, da podsetim sebe, ali znala sam da je to nemoguće. Zamolio me je da ne *odlazim ljuta, ali nije zvučao ubedljivo. Znao je da je gotovo. Oboje smo znali.*

Kad sam bila na vratima, pozvao me je po imenu. Pitao je da li ću se javljati, reći mu kad se porodim, obavestiti ga da je sve u redu. Zaustavila sam se, držala sam kvaku, a suze su mi potekle. Nekako sam uspela da umirim glas.

– Ne – kazala sam. – Gotovo je, Džejk. To te se više ne tiče.

I izašla sam i začkiljila zbog jakog sunca, i plakala sam sve do kuće. Želela sam da znaš kako smo tvoj tata i ja raskinuli. Bilo je gadno, i tužno, i verovala sam da je to konačno.

S ljubavlju,
mama

17.

Džema je pogledala svoj telefon, a onda ga priključila na punjač u svojim kolima.

– Napravila si plejlistu za hemoterapiju? Stvarno? – Džes se tiho nasmejala, i to u danu kad nije očekivala da će to moći. Morala je da zahvali Džemi za to.

– Naravno! Pravim plejliste za sve, znaš to.

To je bila istina. Kad su bile tinejdžerke, Džema je pravila plejliste za svaku žurku na kojoj su bile ili putovanje na koje su išle. Svaku zaljubljenost, svakog dečka. Džes je mislila na Džejkovu plejlistu koju joj je Džema poslala kad su se smuvali, a onda plejlistu za raskid kad se Džes vratila kući, sama i trudna.

Džes je očekivala da će hemoterapijska plejlista biti sumorna, i iznenadila se kad je prvih nekoliko nota zagrmelo iz automobilskih zvučnika. „Titanium“. Osmehnula se. Naravno. To nije imalo veze s tugom ili bolešću. Imalo je veze sa snagom. Trebalo je da zna da je Džema neće bedačiti na ovakav dan.

Džema je pevala sve do bolnice, glasno i falš. Uvek je volela da peva, iako je znala da joj je glas grozan. Džes je bila uzdržanija. Odbijala je da ide na karaoke večeri, a opuštala se samo pod tušem. Ali sad je odlučila da je to glupo i besmisleno. Otvorila je prozor i glasno zapevala pesmu „Roar“, dok joj je vetar mrsio kosu.

– Opa, stvarno umeš da pevaš! Ko bi rekao? – Džema je viknula da nadjača muziku.

Džes nije znala da li je to istina ili još jedan pokušaj ohrabrenja. Ali opet, to nije bilo ni važno. Osećala se dobro od Džeminih reči, i nastavila je da peva sa osmehom na licu. Kad se Džema parkirala ispred bolnice i ugasila motor, muzika je naglo prestala i Džes se osećala nekako izloženo.

Džema se nagnula i nakratko spustila ruku na Džesino koleno.

– Biće sve u redu – kazala je.

Džes je pomalo čitala o tome šta je očekuje. Nije se bojala igala niti bolnice, tako da se nije plašila procedure. Bojala se onog kasnije. Mučnine, opadanja kose, beskrajnog spiska nuspojava o kojima je čitala. A radila je sve to iako je znala da joj nije ostalo mnogo života. Da li je bilo vredno truda?

Kad je prozvana, pogledala je oko sebe. Osmoro-devetoro drugih ljudi bilo je povezano na mašine, a cevčice su im izlazile iz vena. Mešavina muškaraca i žena, raznih uzrasta. Ali nije bilo mladih kao što je ona. Među pacijentima su se kretale tri medicinske sestre, prijateljskih lica, brzih i sigurnih ruku. Džes je sela na slobodno mesto, i Džema je sela na stolicu za posetioce pored. Svaki put kad bi Džes pogledala prijateljicu, Džema joj je upućivala osmeh koji nije bio sasvim veseo. Kako bi se ona osećala, pitala se, da Džema prolazi kroz ovo, a da je u ulozi prijateljice koja pruža podršku? Bila bi skrhana, znala je to. Uplakana, besna i uplašena. Uzvratila je osmeh Džemi, trudeći se da joj prenese kako ne mora stalno da bude jaka. U redu je biti uplašen, plakati.

Sestra koja se brinula o Džes zvala se Kija. Bila je mlada, možda nekoliko godina starija od Džes. Objasnila im je sve, i Džes je klimnula glavom, samo želeći da to počne. Kija je izgleda osetila to i radila je brzo i delotvorno. Možda je jednostavno takva, pomislila je Džes, ali svejedno je bila zahvalna.

Kad je vena pronađena i terapija započela, Džes je osetila vrtoglavicu. Brinula se da će joj se odmah smučiti, čak je zamolila Kiju da joj donese jednu od onih kartonskih posuda za povraćanje, za svaki slučaj. Ali nije ništa osećala. Kija je rekla da će to trajati oko tri sata, i Džema je ponela kesu punu grickalica, knjiga i časopisa. Pozabavila se time i izvadila enigmatski časopis, pokazala ga Džes i podigla obrve. Džes je odmahnula glavom i htela je da zaplače zbog truda koji je Džema uložila. Zatreptala je da odagna suze i uputila Džemi najveseliji osmeh koji je mogla.

– Samo želim da sedim ovde i razgovaram – kazala je Džes. – Možemo li da se pretvaramo da smo izašle na ručak ili tako nešto? Ili da smo u školskoj sali između časova?

Džema je na tren izgledala tako tužno. Ali onda je prevazišla to, nekako, ili sakrila, i počela da priča o svom bratu Denu i njegovim ortacima, o godišnjem odmoru s koga su se nedavno vratili i kako je Den uradio neku jeftinu tetovažu usana, na desnom kuku. A onda, bez ikakve pauze, počela je da priča o nekoj Ester koju su obe poznavale iz škole, koja je juče došla u bar u kojem je Džema radila, na sastanak naslepo. Kako je sedela za šankom i razgovarala sa Džemom dok je čekala da njen momak stigne, a kad je stigao, to je bio gospodin Metjuz, njihov profesor francuskog iz četvrte godine, i Ester je zamolila Džemu da ga zagovara dok ona pobegne iz bara, neprimećeno. Džema je uvek imala priče, uvek je skakala s jedne na drugu, i zasmejavala je Džes. Nije mogla da zamisli osobu s kojom bi radije bila tog teškog dana.

Džes je zažumurila.

– Hoćeš li da umuknem? – pitala je Džema. – Slobodno kaži.

– Ne, ne, molim te, nemoj. Samo pokušavam da se pretvaram da smo negde drugde.

To me je podsećalo na stara vremena, bolja vremena.

Džema je ponela sendviče umotane u prozirnu foliju, i u podne ih je izvadila i dala jedan Džes. Džes ju je zamišljala kako ih je pravila jutros, ili možda sinoć, nakon noćne smene. Zamišljala je svoju prijateljicu, umornu, bolnih nogu, kako s ljubavlju radi to. Sendviči su bili malo zgnječeni, ali bili su s tunjevinom i krastavcem, Džesini omiljeni, i zatvorila je oči dok ih je jela i zamišljala je da je na klupici na kojoj su njih dve sedele u svim situacijama, i jele užinu koju su ponele. Kad je završila, Džema je u jednoj ruci imala jabuku, a u drugoj kesicu okruglog flipsa, i Džes je pokazala na flips. Džes je jedva primećivala druge pacijente, kao što je jedva primećivala drugu decu u školi. Džema je bila u prvom planu, a Džes se nadala da će moći da ide s njom na svaku od tih nedeljnih terapija.

I kad je bolničarka došla da im kaže da je gotovo, Džes se pomalo iznenadila. Nije bilo kao što je zamišljala, mada je znala da je najgore tek čeka. Saslušala je priču o nuspojavama; očekivala je gubitak kose i umor i mučninu. Otišle su do Džeminih kola.

– Plejlista? – pitala je Džema.

– Zašto da ne.

Džema je klimnula glavom i pustila pesme od početka, a Džes je mislila kako joj se čini da je prošlo mnogo vremena otkako je slušala te pesme na putu do bolnice. Kad joj je telefon zazujao, izvadila ga je iz džepa, očekujući da je to mama, koja proverava kako je sve prošlo. Iznenadila se kad je videla Džejkovo ime. Prošla su dva dana otkako ga je molila da se ponovo sastanu, a juče je neprestano gledala u telefon. Ali tog dana je bila zbunjena od hemoterapije, i iznenadilo ju je njegovo ime.

Ne mogu da se sastanem s tobom još tri nedelje. Dotad ćemo biti na jugu. Javiću ti se kad budem imao tačne datume.

Džes je pogledala kroz prozor, u kuće koje jure kraj kola. Tri nedelje. Kako li će izgledati nakon još tri hemoterapije? Da li će imati kosu? Sećala se kad su se tek upoznali i kad se brinula što ju je video samo u uniformi iz supermarketa, koja je bila loše skrojena i lice joj je zbog nje izgledalo bleđe. A evo je, dve godine kasnije, s mnogo većim brigama. Pokušala je da ne misli na to. Morala je da ga vidi, i to je bila suština. Morala je da razgovara s njim o Idi. Nije mogla da razmišlja o tome. Napisala mu je samo jednu reč.

Dobro.

Pre nego što je poslala poruku, dodala je: „Molim te, nemoj da zaboraviš", a onda je obrisala to.

Kad se Džema parkirala ispred kuće, Džes je osetila iscrpljenost. Da li je to posledica hemoterapije? Ili je možda samo stres. Stalna briga, razmišljanje i planiranje.

– Hoćeš li da uđem? – pitala je Džema.

– Ne, u redu je. Dosta mi te je za danas.

Džema se osmehnula i Džes je znala da joj je prijateljica zadovoljna zbog te šale. Sagnula se i zagrlila Džemu, pomalo nespretno, jer je menjač bio između njih.

– Pozovi me, važi? Kad god želiš.

Džes je klimnula glavom i izašla iz kola. Mahnula je Džemi koja je odlazila. Deo nje nije želeo da uđe u kuću. Znala je da će mama imati mnogo pitanja, i samo je želela da legne i pokuša da malo odspava. Ali nije mogla da ostane napolju, i zato je otišla do ulaznih vrata i ušla u kuću. Prvo što je čula bilo je Idino plakanje. Pratila je taj zvuk do dnevne sobe, gde je mama pokušavala da je nahrani.

– Izgleda da ne želi – kazala je Kerolajn, okrećući se ka Džes. – Ranije je jela, bez ikakvih problema.

– Možda nije gladna – rekla je Džes, prilazeći do sofe da uzme ćerku.

– Prošla su tri sata, a ona me je prepipavala. – Kerolajn je pokazala na svoje grudi. – Nema mleka ovde, izvini!

Džes je želela, više od ičeg, da stavi bebu na svoje grudi. Idi je počela da šmrca, otvara i zatvara usta. Zbunjeno je pogledala Džes. Nesposobna da razume zašto njena majka ne diže bluzu, kao i obično, i nudi joj grudi. Džes je došlo da zaplače.

– Žao mi je, dušo – šapnula je. – Ne mogu.

Džes je uzela bočicu iz majčine ruke i pokušala da ubaci cuclu u Idina usta, ali ona nije htela. Postajala je sve crvenija u licu, gladna, ljuta i zbunjena. To nije pošteno, mislila je Džes. To nije pošteno. Ona nije kriva za to, i Idi nije kriva. Došlo joj je da vrišti, i mislila je da ne može da uradi to.

– Možeš li da je uzmeš? – pitala je, molećivo gledajući mamu. – Žao mi je. Znam da si je čuvala ceo dan. Samo...

– U redu je – kazala je Kerolajn, a onda je prišla i pomilovala Džesinu ruku pre nego što je uzela Idi. – U redu je, dušo.

Džes je čula ćerkino plakanje dok je išla na sprat, čula ga je kad je otišla u spavaću sobu i zatvorila vrata. Onda je zaplakala, a suze su nadirale brzo i bile tople i ponovo se osećala kao devojčica, sklupčala se u krevetu i činilo joj se da je došao kraj sveta.

18.

Džes nije shvatila da je zaspala odevena, dok se nije probudila sledećeg jutra, ležeći na pokrivaču, ali prekrivena ćebetom. Usta su joj bila u gadnom stanju jer nije oprala zube, i to je bila prva noć koju je provela bez Idi kraj sebe, i osetila je nekakvu paniku. Ali sad kad više nije mogla da doji Idi, nije bila jedina koja je mogla da se brine o njoj. Bilo je i nekog olakšanja u vezi s tim, o kojem Džes nije htela da razmišlja.

Neko je tiho pokucao na vrata i mama je ušla u sobu sa šoljom čaja u ruci.

– Dobro jutro – rekla je. – Kako si?

Džes je htela da odgovori iskreno, i zato je razmislila na tren. Nije osećala mučninu niti je bila previše umorna. Osećala se dobro. Rekla je mami, a mama se zagledala u nju da proveri da li govori istinu. Džes je bila zahvalna na brizi.

– Gde je Idi? – pitala je Džes.

– Spava. Noćas smo se malo natezale. Ali sad lakše prihvata bočice, makar zasad.

– Hvala ti što si se pobrinula za nju.

Džes je htela da kaže kako ima osećaj da je izneverila svoju bebu, ali znala je da bi joj mama rekla da ne bude blesava ili nešto slično. I mada je znala, duboko u sebi, da to nije njena krivica, svejedno je to osećala, i želela je da neko prihvati to, da razume.

– Znaš – kazala je Kerolajn, ulazeći u sobu i sedajući na ivicu Džesinog kreveta – Ja tebe uopšte nisam dugo dojila.

Džes nije znala to, i začudila se što nikad nije pitala.

– Bilo je teško, i bolno, i ljudi su mi stalno govorili da je lakše da ti dam bočicu. I dala sam ti je.

Džes je pokušala da protumači mamin izraz lica. Zašto joj govori sve ovo? Da li oseća krivicu zbog te odluke? Izgledala je vrlo ozbiljno.

– Samo kažem – nastavila je Kerolajn – kako znam da si morala da prestaneš, ali nisi jedina koja se kaje što je prestala, ili što nije ni počela.

– Zašto si se kajala? – pitala je Džes. Bila je oprezna. Osećala je da se nešto u dinamici između nje i majke promenilo, otvorilo, i bojala se da bi neka pogrešna rečenica mogla ponovo da zatvori to.

– Postoji beskrajna krivica u majčinstvu – rekla je Kerolajn. – Kakav god izbor da napraviš, uvek ćeš se pitati da li si mogla da uradiš nešto bolje. To je deo onog što čini roditeljstvo tako iscrpljujućim.

Džes je razmišljala o tome kako je njeno iskustvo majčinstva zasenjeno rakom, i više nije znala šta je normalno. Moguće je da bi neke stvari za koje je krivila bolest možda ipak bile deo toga u svakom slučaju. Nije se osetila ni bolje ni gore kad je shvatila to, i nikad neće biti sigurna, ali to se činilo kao nešto vredno razmišljanja.

Mislila je o svojoj majci, o tome kako je i ona bila mlada mama, i kako je bila sama. Osetila je zahvalnost za podršku koju joj je mama nudila. A onda ju je pogodilo to što je shvatila da ona neće igrati tu ulogu za Idi. I zbog te nepravde joj se steglo grlo.

Džes je čula Idi koja se meškolji i ustala je i otišla do mamine spavaće sobe da vidi svoju ćerku. Osim kad je bila na operaciji, ovo im je bila najduža razdvojenost, ovih nekoliko sati koje je prespavala. Nedostajala joj je. Idi je bila budna, ali nije galamila. Kad je videla Džes, podigla je obe ruke prema majci, a Džes je obuzela ljubav prema njoj. Bilo je i besa, ali on nije nadjačao ljubav; ne još. Džes je podigla Idi i prinela je grudima, i srce kao da joj je malo usporilo, i osetila se smireno, kao da se nalazi na pravom mestu.

Sišle su u prizemlje, njih tri, i Džes je popila prvu od mnogo pilula i popile su čaj i jele dvopek. Džes je shvatila, u nekom trenutku, da je mami pomalo nelagodno, i znala je da ima nešto da kaže. Nadala se da to nije nešto što će je naljutiti ili uznemiriti. Uživala je u ovom miru.

– Dobro – napokon je kazala Kerolajn. – Uzela sam slobodne dane na poslu. Želim da budem ovde za tebe i Idi, i znam da ću vam biti potrebna.

– Možeš li da priuštiš to? – pitala je Džes.

– Uštedela sam malo novca. Sve će biti u redu. I znam da će tvoj tata pomoći finansijski ako ga zamolim. Bog zna da nam nije mnogo pomagao tokom godina. Duguje ti to.

– Kad kažeš neko vreme, koliko tačno?

– Šest meseci. Neplaćeno odsustvo.

Tišina je zavladala među njima i Džes je znala da obe razmišljaju gde će biti za šest meseci. Kerolajn će tad već možda potpuno preuzeti brigu za bebu. Džes će možda biti mrtva. Znala je da je to istina, a opet joj je delovalo nestvarno, kao bajagi. Shvatila je koliko je daleko od mirenja sa sudbinom.

– Hvala ti – kazala je Džes. – Ne znam šta da kažem, ništa mi ne izgleda dovoljno. Ali ne znam kako bih se snašla bez tebe.

– Dobro – rekla je Kerolajn, ispravljajući se na stolici. – Ne moraš da misliš o tome, zar ne? Jer ja sam ovde, i ne idem nikud.

U njihovom odnosu nije uvek sve bilo baš lako, ali ovo je bilo najveće iskušenje, a mama se ponašala sjajno. Džes je znala kako mora da se seti toga kad joj mama prigovara pa joj dođe da prasne.

– Ali šta je sa... – Džes nije mogla da kaže te reči. A onda je duboko udahnula i naterala sebe, jer to se događalo i ne treba da se pretvara da je drugačije. – Šta posle? Kad me ne bude bilo?

Džes nije mislila da će ikad ovako izbegavati neku temu. Uvek je bila neposredna. Setila se kad je mama pokušavala da razgovara s njom o seksu, i promrmljala je reči „tamo dole“, a Džes je pitala: „Misliš li na vaginu, mama?“ Ali nije mogla da natera sebe da kaže „kad umrem“.

Kerolajn na tren nije odgovorila, a kad ju je Džes pogledala, videla je da plače. Nije videla godinama mamu da plače, i nije bila sigurna šta da radi. Ona je plakala bezbroj puta, naravno, kao dete i kao tinejdžerka. Mama ju je uvek čvrsto grlila i milovala joj kosu, i obično ju je to smirivalo. Džes je ustala i obišla sto i prišla do mame. Stala je iza nje, obavila joj ruke oko vrata, i osetila kako joj vrele suze padaju na zglavke.

– Ne mogu da pričam o tome – rekla je napokon Kerolajn. – Ne još. – Pogledala je Idi, koja je bila u svojoj stolici, veselo se igrajući plastičnim igračkama. – Ti si moja beba, kao što je ona tvoja.

Džes je pokušala da se stavi na mamino mesto, pokušala da zamisli da se Idi suočava sa ovim, ali bilo je preteško. Odmah je prestala da misli o tome. Znala je da bi radije volela da se to dogodi njoj nego njenoj bebi. Moraće da se seti toga kad je mama bude iznervirala i dođe joj da se izviče na nju. Ima mnogo načina da se gleda na ovo, i bilo je teško za svakog.

– Znam – kazala je Džes. Nije se pomerala neko vreme, samo je stajala tamo, tešeći mamu, gledajući svoju ćerku. Pitajući se kako će sve izgledati kad jedna karika u tom lancu pukne.

Kasnije je pozvala Džemu. Bila je u spavaćoj sobi, iza zatvorenih vrata, i čula je radio u prizemlju i znala je da ih niko neće čuti.

– Kako si? – pitala je Džema.

– Prilično dobro, kad govorimo o hemoterapiji – kazala je Džes. – Ali moramo da razgovaramo o nečemu. O stvarima koje ne mogu da kažem mami.

Džema je ćutala na tren. – Kakvim stvarima?

Da li se Džes učinilo, ili je prijateljičin glas zadrhtao? Morala je da razgovara s nekim o tome, a Džema je bila jedina dostupna.

– O umiranju – rekla je. – Mama ne može da podnese to, a nisam sigurna ni da ja mogu, ali moraću. Moram da kažem nekom šta želim i ne želim. Možemo li da se sastanemo?

Čula je kako Džema glasno uzdiše. – Naravno da možemo. Gde i kad?

Sat kasnije, Džes je otišla do parka gde su se ona i Džema sastajale godinama. Kao klinke, samo da bi izašle iz kuće i žalile se na roditelje i pričale o momcima koji im se sviđaju. A kao tinejdžerke da piju, puše i ljube se s momcima koji im se sviđaju. Džes se osećala čudno što hoda i ne gura Idina kolica, kao da je zaboravila nešto, ali mama je insistirala da ostavi Idi kod kuće, a Džes nije htela da se svađa. Znala je da joj je potrebno ovo.

Kad je stigla, nikog nije bilo u parku. Sela je na klupu koju su ona i Džema delile mnogo puta i pogledala oko sebe. Obično bi izvadila telefon i gledala *Instagram* ili *Tviter* da prekrati vreme, ali naterala je sebe da mirno sedi. Džema je ubrzo stigla. Džes je uživala da je gleda kako prilazi. Sedela je pravo, primećivala stvari. Da samo nije prekasno za to...

– Da li će me ovaj razgovor nasekirati? – pitala je Džema čim se približila.

– Ne znam, ali moramo da ga vodimo.

Džema je klimnula glavom i sela na klupu kraj Džes. To je bio dobar način da sede dok razgovaraju, mislila je Džes, jer nisu morale da gledaju jedna drugu. Nije bila sigurna da bi mogla da kaže stvari koje mora da kaže, dok gleda prijateljicu u oči.

– Počeću – rekla je Džes. – Nadam se da ti ne smeta.

– Ne smeta mi.

– Mama ne može da sluša ovo, bar mislim, i moram da kažem tebi. To mi je važno. Prvo, želim da doniram organe, ako su upotrebljivi. Mlada sam, tako da bi teoretski trebalo da su u dobrom stanju, ali i umirem od raka. U svakom slučaju, ako mogu da se iskoriste, želim da ih uzmu.

Džes je, krajičkom oka, videla kako prijateljica klima glavom.

– Ne želim da se pominje religija na mojoj sahrani. Ne želim da to bude u crkvi. Ne verujem ni u jednog boga, a i da verujem, ko jebe njega ili nju. Ko želi da veruje u nekog boga koji dozvoli da mu se dogodi ovo? Ne, mama je neobično tradicionalna ponekad, tako da mogu da zamislim da će joj ovo smetati, ali moraš da budeš odlučna.

– Ne želim da se raspravljam s tvojom mamom oko tih stvari, Džes – kazala je Džema.

Džes je okrenula glavu da pogleda prijateljicu. Obe su plakale, ali ne previše, ne još. Samo pojedinačne suze koje klize niz obraze, jedna za drugom.

– Zapisaću sve ovo – rekla je Džes. – Kako bi mogla da joj pokažeš. Ali danas moram da to kažem naglas.

– Dobro. Šta još?

– Ne želim da budem sahranjena. Ta ideja me plaši. Neka me spale. Onda sačuvajte pepeo i dozvolite Idi da odluči šta da radi s njim, kad bude dovoljno odrasla. Ili nemojte, ako mislite da ne može to. Ti možeš da ga raspeš, ili mama. Baš me briga gde. Ne verujem da ima ičeg nakon toga, tako da nije važno.

Džes nije govorila neko vreme, jer nije mogla, i dok je pokušavala da se pribere, Džema je progovorila piskavim glasom.

– Ne mogu da zamislim...

– Ni ja. Možda ću početi, kad budem bolesnija. Pretpostavljam da me to čeka.

Džema je onda ustala i uhvatila Džesinu ruku. Kad ju je Džes pružila, Džema ju je povukla i sad su stajale jedna kraj druge, ispred klupe. Park je bio prazan, ali na ulici je bilo nekoliko automobila i pešaka.

– KO JEBE RAK! – zaurlala je Džema.

Džes je poskočila. Nije očekivala to. A onda je počela da se smeje i nije mogla da prestane.

– Pokušaj – rekla je Džema. – Ja se sad osećam bolje.

Džes je duboko udahnula i prestala da se kikoće. – KO JEBE RAK! – Nije bila tako glasna kao Džema, ali bilo je nečeg oslobađajućeg u tome. Pogledala je prema kapiji parka i videla kako ih jedna žena koja šeta psa prezrivo gleda. Ko je šiša.

– A šta je sa sahranom? – pitala je Džema, kad je ponovo sela.

– Neodlučna sam – kazala je Džes. – Razmišljala sam o tome, ali sve to je već rađeno, zar ne? Da zamolim ljude da nose šarenu odeću, da sve liči na zabavu. Sviđa mi se kako to zvuči, ali ne želim da bude kliše.

– Ja ću napraviti plejlistu – tiho je kazala Džema.

I to je ponovo rastužilo Džes. Pomisao da joj najbolja prijateljica pravi poslednju plejlistu.

– Hoćeš li praviti plejliste za Idi? – pitala je Džes. Nije se ranije setila toga, ali iznenada joj je to izgledalo ključno. – Želim da ima u svom životu nekog kome je dovoljno stalo da radi takve stvari.

– Naravno da hoću – kazala je Džema. – Plejlista za prvi dan škole, za prvo slomljeno srce, za najbolju prijateljicu.

– Ne mogu da verujem da ću propustiti sve to – kazala je Džes.

– Ne.

– Pišem pisma za Idi – rekla je Džes. – Ako ti ih dam, hoćeš li joj ih dati kad budeš mislila da je dovoljno odrasla?

– Da. Kako ću znati? Želiš li da ih ja pročitam?

– Ne, to je za nju. To su samo sve stvari koje želim da joj kažem. O onom u šta verujem i što znam i odgovore na sva pitanja koja mogu da zamislim da će postaviti kad odraste. Ispričaću joj o tati i trudnoći i šta mislim o raku. O svemu.

Džes se okrenula ka Džemi i zagrlila je. – Znaćeš. Verujem ti. To će možda biti tek kad napuni osamnaest, ali možda i ranije. A ako ne budeš u njenom životu iz bilo kog razloga, možeš da daš to mojoj mami i zamoliš je...

– Zašto ne bih bila u njenom životu? – pitala je Džema, malo piskavijim glasom.

– Ne znam, Džema. Ne znam šta će se dogoditi u narednih deset ili dvadeset godina. Možda odlučiš da se preseliš u Australiju, ili se možda posvađaš s mojom mamom. Niko to ne zna.

Džema je neprestano milovala Džesinu glavu. To je bilo utešno.

– Slušaj, Džes. Na neki način si u pravu. Ne znamo gde će nas život odneti. Ali obećavam ti – najozbiljnije – da ću biti u Idinom životu. Uradiću sve što mogu za tu devojčicu. U redu?

Džes nije mogla da odgovori, jer je glasno plakala, ali klimnula je glavom naslonjenom na Džemine grudi i dozvolila sebi da bude utešena.

19.

Draga Idi,

Želela sam da znaš da smrt, sama po sebi, nije strašna. Strašno je ono koga i šta ostavljaš za sobom. Ne mogu da tvrdim da bih bila najbolja mama na svetu. Niko ne može da tvrdi to. Svi su izgledi da bi bilo prilika kad bih se ponašala nerazumno, kad bih vikala ili bila nepravedna. Svi su izgledi da bi toga bilo dosta. Dala bih sve od sebe, Idi. Znam to.

Sedim ovde, trudeći se da mislim o trenucima kad mi je najviše bila potrebna mama. Želim da podelim te trenutke s tobom, jer to su priče koje bih podelila s tobom ako bi mi iznela svoje probleme. Nadam se da ova pisma mogu da te uteše, iako me nema. I nadam se da možeš da se okreneš njima, kao i baki i Džemi, kad se osećaš potišteno.

Eto. Kad sam imala sedam, najbolja prijateljica mi je bila Alana. Kad si mala, ne biraš prijatelje na osnovu zajedničkih interesovanja ili srodnosti. Na kraju ti je najbolja prijateljica neko ko sedi pored tebe na času, ili je dete mamine prijateljice. Ne sećam se kako smo se Alana i ja upoznale. Nismo se sjajno slagale, ali tada to nisam znala. Ponekad je govorila da sam dosadna, i da će se igrati s nekom Lusi, i to bi mi slomilo srce. Sedela bih u uglu igrališta, gledajući ih kako igraju igre koje smo Alana i ja igrale zajedno, i osećala bih se kao da ću biti sama do kraja života. Znam koliko to zvuči dramatično, ali ne znači da nije istina.

Drugi put, kad sam imala trinaest, sviđao mi se jedan dečak u školi, i osećanja prema njemu bila su veoma jaka. Nisam mogla da jedem, a moja mama je bila stvarno zabrinuta i morala je nekako da me trgne. *Kad sam joj rekla da se radi o nekom dečku, očekivala sam da odbaci ili omalovaži to, ali imala je razumevanja. Ispričala mi je priče o svojoj prvoj ljubavi, i kad sad mislim o tome, zadovoljna sam što ga je nazvala svojom prvom ljubavlju, a ne zaljubljenošću, jer ta osećanja su tako jaka i razorna. Ispričala mi je da se zaljubila u tog dečaka koji je išao u mušku školu nedaleko od njene ženske škole, i kad su te dve škole imale zajednički ples, ona je odlučila da mu kaže šta oseća, ali na kraju se saplela i pala niza stepenice i svi dečaci su joj se smejali, uključujući i njega, a onda je bila previše povređena da bi išta uradila. Slušanje te priče je otključalo nešto u meni, i rekla sam joj sve, o tome kako sam s dečkom koji mi se sviđa išla na biologiju i geografiju, i čekala sam čitave nedelje te časove. Na biologiji sam sedela u klupi ispred njegove, a na geografiji sam bila iza i desno, i nisam slušala predavanja jer sam gledala u njega, nadajući se da ćemo razgovarati. Mama je saslušala sve to, nije se smejala niti potcenjivala moja osećanja, i bila sam joj zahvalna na tome.*

Pretpostavljam da pokušavam da ti kažem, Idi, kako se nadam da će ti baka i Džema i neko drugi ko bude značajan u tvom životu pomoći da preživiš te komplikovane stvari. Žao mi je što to nisam ja. Dala bih sve da mogu da budem ja. Ne verujem u raj, tako da ne mogu da kažem da te gledam odozgo, da te čuvam, ili nešto slično. Samo nisam tu, i dođe mi da vrištim koliko je to nepošteno.

Nadam se da se zbog moje smrti ne plašiš umiranja. Razumem da je to moguće. Ali nijedno dete ili tinejdžer ne treba previše da razmišlja o svojoj smrtnosti. Treba da slobodno radiš sve one nepromišljene stvari koje mladi rade. Treba da se osećaš neranjivo. Treba da pušiš, da previše piješ, da probaš stvari koje su loše za tebe. Pretpostavljam da mi je lako da to kažem znajući da neću morati da te sastavljam i vraćam na pravi put, ali stvarno verujem u to. Ne možeš odmah sve da znaš. Pravi greške i uživaj u njima. To je deo mladosti.

S ljubavlju,
mama

20.

Dva dana nakon druge hemoterapije, Džes je prošla rukom kroz kosu i otpalo joj je nekoliko dlaka. Nije znala zašto je toliko zaprepašćena. Očekivala je to. Svi su joj rekli da će se to dogoditi. A opet, bilo je surovije nego što je zamišljala. Stajala je ispred ogledala u spavaćoj sobi, na mestu gde se ogledala bezbroj puta pre škole i pre svake žurke na kojoj je bila, i zagledala se u svoju gustu, tamnu kosu. Iz nepoznatih razloga, zbog opadanja kose je pomislila kako joj vreme ističe. Bilo je teže prihvatiti dijagnozu. Osećala je da je takvo razmišljanje plitko, ali to je bio tako uočljiv i uobičajen znak bolesti. Do tog trenutka mogla je da kontroliše kome će reći i kako će reći.

Osećala je, iznenada, da mora da bude hrabra i odlučna pre nego što bude izgledala kao prosečna osoba obolela od raka. Krenula je napred, pogledala lice u ogledalu. Izgledala je pomalo umorno, ali šminka će rešiti to. Izvadila je crnu bluzu s dubokim dekolteom iz plakara i obukla je preko omiljenog grudnjaka. Obukla je omiljene tesne farmerke. Sve vreme se pitala da li se primećuje da su joj dojke nejednake. Rana je zacelila, i nije osećala bol, samo utrnulost na koju se navikla. Niko je nije video golu od operacije. Ponekad je stajala ispred ogledala u kupatilu i zamišljala kako bi je neko drugi video. A sad će je, možda, videti.

Džes je sišla u dnevnu sobu, gde je mama sedela sa Idi na prostirci, ređajući šolje i puštajući Idi da ih obori. Idi je ležala na stomaku, podignute glavice. Džes joj nije videla lice, ali znala je da se široko osmehuje svaki put kad obori šolje.

– Da li bi ti smetalo da izađem na sat ili dva? – pitala je Džes.

Kerolajn ju je pogledala, i Džes ju je pogledom molila da je ne pita kuda ide.

– Ne, samo idi – kazala je Kerolajn, i Džes je glasno uzdahnula. Prišla je prostirci i čučnula, a duga kosa joj je pala preko Idine glave dok ju je ljubila u čelo.

– Slušaj baku – kazala je. – Volim te.

Džes nije bila sigurna da li bi uvek rekla Idi da je voli pre nego što se rastanu na neko vreme, ali sad joj je rekla. Mama je počela to da radi s njom. Kao da nijedna od njih nije verovala da neće biti iznenada razdvojene.

Napolju je bilo toplije nego što je Džes pretpostavila, i uživala je u prolećnom suncu na rukama dok je išla prema Džeminoj kući. Nešto joj je palo na pamet: ovo je poslednje leto u mom životu. To je bila istina, naravno, osim ako se ne dogodi neko čudo, ali odbacila je tu misao. Danas nije dan za takva razmišljanja. Nije imala nikakav plan. Znala je da Džema radi i bila je sigurna da su i Džemini roditelji na poslu. Videla je da je Den na *Fejsbuku* napisao nešto o tome kako će provesti dan u dvorištu, i nadala se da će on biti sâm.

Osetila je nervozu kad je zazvonila, ali ignorisala ju je. Ko je bila ta nova osoba koja je postala, makar danas? Den je brzo otvorio, gotovo kao da je stajao kraj vrata i čekao je. Bio je odeven u farmerke i izgužvanu belu majicu, a kosa mu je bila raščupana. Izgledao je kao da se upravo probudio, i ta pomisao ju je malo uzbudila.

– Džes – rekao je. – Džema nije ovde.

– Znam.

Den se namrštio, ne znajući šta da kaže ili uradi.

– Smem li da uđem? – upitala je. Glas joj je malo zadrhtao, ali nadala se da on to nije primetio.

Den se pomerio unazad, kao da je poziva unutra, ali je izgledao zbunjeno. Džes je napravila korak ka njemu. Tela su im bila blizu, a kad ga je pogledala, čula je da mu se disanje malo promenilo. Džes je skupila hrabrost da ga pogleda u oči, a kad je uradila to, nagnuo se i poljubio ju je, kao što se i nadala. Džes nije poljubila nikog nakon Džejka, pre mnogo meseci. A to je bio oproštajni poljubac, pre svađe, ali kad su oboje znali da je sve gotovo. Ovo nije bilo nalik tome, i nimalo nalik poljupcima s Džejkom na koje se bila navikla. Bilo je to kao oslobađanje, kao otvaranje nekih vrata. U trenu je ponovo imala četrnaest godina, a snovi su joj se ostvarivali. Den joj je stavio ruke u kosu i Džes se trgnula. Da li će on osetiti da opada? Da li će videti? To je bilo tako nepošteno. Želela je samo jedno. Da se ovaj dan oseti normalno pre nego što se pomiri da je obolela od raka. Da umire. Nežno je sklonila njegove ruke, i spustila ih ka svom struku. Bezbednije je. Denu to izgleda nije smetalo.

Ljubili su se onako kako se ljube ljudi koji dugo žele poljubac. Duboko, dugo i bez daha, bez razdvajanja. Kad se Den zaustavio, uradio je to da bi je pogledao.

– Jesi li sigurna? – pitao je. – Jesi li... dobro?

Džes je htela da ima ovaj trenutak, želela je da bude normalna još malo. Osetila je bes, a opet, on je samo želeo da se uveri da ona to radi iz pravih razloga, zar ne? Trudio se da bude ljubazan. A ona nije imala rezervni plan.

– Dobro sam – kazala je.

To je bila laž, ali nije bilo važno; ovo će se dogoditi samo jednom. Radi to zbog četrnaestogodišnjakinje koja se to nikad nije usudila.

– Dobro – rekao je Den, i ponovo krenuo da je ljubi.

Džes je spustila ruke na njegova široka leđa i na tren se setila Džejka. Džejkovo telo bilo je mnogo uže. Bio je vitak ali snažan. Potisnula je misli o tome kako želi da bude sa Džejkom i uhvatila je Dena za ruku i povela ga na sprat.

Kad su došli u Denovu spavaću sobu i zatvorili vrata, Džes se osetila kao tinejdžerka. Njegova soba se gotovo nije promenila. I dalje je tu bilo odbačene odeće i tanjira i šolja, to je i dalje bila neuredna momačka soba. Zažmurila je i dopustila sebi da zaboravi sve, da dozvoli Denu da je dodiruje i počne da je svlači. Dva puta ju je pitao da li je sigurna, a ona ga je ućutkala, moleći ga u sebi da razume kako mora da joj dozvoli da se opusti na tren. Morala je da se oseća kao da joj je četrnaest da bi ovo delovalo. Da ne bude mama, da ne bude obolela od raka. Ali ona to ne bi uradila sa četrnaest godina, pomislila je, dok je njegova ruka klizila preko njenih leđa da joj otkopča grudnjak. Džes je naterala sebe da zaboravi na ožiljak, na stomak koji više nije bio ravan kao pre porođaja. Pokušala je da oseća i ne razmišlja, i na neko vreme, to je uspevalo.

Onda je prekinula sve. Bili su goli, zagrljeni, njegovi prekrivači su im napola prekrivali tela. Sela je.

– Ne mogu – kazala je.

Den je zastenjao, ali sklonio je ruke, seo je kraj nje i pogledao ju je upitno. Džes se osetila ranjivo i žarko je želela da nije potpuno naga. Nagnula se da dohvati svoje donje rublje, ali bilo je predaleko.

– Žao mi je – kazala je.

– Nema zbog čega da ti bude žao, Džes.

– Mislila sam da mogu to. Stvarno sam mislila da mogu.

– Ali zašto? – pitao je Den, ustajući iz kreveta i dodajući joj ode-ću, komad po komad, nakon što je navukao bokserice. – Zašto si želela to? Nikad te nisam zanimao.

Džes se nasmejala. – Jesi li ozbiljan?

Den je seo na ivicu kreveta i pružio ruku ka Džesinom licu. Dozvolila mu je da joj pomiluje obraz palcem. Prijalo joj je. Delovalo je ispravno.

– Sećam se da te je Džema jednom dovela kući – rekao je. – Imao sam petnaest, valjda. Možda četrnaest. Nikad te ranije nisam primećivao. Bila si premlada, ali znao sam koliko ćeš lepa biti. Video sam to. A onda si postala malo starija i zapitao sam se da li bih ikad mogao da ti se svidim, ali to se nikad nije dogodilo.

– Dene – rekla je Džes, veselim glasom – uvek si mi se sviđao. Uvek.

Den je stavio dlan na čelo. – Stvarno? Zašto nikad nisi ništa rekla? Džema mi je kazala da ne obraćaš pažnju na mene, a onda si se odselila. A zatim sam čuo da si se vratila, i da si trudna. A sad...

Nije morao da završi rečenicu. A sad, umire. Džes je u sebi opsovala Džemu što je rekla Denu da joj se on ne sviđa. To je valjda imalo smisla. Ne želiš da ti se brat smuva s najboljom prijateljicom. Ali opet, malo ju je zabolelo. To nije trebalo da se dogodi, s obzirom na to da je volela nekog drugog i imala dete, ali jeste.

Mislila je da mu kaže koliko je uplašena. Bilo je nečeg osvežavajućeg u ideji da kaže nekom s kim inače ne bi razgovarala o tim stvarima. Ali došla je ovamo pokušavajući da ga zavede, i bilo je pogrešno da mu se tako poveri, da ga pretvori od tinejdžerske simpatije u poverljivu osobu.

– Mislim da bi trebalo da se vratim kući – kazala je.

Den nije ništa rekao, ali je klimnuo glavom. Džes se ponovo obukla, a Den je navukao majicu i farmerke. Pogledala je njegova preplanula stopala, a onda njegovo ozbiljno lice. Deo nje je bio uzbuđen. Deo nje je želeo da kaže svojoj mlađoj verziji da se ovo dogodilo, da je imala tu priliku.

– Šta je bilo? – upitao ju je.

Nije shvatila da se osmehuje. Ustala je i poljubila ga, i bio je to opušten poljubac, kao da leže na ćebetu u parku, a trava im golica stopala. To nije bio poljubac koji je obećavao nešto više. Ali bio je savršen na svoj način.

– Hvala ti – kazala je. A onda je izašla iz njegove sobe pre nego što se predomisli i legne u njegov krevet.

Kod kuće je zatekla mamu kako hrani Idi. Idi je izgledala mirno i smireno, a Džes je osetila trzaj u grudima, kao odjek neke želje.

– Da li si uradila šta si htela? – upitala je Kerolajn.

Džes nije bila sigurna kako da odgovori. Rekla je kako misli da jeste, i mama se osmehnula, zadovoljna tim odgovorom. Kad je Idi popila sve iz bočice i legla, zadovoljna i pospana, Kerolajn ju je pažljivo dodala Džes, a Džes je sela na sofu. Osećala se kao drugačija osoba od one koja je bila u Denovoj spavaćoj sobi. Težina ćerke u naručju bila je fizički podsetnik na težinu odgovornosti koju je sad nosila.

– Mama? – oprezno je rekla, pomalo nesigurna šta će pitati i kakav će odgovor biti.

– Hmmm? – Mama je uzela knjigu i stavila naočari za čitanje.

– Kad je tata otišao, da li je to zato što je mislio da nije trebalo da me rodiš?

– Mislim da bi više voleo da nisam htela da rodim dete, da.

– Hvala – kazala je Džes.

– Na čemu?

– Što si mi rekla istinu.

To nije ono što se dogodilo između Džes i Džejka, ni najmanje. Ali bilo je dovoljno da se Džes naljuti zbog toga što je žena. Što je rođena kao pripadnica ugnjetavanog pola. Onog koji je ostajao kod kuće i gajio decu. Onog koji je ostavljan. Ali onda je pogledala Idi i ponovo se osetila drugačije. Kako je mogla da se žali što je morala da odgaji ovu savršenu osobicu? A onda se setila, a to ju je dotuklo, kako uopšte neće odgajiti Idi. Sve se svodilo na to, svaki put.

Džes je otišla na sprat i pogledala se u ogledalu u kupatilu. Stvarno se zagledala u proređenu kosu. Mislila je na onaj trenutak kad je videla Džejka u supermarketu, kako joj je kasnije rekao da je prvo primetio njenu kosu. A onda je uzela makaze iz kupatilskog ormarića i krenula da je seče, pustila da joj pada s ramena na svetlosmeđe pločice. Kupila je trimer u iščekivanju ovog dana, i otišla je da ga uzme ispod kreveta, gde ga je sakrila, nadajući se da neće doći do toga.

Želela je to da uradi pre nego što se predomisli. Prešla je trimerom preko temena i dodirnula kratku čekinju koja je ostala. To je bilo neophodno, rekla je sebi. To je jedina mogućnost. Dugo se ogledala kad je završila. Glava joj je bila savršeno ovalna, uši male i lepe. Nije bilo tako loše kao što se bojala. Mislila je o vremenu kad je imala paž frizuru, sa četrnaest godina, i izgledala je grozno, bila je previše gusta i talasasta da bi stajala kako treba, i vezala ju je čim je mogla i pustila da raste i zaklela se da se nikad neće šišati na kratko. Mislila je o dečaku koga je poljubila kad je imala šesnaest godina, koji joj je stavio ruke u dugu kosu i držao ih tamo. Mislila je na fotografije iz detinjstva, na to kako su joj šiške često bile prekratke ili krive, jer ju je majka šišala u dvorištu. Mislila je o Idi, o tome kakva će joj kosa biti, i nadala se da nikad neće doživeti ovo.

Kad je bila spremna, Džes se vratila u prizemlje. Mama se zagledala u nju, a Džes ju je gledala kako pokušava da ne pokaže reakciju.

– Da li je grozno? – pitala je Džes. – Ne moraš da me štediš.

– Samo sam zaprepašćena – kazala je Kerolajn. – Dođi ovamo.

Ispružila je ruke i Džes joj je prišla, dozvoljavajući sebi da bude zagrljena. Osećala je mamine otkucaje srca kraj svog uveta, i to je bilo utešno. Gotovo je. Završeno je.

21.

Džes je stajala pred očevim vratima i jako pritisnula zvono, trudeći se da spreči sebe da se predomisli. Setila se kad ga je poslednji put videla. Pre. Sigurno pre dijagnoze, mada ga je mama pozvala da ga obavesti. Poslao joj je razglednicu, ali je nije posetio, uprkos tome što živi u blizini. Kad se pojavio na vratima, izgledao je kao da se tek probudio. Bilo je malo posle devet u nedelju ujutro, tako da je moguće da jeste.

– Džesika? – Pretvorio je tu reč u pitanje, a ona nije znala kako da odgovori.

Bio je jedina osoba koja ju je stalno zvala po imenu. Shvatala je to kao njegovo priznanje da nema pravo da ga skrati. Da je to previše intimno za nekog ko je trebalo da bude u središtu njenog života, ali je bio tek malo više od poznanika. Džes je videla kako je tata primetio maramu na njenoj glavi i, pomalo zbunjeno, opipala je da vidi da li je i dalje na mestu.

– Smem li da uđem? – pitala je.

Pomerio se i mahnuo rukom, ali izraz lica mu je bio neodlučan, i u jednom groznom trenu zapitala se da li je neko u kući. Neka žena. Nikad nije bilo nikog, koliko je znala. Toliko se navikla na to da joj otac živi sâm, da bi je uznemirilo da ga vidi u nečijem društvu. Ali izgleda da nije bilo nikog u kući. Samo se zabrinuo zbog nje. Njene bolesti.

– Čaj? – pitao je.

Džes je jedva primetno klimnula glavom i on je otišao u kuhinju, ostavljajući je u dnevnoj sobi. Razmišljala je da povede Idi sa sobom, ali mama je insistirala da je čuva, kako bi oni mogli da razgovaraju. Ali sad, Džes je želela da ima Idi da joj odvlači pažnju, jer teško je da stvari postanu neprijatne kad moraš da misliš na bebu. Odgurnula je novine i hrpu knjiga na jednu stranu, i sela na fotelju. Kad se tata vratio, spustio je dve šolje na stočić i seo naspram nje, a Džes je pokušala da na brzinu smisli šta će reći. Htela je da ga pita neke stvari, ali nije želela da ga naljuti.

– Razgovarala sam s mamom, sinoć, o kraju vaše veze.

Tata se nakašljao i malo promeškoljio. Nije hteo da je pogleda u oči.

– Kako si doneo takvu odluku? Da ostaviš ženu koja nosi tvoje dete.

– To nije bila samo moja odluka, Džesika.

Džes se osetila prekoreno. To je bilo tačno, u izvesnoj meri, naravno. Prekid veze nikad nije krivica samo jedne osobe. Mislila je na sebe i Džejka tog poslednjeg dana, kad je tražio da bude deo njenog i bebinog života, a ona ga je odbila.

– Znam to – kazala je – ali to se dogodilo, zar ne?

Zaustio je da kaže nešto, ali se predomislio, i ona se zapitala da li mu ovo teško pada, i zaključila je da je boli uvo.

– Slušaj – rekao je – ne znam šta pokušavaš da uradiš. Znam da prolaziš kroz nešto stvarno grozno, ali ne vidim kako će ti pomoći razgovor o prošlosti...

– Mislim da ne znaš ni pola toga – kazala je Džes. Te reči su izletele iz nje. Nije htela da bude tako gruba. Ali kad je počela, bilo joj je teško da se zaustavi. – Imam dvadeset jednu godinu, tata. Pogledaj me. Mlada sam mama i umirem od raka. Nemam godine pred sobom, i možda nemam ni mesece. Ako želim da saznam istinu o svojoj prošlosti i odakle dolazim, i da li bi mi sad to uskratio?

Džes je stajala, a nije mogla da se seti kad je ustala. Noge su joj klecale, i ponovo je sela, osećajući se pomalo glupavo.

– Ali zašto? To je ono što ne razumem. Kakvu korist imaš od tih informacija?

Džes je razmišljala o tome. – To je zbog Idi – rekla je napokon. – Pokušavam da joj ostavim što više mogu. Porodica, prijatelji. Možda otac. Želim da znam na koga može da se osloni.

– Znaš da ću pomoći koliko mogu – rekao je.

Da li je znala to? Nije bio tu za nju, zar ne? Zašto da očekuje da će biti drugačiji prema unuci? Pokušala je da izbroji koliko puta je tata video Idi. Pojavio se s nekim poklonom dve nedelje nakon porođaja. A onda nedelju nakon toga, Džes je otišla u njegovu kuću, baš kao danas, i insistirala da on pođe u šetnju s njima. Osim toga, bile su još dve-tri posete. To nije mnogo koristilo. Zbog toga nije bio pravi deka.

– Evo kako stoje stvari – rekla je Džes. – Zanima me zašto si se toliko bojao da budeš otac. Zašto si otišao pre nego što si me video, pre nego što si probao. Zanima me zbog mene, a i zbog Idi. Jer neću biti tu da je posmatram kako odrasta, i moram da znam da li je u njenom interesu da uključim njenog tatu.

Kad je zaćutala, osetila je neobičan bol i kao da je otkrila previše o sebi.

– Džesika – rekao je, suznih očiju. Da li će se on to rasplakati?

– Mislim da pitaš pogrešnu osobu. Mislim da zvuči kao da treba da vodiš ovaj razgovor sa Džejkom. Ja nisam on. Moji razlozi nisu njegovi razlozi. Ali ako me pitaš, bio sam glup i mlad, i osećao sam kao da nisam spreman da se skrasim. Tvoja mama i ja smo bili u dobrim odnosima, imali smo osrednju vezu, i mislio sam da mora da postoji nešto više od toga. A nije mi padalo na pamet da imam bebu. I kad mi je tvoja majka rekla da je trudna, i da će roditi, otišao sam. A onda se nikad nisam potpuno uključio u tvoj život jer sam mislio da nemam pravo na to, kad je ona odabrala da te rodi i uradila sama sve što je potrebno.

Džes je osetila kao da joj nešto pritiska grudi, i da se polako podiže. – Stvarno? Zato nisi bio uz mene? Ne zato što nisi mario? – Znala je da joj glas zvuči piskavo i očajno, no nije marila. Nije imala šta da izgubi.

– Uvek sam mario, Džesika. Ali ne mogu da se pretvaram da sam nešto što nisam. Ne mogu da se promenim, navikao sam da budem sâm. Pogrešio sam kad sam mislio da me čeka nešto bolje, znaš. Da sam znao kako ću provesti život u samoći, možda bih doneo drugačiju odluku. Ali to je sad prošlost. Nisam bio otac kakav sam mogao da budem i kakav je trebalo da budem, bez obzira na to da li smo tvoja majka i ja bili zajedno. Zaslužila si boljeg od mene.

Džes je bila blizu da kaže kako je pogrešio, kako je bio dobar. To je bila njena prirodna reakcija kad neko kritikuje sebe. Ali ovo je bilo važno, a njegovo odsustvo iz njenog života nije bilo u redu, i zato se nije pretvarala. Osećala je da je ovo najiskreniji razgovor koji su ikada vodili, i bilo je potrebno da ona umire da bi se dogodio.

Usledila je duga ćutnja, a kad ju je Džesin tata prekinuo, iznenadila se onim što je rekao.

– Žao mi je što prolaziš kroz to.

– Ne prolazim kroz to, tata – rekla je. – Prolaženje podrazumeva da ću izaći iz toga. Ja neću izaći iz ovog. Znaš to?

Klimnuo je glavom, a onda je videla da plače. Nije bila sigurna ima li snage da mu priđe i zagrli ga. Gde je bio kad je bila izgubljeno i usamljeno dete? Kad su joj se prijateljstva raspadala i osećala se kao da gubi sve što joj je važno? A čak i sad, ona se suočavala sa ovim. Ne bi trebalo da ona teši njega.

– Nikad nisam mislio da će mi ovo biti jedina prilika da budem otac – rekao je, zamuckujući. – Bio sam tvojih godina kad je tvoja majka zatrudnela. Mislio sam da me čeka mnogo toga. Nisam želeo da se obavezujem. A vidi me sad. Izgubiću svoje jedino dete.

Nikad me nisi imao, tata, mislila je Džes. *Nikad me nisi imao.*

Otišla je nakon toga, i dok se vraćala kući, mislila je o stvarima koje je njen tata rekao. Džes je bila zbunjena i umorna. Nije izgledalo pošteno to što mora sad da se bavi ovim, kad joj je ostalo tako malo vremena. Telefon joj je zazujao, i kad je stala kraj puta, videla je da je to Džejk.

Mogu da se sastanem s tobom sutra, ako si slobodna. Izvini zbog kratkog roka. Isto vreme i isto mesto kao pre? X

Idi je sedela na stolici za hranjenje, dok je Kerolajn radila nešto oko šporeta. Džes je kupila tu stolicu spremajući se za odvikavanje od sise, ali Idi još nije imala šest meseci, i Džes nikad nije pomislila da je stavi u stolicu. Stajala je na vratima i gledala kako Kerolajn sipa nešto nalik supi u zdelicu i onda daje punu kašiku Idi.

– Šta to radiš, pobogu? – pitala je.

Kerolajn i Idi su se okrenule ka njoj, a Džes je prišla i istrgla zdelu iz majčine ruke. Htela je da je uzme, ali oborila ju je, i narandžasta kaša se prosula po podu, i stolici, i svima njima. Mama je uzela vlažne maramice i počela da čisti haos.

– Spremna je, Džes. Imala sam malo vremena i pomislila sam da probam da joj dam malo batata i vidim kako će ga prihvatiti.

Džes je pogledala Idi, u hranu oko njenih usta, u usta koja su tražila još. Imala je mrlju od batata na obrazu.

– Ona je premala! Patronažna sestra je rekla da čekam dok ne bude imala šest meseci...

– Stvari se stalno menjaju – prekinula ju je Kerolajn. – Bilo je četiri meseca kad si ti bila mala. Bebe se nisu promenile, a pravila jesu.

– Da, i nisi se pitala zašto su ih promenili? Ne rade to iz hira. To je zato što su saznali neke nove informacije ili je neka beba umrla. U svakom slučaju, to nije važno. Važno je da je trebalo da me pitaš. Ona je moja ćerka!

Džes je čekala da je majka pogleda u oči, ali nije. Nastavila je da briše pod, nogare stolice, svoj džemper. Džes je znala, kad je donela odluku da odgaji Idi kod kuće, uz majčinu pomoć, da će imati ovakve rasprave. Ali nije znala koliko će biti bespomoćna, znajući da će joj jednog dana svi ti izbori biti nedostupni.

Kad je Kerolajn očistila sve, bacila je maramice u kantu za smeće i naslonila se na kuhinjski pult. Džes je odvezala Idi sa stolice i uzela je u naručje, i dalje čekajući da je mama pogleda.

– Znaš – napokon je kazala Kerolajn – nikad ne bih uradila nešto što će te uznemiriti. Samo dajem sve od sebe, kao i ti. Pokušavam da pomognem i podržim te i olakšam ti stvari. I meni je teško.

Džes je čula kako mama češće ustaje noću, u poslednje vreme. Kad je Džes bila trudna, često je čula puštanje vode u toaletu, škripanje maminih vrata, kuvanje čaja. Pokušavala je da sagleda sve ovo iz mamine perspektive. Ali bila je suviše obuzeta svojim uništenjem da bi mogla da vidi tuđe.

– I dalje sam ovde – rekla je Džes. – Znam da neću uvek biti, ali sad jesam. Samo ne želim da mi sve bude oduzeto.

Kerolajn joj je onda prišla i zagrlila je. Idi je bila između njih, naslonila je obraz na Džesin vrat, a Džes je očekivala da se pobuni zbog ovog, ali nije. Bila je zadovoljna. Jedina od njih tri koja je mogla da pronađe mir, i to samo zato što nije znala šta se događa.

22.

Draga Idi,

Želim da znaš kako nikad nisam prestala da volim tvog tatu. Znam kako je teško kad si iz „razorene porodice". Mrzim taj izraz. Moja porodica nikad nije bila razorena samo zato što nisam imala tatu. Ali sećam se da sam slušala mamu kako govori ljudima da smo ona i ja same, i njihovih pogleda. Ponekad je to bilo saosećanje, ponekad nepoverenje. Kao da bi svaka žena bez muža mogla da pokuša da otme njihovog.

Uvek sam znala da se mama i tata ne vole. Bilo je teško zamisliti da su ikad bili zajedno, a kamoli da su uspeli da stvore život. Čak sam jednom pitala mamu da li je sigurna da je on moj tata. Samo se nasmejala, zagrlila me i rekla: „Nažalost jeste." Ali želela sam da razumeš da nije bilo tako sa Džejkom i sa mnom. Voleli smo jedno drugo. Volela sam ga. I dalje ga volim. Žao mi je što nismo uspeli, zbog tebe. Mislim da smo bili suviše mladi. Mislim da bi stvari bile drugačije, da smo se kasnije sreli. Ali onda ne bismo imali tebe, naravno. A za mene nema više „kasnije".

Tvoj tata te nikad nije video. Ne zna tvoje ime. Ne zna da imaš nepravilan krug od pegica na krstima i naslage salca na rukama i nogama. Ne zna da se smeješ kad god te nazovem „Idisaurus" i trupkam po sobi kao dinosaurus. Ne zna kakav je osećaj kad te držim na grudima i njušim ti teme. Ne zna da imaš plave oči, kao moje, ali mogle bi da postanu smeđe, kao njegove. Ne poznaje te. Propustio je toliko toga.

I želim da znaš da to nije zbog toga što mu nije stalo. Kad smo raskinuli, dok sam ja imala osećaj da sam pokidana, rekla sam kako ne želim više da čujem za njega. Rekla sam da se odrekao prava da bude otac. Rekla sam da si moja, ne naša, i kako ne treba da pokušava da su ušunja u naše živote. I znaš, ja sam kriva što ga nemaš, što ga nisi dosad upoznala.

Ovog popodneva, sastaću se s njim prvi put otkako smo se rastali, sa srcem u fronclama. Ispričaću mu za tebe, pokazati mu fotografije. Reći ću mu da je rak ušao u naš život kao lopov, i da me odnosi. Povući ću sve što sam rekla, jer sam tad pogrešila, mislila sam samo na sebe a ne na tebe, a i zato što se sve promenilo. Pokušavam iskreno da pitam sebe čemu se nadam kad se budemo videli. Tako je teško biti nesebičan. Nadam se da će reći kako mu je bilo teško bez mene. Ali koliko je to verovatno kad mu se ostvaruju snovi da postane muzičar? Nadam se da ga zanimaš ti, Idi. Kako bi mogla da ga ne zanimaš? Tako si savršena i, iako mislim da si samo moja, znam da si pola njegova. Znam da su tvoji dugački nožni prsti, predivna maslinasta koža i otmeni nos njegovi. Nadam se da će videti to.

Idi, razgovarala sam s raznim ljudima o njihovim vezama i evo u šta verujem. Ponekad se veza ugasi. Ljudi prestanu dovoljno da mare jedno za drugo da bi bili zajedno. Ponekad postane preteško. Razlike među ljudima počinju da smetaju, i dođe do svađa, i to je zamorno i beskorisno, i odustanu. Ponekad ljudi shvate da se nikad nisu voleli. Bili su nošeni požudom ili uzbuđenjem ili nadom. Ništa od toga nije se dogodilo s tvojim tatom i sa mnom.

Imala sam nekoliko momaka pre njega i bili su dobri. Ali kad sam upoznala Džejka, osećala sam se kao da ne mogu da dišem. Ne, to nije tačno. Osećala sam se kao da mogu da dišem normalno samo kad sam s njim. Kad mi je dodirivao lice osećala sam se kao da gorim. Kad me je ljubio bilo je gotovo jezivo. Sve to zadovoljstvo, a sve u stomaku mi je bilo čvrsto namotano kao klupko vune, i znala sam da će se razmotati nakon povlačenja jedne niti. Osećaj je krug, a zadovoljstvo sedi na vrhu, pored bola. Pokušavam da ti kažem da nam *je bilo lepo zajedno. A kad se završilo, to nije bilo zato što je prestalo da bude dobro. To je bilo zato što se nismo dogovorili šta ćemo dalje. Šta ćemo s tobom.*

Zamišljam te kako čitaš ovo. Ne znam koliko imaš godina. Možda imaš petnaest, možda si starija. Možda imaš momka. Možda razumeš pomalo ovo što pokušavam da ti objasnim. Ako si osetila takvu žudnju, koja se raspali kao vatra od ne-čijeg dodira, nadam se da si sad s tom osobom. Nadam se da si s njom. Nadam se da je tata u tvom životu, da je bio tata.

Nadam se da ne možeš da zamisliš život bez njega, ili sa mnom, ili drugačiji nego što je bio. Nadam se da si srećna.

Želela sam da znaš kako nikad nisam prestala da volim tvog tatu. I želim da smo se više trudili da uspemo, zbog tebe.

S ljubavlju,
mama

23.

Džes je sedela za istim stolom kao prošli put, pijući kafu s mlekom. Nije imala knjigu niti časopis. Ništa joj nije odvlačilo pažnju. Džejk joj je poslao poruku da dolazi. Osećala se potpuno sluđeno od pomisli da će mu videti lice. Sećala se kako je otišla, dok su oboje plakali, i kako je morala sebe da spreči da se vrati, da kaže kako je pogrešila, kako joj je žao. Kako ju je ponos sprečio. Imala je dobre i loše dane, otkako je započela hemoterapiju. Tokom loših dana ostajala je u krevetu i mama ili Džema su joj donosile supu i grickalice, a ponekad spuštali Idi kraj nje, na maženje. Srećom, ovo je bio dobar dan. Kupila je periku koja je izgledala bolje nego njena prirodna kosa, a Džema ju je našminkala.

– Nije da želi da se pomiri s njim – rekla je mama. To je bila izjava, ne pitanje.

– Naravno da ne želi – kazala je Džema. – Ali ne smeta da mu pokaže bez čega je ostao.

Džes je stajala ispred velikog ogledala pre nego što je napustila kuću. Ne bi se reklo, kad je odevena, da joj je dojka odstranjena i zamenjena komadom silikona. A s perikom na glavi, izgledalo je kao da ima bujnu, sjajnu kosu. To su prednosti kad si žena, pomislila je.

Pogledala je ka vratima u trenutku kad je ušao. Izgledao je isto. Kosa mu je bila malo duža, i bio je neobrijan. Na sebi je imao crni džemper koji je često nosio dok su bili zajedno. Setila se kako joj je prelazio preko šaka. Pogledao ju je i osmehnuo se, i ona se iznenada setila kako je mirisao, i znala je da će biti izgubljena ako je zagrli.

Ali nije uradio to. Izvukao je stolicu naspram nje i seo, a onda je pitao šta će da popije, ponovo ustao i otišao da naruči piće. Džes se pitala da li je nervozan. Nikad joj nije izgledao nervozno, ali svi imaju svoja ograničenja, zar ne? Prvi put se zapitala da li on ima ikakvu predstavu šta je tema ovog sastanka, da li je pretpostavio da je u nevolji.

– Kako napreduje turneja? – pitala je, kad je ponovo seo naspram nje.

Osmehnuo se i osetila je ljubomoru što živi život iz snova, a ona svoje poslove privodi kraju.

– Kao vihor – rekao je. – Nikad ne znamo gde smo. Uvek sviramo iste pesme, odgovaramo na ista pitanja na malim lokalnim radio-stanicama. Ali sjajno je.

Džes je došlo da zaplače. Želela je to za njega, ali bilo joj je teško da sluša. Zatreptala je nekoliko puta, ujela se za unutrašnji deo usne. Naterala je sebe da ostane pribrana.

– To je tako divno – kazala je.

– A kako si ti? – pitao je Džejk. – Smem li da pitam za... bebu?

Bilo je neobično, mislila je Džes, što Idi gotovo da nije postojala kad su poslednji put bili zajedno. Bila je skup ćelija koje su rasle u Džes, a sad je bila devojčica. A Džes nije mogla da se seti kako je izgledalo dok je nije imala.

– Devojčica je – rekla je Džes. – Zove se Idi.

– Po tvojoj baki? – upitao je Džejk.

Džes se iznenadila. Nije se sećala da je pričala Džejku o maminoj mami. Ali sigurno mu je rekla, i on je zapamtio. Klimnula je glavom.

– Hteo sam da te pozovem mnogo puta. Poslao sam ona pisma i nadao sam se da ćeš se javiti. Rekla si mi da ne zovem i nisam hteo da ignorišem to.

Džejk je spustio ruku na sto i krenuo prema Džesinoj, a ona je uzela piće, znajući da ako je dodirne, nešto će se promeniti, i neće moći da uradi ovo.

– Hoćeš li da vidiš njenu sliku? – pitala je Džes.

Ako je Džejk čuo podrhtavanje u njenom glasu, nije ništa rekao. – Da, molim te – kazao je.

Džes je izvadila telefon i pregledala fotografije koje je nedavno napravila. Na gotovo svima je bila Idi. Idi koja tapše, oduševljenog lica. Idi koja spava, dugih trepavica i raščupane kose. Idi koja sedi, okružena jastucima. Odabrala je one na kojima se vidi drski, razigrani Idin osmeh, i gledala je Džejkovo lice dok mu je dodavala telefon. Gledala je kako mu se lice iz nezainteresovanog menja u veselo, u trenu.

– Smem li? – pitao je, pokazujući kao da skroluje fotografije.

– Da.

Džes ga je gledala dok je otkrivao sve trenutke koje je proživela sa Idi. Bilo je čarobno gledati ga kako je otkriva, ali istovremeno, došlo joj je da vrisne. Gde je bio kad je Idi imala visoku temperaturu koja nije htela da spadne, i bila je preplašena? Kad je ona bila budna cele noći i dojila je, i bio joj je potreban neko da se pobrine za nju? Kad je preispitivala svaku malu odluku koju je napravila kao majka, misleći da ludi? Ali nije bilo pošteno da mu postavi ta pitanja. Ona mu je rekla da se drži podalje. Ali zašto ju je poslušao?

– Tako je lepa – kazao je Džejk, vraćajući joj telefon.

Usledila je kratka tišina, i Džes je znala kako je vreme da objasni zašto ga je pozvala.

– Imam rak – kazala je.

I opet mu je gledala lice. Uvek ga je bilo lako pročitati. Volela je to kod njega. Nije skrivao svoja osećanja. U tom trenutku, videla je zbunjenost u njegovim očima. Ne tugu, ne još. Nije poverovao u to.

– Šta?

– Imam rak. Zato sam htela da te vidim.

Džes se setila da je Džejkova baka umrla od raka dojke neposredno nakon što su počeli da se viđaju. Možda mu je tad ispričala za svoju baku. Ponovo je pokušao da je uhvati za ruku, i ona ga nije sprečila, mada je znala da je trebalo. Ruka mu je bila topla od držanja kafe, i osetila je tu staru varnicu koju je uvek osećala kad bi je dodirnuo, ali nije dozvolila sebi da misli o tome.

– Da li je loše?

Rak je uvek loš, zar ne? Ali znala je na šta misli. Da li će umreti? To je na kraju zanimalo svakog.

– Rak dojke. Proširio se na kosti. Nadaju se da će ga hemoterapija stabilizovati, ali misle da mi je ostalo nekoliko meseci.

Džes se navikla da saopštava tu vest. To je nije slomilo. Ali nije mogla da kaže „ostalo mi je nekoliko meseci života". Džejk je zatvorio oči, kao da ne želi da sluša to, i na trenutak se sažalila na njega. To je bilo teško prihvatiti.

– Žao mi je, znam da je ovo šok. Slušaj, želim još jedno piće. Hoćeš li i ti?

Klimnuo je glavom i gurnuo šolju ka njoj, a Džes je otišla i stajala u redu da bi mu dala nekoliko minuta da shvati to što mu je rekla. Kad se vratila do stola, videla je kako on očajnički želi da kaže nešto. Setila se da je radio to. Bilo mu je potrebno nekoliko minuta da ukapira, a onda je počinjao da predlaže razna rešenja. Zapitala se šta je želela da on kaže, ili ponudi. Koji je idealan scenario. Ali ništa nije bilo idealno u vezi sa ovim, i bilo joj je smešno što se uopšte pitala to, i samo je sela i počela da sipa šećer u svoje piće kad je on progovorio.

– Mogu da ti pomognem – rekao je. – Useliću se kod tebe i tvoje mame na neko vreme, pomoći oko Idi...

– Nisi je ni upoznao! – Džes nije htela da vikne, a ono malo gostiju u kafiću se okrenulo da je pogleda pre nego što se žamor nastavio.

– Znam to – kazao je Džejk. – Ali rekla si mi da ti se ne javljam. Nisam hteo da ignorišem to. Napisao sam ti ta pisma jer sam mislio da je to najmanje nametljiv način komunikacije. Mogla si da ih ignorišeš ako si želela. Što si i uradila...

– Rekla sam ti – kazala je Džes, tišim, ali podjednako uznemirenim glasom – mama ih je sakrila od mene. Pronašla sam ih pre neki dan.

– Šta želiš? – pitao je Džejk. – Znam da ti neće odgovarati šta god da predložim.

Džes je osetila poznato grčenje želuca. Tako je uvek izgledalo kad su se svađali. To ju je mučilo danima.

– Slušaj – rekla je Džes – kazala sam da ću sama gajiti Idi, da nam ne treba ništa od tebe, ali to je bilo pre nego što sam znala da neću biti tu. Sve se promenilo. Ona neće imati mamu, tako da me se neće sećati, i mislila sam kako je ispravno da ti znaš to, za slučaj da želiš da budeš uključen...

Džes nije završila to što je htela da kaže, ali jecaju su je omeli. Bilo je tako teško suočiti se s tim, pričati o tome što će se dogoditi, i šta će to značiti za Idi. Džes je mrzela da misli na nju, izgubljeno siroče, koje nema s kim da razgovara o važnim stvarima. Ako bi mogla da promeni jednu stvar, to bi bilo to. Ovo nije imalo veze s njenim bolom ili propuštanjem stvari, imalo je veze sa ostavljenjem Idi bez mame.

Džejk je primakao stolicu, tako da su sedeli jedno kraj drugog, a ne jedno naspram drugog. Prebacio joj je ruku preko ramena i privukao k sebi, dok nije počela da mu plače u džemper. Bilo je to tako utešno, biti ponovo blizu njemu i njušiti ga. Iznenada, prvi put, Džes je zamišljala da njih dvoje sede ovako sa Idi između. Zamišljala ih je kao porodicu.

– Da – rekao je Džejk. – Da, želim da budem uključen. Želim da pomognem. Tebi ne ide od ruke da pustiš ljude da ti pomognu, znaš?

Da li je to istina? Džes nije bila sigurna, i nije mislila da je sad vreme za analizu. Nagnuo se napred, krenuo da joj dodirne kosu, i povukla se tako brzo da je izgledalo kao da ga je ošamarila.

– Samo ne želim da obećaš kule i gradove – kazala je. – Ne znaš možeš li da ispuniš to. Do pre sat vremena nisi znao imaš li sina ili ćerku, a sad nudiš da odbaciš karijeru kako bi se uselio kod nas i pomagao, i to je previše.

Džejk se pomerio da je pogleda u oči. Njegove su bile crvene i naduvene, i videla je da je zaplakao kad ga je ostavila samog za stolom. Naravno da jeste. To, samo za sebe, nije dokaz da mu i dalje nešto znači, da je i dalje važna. Ali pitala se da li bi mogla da bude. On je njoj bio važan. Tračak nade pojavio se u njenom srcu, i onda se setila da nema svrhe da razmatra svoju budućnost, jer je nema. Sve ovo ima veze sa Idi.

– Osećam se kao da ništa što uradim nije dobro – kazao je Džejk. – Žao mi je što ti se to događa. Uradiću sve da popravim stvari. Ali ne mogu da budem pod sumnjom na svakom koraku, zato što mi ti ne veruješ. Moraš da odlučiš šta želiš i kažeš mi to, kako bih uradio sve kako treba.

Džes je bila toliko zauzeta trudeći se da zaključi da li je čula po-drhtavanje u njegovom glasu da nije primetila odmah da je ustao, i uzeo svoje stvari. Bila je u iskušenju da mu kaže da ostane. Da kaže da joj je žao, i da mu je zahvalna na ljubaznosti, da kaže kako se na minut ili dva, kad ju je uhvatio za ruku, osećala kao da će sve biti dobro. Ali pustila ga je da ode. Da li je bilo tačno to što je rekao da mu ona ne veruje? Verovatno. Kad je bio kod vrata, okrenuo se.

– Pozovi me, Džes, molim te – rekao je. I onda je otišao.

24.

Džes je naručila piće i probila se kroz gomilu do mesta gde ju je čekala Džema.

– Jesi li sigurna da si dobro? – pitala je Džema.

Džes nije rekla prijateljici kako oseća blagu mučninu, da joj je vid pomalo zamagljen. Žudela je za noćnim izlaskom otkako je videla Džejka, i ovo je bio prvi dan kad joj je bilo dovoljno dobro. Bile su u baru gde je Džema radila, i bio je Džesin rođendan, i želela je da se pretvara na jedno veče kako je obična dvadesetdvogodišnjakinja. Zakolutala je očima ka Džemi i dala prijateljici jedan od dva šarena koktela koja je naručila.

– Šta je unutra? – pitala je Džema.

– Ne znam, ti radiš ovde.

– Svi izgledaju manje-više isto. Slušaj, ovo je moje poslednje pitanje. Smeš li da piješ kad si na hemoterapiji?

– Da – odgovorila je Džes. Bila je prilično sigurna kako joj je rečeno da su jedno ili dva pića u redu. – Prekini da pokušavaš da uništiš sve. Možemo li večeras da se pretvaramo da nemam rak?

Govorila je glasno da bi nadjačala muziku, a kad je rekla reč „rak", dve devojke u blizini su se okrenule ka njoj. Džes je htela da ih prozove, da im kaže kako rak nije zarazan, da ne moraju da se udaljavaju od nje, da joj je žao ako im je njeno umiranje pokvarilo izlazak. Ali sprečila je sebe. Otpila je malo pića. Pokušala da se pretvara kako se ne oseća loše. Kako je udovi ne bole.

Nakon toga, Džema je uradila to što ju je zamolila i prestala je da priča o raku. Sat vremena je sve izgledalo kao u stara dobra vremena. Komentarisale su muškarce, tračarile o ljudima s kojima su išle u školu. Džes je rekla Džemi šta se dogodilo s Denom, a Džema je stavila ruke na lice.

– On mi je brat! Bože, mislila sam da sam to suzbila u korenu pre mnogo godina. Den, zaboga?

Džes se nasmejala. – Pa, ništa se na kraju nije dogodilo. To mi nije bio najsjajniji čas. Samo sam želela da uradim nešto za četrnaestogodišnjakinju u sebi, kojoj se on stvarno sviđao, a nikad ga nije poljubila.

Džema je napravila grimasu, kao da ne može da veruje da se nekom sviđa njen brat. A onda se Džemino lice zamaglilo, i Džes je znala da mora da sedne. Pogledom je potražila slobodan sto, ali svi su bili zauzeti. Instinktivno je uhvatila Džemu za ruku.

– Džes, jesi li dobro? – Džema je izgledala zabrinuto.

– Nisam sigurna, osećam se...

Džes nije mogla da pronađe pravu reč. Popile su tri koktela i osećala se tako umorno i nije bila pribrana. I onda je pala.

Činilo joj se da je samo trepnula, a kad je otvorila oči, bila je u bolnici, a neki nepoznat lekar ju je pregledao. Džes je pogledala po sobi. Džema je bila tu, kao i mama.

– Gde je Idi? – pitala je, uspaničeno.

– Tvoj tata je čuva. Nisam htela da je budim.

Džes je razmišljala da li je njen tata u stanju da se brine za njenu usnulu ćerku. Da li je ikad čuvao neku bebu? Nije mislila da jeste. A onda je shvatila, kao i uvek, da će te stvari uskoro biti van njene kontrole, i kako mora početi da veruje ljudima koji joj pomažu.

– Šta mi se dogodilo? – Gledala je mamu i Džemu. Videla je da postoji napetost među njima. Mama nije htela da je pogleda u oči, nije govorila. Džema je prekinula ćutnju.

– Onesvestila si se u baru – kazala je. – Bilo je strašno. Kazala si da smeš da piješ!

Džes je pogledala Džemu, mamu, pa lekara i nije ništa rekla. Svi su je gledali s nekom vrstom neodobravanja. Htela je da zajeca i kaže kako to nije pošteno, ali osetila je da nije pravo vreme za to.

– Ja sam doktor Laudon – kazao je lekar. – Trenutno sam dežurni. Snimićemo vas skenerom. Prijateljica kaže da ste popili tri pića, i mada to nije preporučljivo, nije trebalo da se onesvestite zbog toga. Imate li probleme s vidom?

– Sad nemam – kazala je Džes – ali pre nego što se to dogodilo, zamaglilo mi se pred očima.

– Zašto mi nisi rekla? – pitala je Džema.

Džes nije odgovorila. Znala je onda da je noć koju je provela sa Džemom verovatno bila njena poslednja. Niko više neće imati poverenja u nju. Svi će je pažljivo motriti, govoriti joj kako je verovatno najbolje da ostanu kod kuće i gledaju neki film. I biće toliko nemoćna da će želeti da vrišti. Izlazak za rođendan, to joj nije izgledalo kao preveliki zahtev.

Doktor Laudon se vratio u sobu sat nakon snimanja, i Džes je znala da vesti nisu dobre.

– Kažite mi – rekla je.

Želela je da je to doktorka Sing. Jedna od stvari koje je volela kod svog onkologa bila je što se ona nije prenemagala. Svaki put joj je govorila istinu. To nije uvek bilo lako prihvatiti, ali Džes je to više volela od okolišanja, kad je trebalo preneti vesti koje utiču na život. Srećom, doktor Laudon je imao sličan pristup.

– Postoji nov tumor, u vašem mozgu – rekao je. Držao je listu, i Džes je primetila da mu se ruke jedva primetno tresu. Džesina mama je, iz ugla sobe, ispustila tih jecaj, a kad se Džes okrenula, videla je da Džema plače.

– Hemoterapija nije delovala. Žao mi je, Džesika. Možemo da pokušamo još nešto, postoje druge mogućnosti. Ili možemo da prekinemo davanje lekova i pustimo vas da uživate u preostalom vremenu, koliko možete. Mogu da vam objasnim te opcije, i šta one znače. Ali ostaviću vas nakratko nasamo.

Izašao je iz sobe, zatvarajući vrata za sobom, i Džes je pogledala u čaršav koji joj prekriva telo, trudeći se da odluči šta da kaže. Želela je da je Idi tu, da je privije na grudi, i onda se osetila sebično zbog toga, jer je bilo kasno i Idi je čvrsto spavala i bila je bezbedna, daleko od ovog bučnog mesta gde je njenoj majci rečeno da je još bliža smrti.

– Da li si spremna da probaš s drugom vrstom terapije? – pitala je Džema.

Džes je razmišljala o tome. O umoru koji ju je lomio dan posle hemoterapije, o mučnini i preznojavanju i zatvoru i pramenovima kose na jastuku ujutro, i htela je da odbije. Da kaže kako će uraditi ono što joj je lekar predložio, prekinuće da uzima otrovne lekove i samo uživati u preostalom vremenu sa svojom bebom. Ali tu je Idi. Zar nije dugovala Idi da se bori svim silama? Zar nije ćerki obećala to?

– Da – kazala je. – Sve što mogu da pokušaju. – Pogledala je mamu koja je i dalje sedela na stolici u uglu sobe, ćutljiva. – Misliš li da će me danas pustiti kući?

– Ne znam – rekla je Kerolajn. – Nadam se, dušo.

– Možda je sad vreme da pustim Džejku da nam pomogne – kazala je Džes.

Videla je kako je mama stisnula usne.

– Šta je bilo? – pitala je.

– Ne znam zašto misliš da ti je potreban. Imaš mene, imaš Džemu. Dobro se snalazimo, zar ne?

Džes se osećala razočarano. Nije se valjda radilo o tome da će se Džejk pojaviti i istisnuti njenu majku? Sigurno je pravo vreme da se svi uključe.

– Dobro – kazala je – sve tri smo u istoj sobi, i morala si da nađeš nekog ko će se pobrinuti za Idi. Kako možeš da kažeš da nam ne treba pomoć?

– Ona je s tvojim ocem, ne s nekim neznancem – brecnula se Kerolajn.

– Da, a ja predlažem da provede vreme sa *svojim* ocem. Ne razumem zašto ti to toliko smeta.

Čuo se zvuk nakašljavanja, a Džes i njena mama su se okrenule i videla doktora Laudona, koji je ušao u sobu.

– Da li je sve u redu? – pitao je.

Džes je klimnula glavom.

– Znate, znam da je teško, ali stvarno vam neće pomoći da se toliko nervirate.

Džes je osetila kako joj suze peku oči i obrisala ih je kad su potekle. Znala je da postoji velika mogućnost da će se rasplakati i neće moći da se zaustavi. To je bilo tako nepošteno. To što je njena majka bila naporna kad joj je najviše trebala njena podrška. Što je lekar morao da je prekori jer se raspravlja s njom o brizi o ćerki.

– Smem li da idem kući? – pitala je.

Doktor Laudon se osmehnuo. – Smete, čim odlučimo kako ćemo nastaviti terapiju.

– Volela bih da probam drugu vrstu hemoterapije – rekla je Džes, ravnim glasom.

– Jeste li sigurni?

– Da, sigurna sam.

– Dobro, dođite u ponedeljak kao i obično, a doktorka Sing će se pobrinuti za vas.

Kerolajn ih je odvezla kući, i niko nije mnogo govorio u kolima. Kad su se parkirale ispred kuće, Džes je očajnički želela da uđe i obiđe Idi. Otvorila je vrata, osluškujući zvukove koji bi joj rekli u kojoj su sobi, ali sve je bilo tiho. Pogledala je na sat. Bilo je malo posle šest ujutro. Na neki način, činilo joj se da su sati provedeni u bolnici proleteli, ali izgledalo joj je kao da je prošlo više od jedne noći otkako je napustila kuću. Obišla je sve sobe, i počela je da se brine. Popela se na sprat. Zatekla ih je u svojoj spavaćoj sobi, tata je ležao na prekrivaču, grudi su mu se dizale i spuštale u dubokom snu. Idi je bila sklupčana u njegovom naručju, zatvorenih očiju, s palcem u ustima.

Džes je stajala na vratima. Ona i Idi su ponekad spavale tako, u noćima kad Idi nije htela da se vrati u kolevku nakon podoja. Džes je nekako uvek smatrala da je pogrešila kad je morala da spusti Idi na krevet kraj sebe. Ali dok je gledala taj prizor, izgledao je savršeno. Idi je spavala tako čvrsto. Kad je bila sama u krevecu, stalno se vrpoljila. Džes se zaklela da će češće spavati tako sa Idi, da će provoditi što više vremena može kraj svoje ćerke, da će je njušiti. A onda se presamitila od spoznaje da će umreti, i Džema je bila iza nje, pridržala ju je i pitala treba li da se vrati u bolnicu, a njen otac se probudio i zbunjeno ih pogledao.

– Vrati se na spavanje – kazala je Džes, dok su joj suze tekle niz lice. Zatvorila je vrata. – Dobro sam – rekla je Džemi. – Dobro sam.

Sišle su u prizemlje, a Džema im je skuvala čaj, i sele su i pile ga ćutke.

– Začuđena sam koliko je sve uredno – rekla je Kerolajn kad je konačno progovorila. Pokazala je po sobi, na opranu bočicu na oceđivaču za sudove i hrpu presavijenih pelena koje je Džesin tata verovatno izvadio iz sušilice.

– Bez uvrede – kazala je Džema – ali vas dve očekujete najgore od muškaraca. Nisu svi tako loši, znate.

Džes se osmehnula, i osetila je kao da bi Džemin komentar mogao ponovo da ih ujedini, ali Kerolajn nije reagovala. Samo je nastavila da gleda oko sebe, kao da nije bila sigurna gde je, niti šta se događa.

25.

Džes je provela narednih nekoliko dana u krevetu. Spavala je i budila se, s navučenim zavesama, nikad potpuno sigurna koje je doba dana ili noći. Ponekad bi pogledala telefon i videla da je sredina popodneva, a Idi bi ležala budna kraj nje, a onda bi zatreptala, i soba bi postala mnogo mračnija, i bila bi gotovo ponoć, i Idi bi nestala. Bilo je to zbunjujuće vreme. Mama joj je kupila mali televizor za sobu, ali Džes nije mogla da se usredsredi. Nije mogla da čita knjigu. Nije mogla ni da gleda *Instagram*. Na noćnom stočiću nalazila se neotvorena hrpa ilustrovanih i enigmatskih časopisa.

I zato nije bilo iznenađujuće što neko vreme nije primetila da Idi nije tu. Nije znala koliko je dugo bila budna, nije znala koji je dan ili kad je poslednji put jela. Neko je pokucao na vrata i kad se oglasila, Džema je ušla.

– Zdravo – kazala je. – Znaš li gde su tvoja mama i Idi?

Džema je imala ključ tako da je mogla da dolazi i odlazi kad pomaže, što se događalo sve češće i češće.

– Nemam pojma – kazala je Džes. – Možda su otišle u šetnju.

– Kolica su u hodniku – rekla je Džema.

– Da li su kola na prilazu?

– Nisu.

– Onda su možda u supermarketu.

Džes je palo na pamet da bi trebalo više da se uključi u život svoje porodice. Da bi stalno trebalo da zna gde joj je ćerka. Ali nije, i nije mogla, i ništa nije mogla da uradi povodom toga. Džema ju je pitala želi li nešto. Bilo je rano popodne, petak. Džema je bila slobodna do svoje smene u sedam. Džes je zamolila da joj donese malo pileće supe, i Džema je otišla da je skuva.

Provele su popodne zajedno, Džema je sedela na praznoj strani Džesinog bračnog kreveta, doseći Džes nešto za piće kad god je ova to želela. Do četiri sata Džes je zvala mamu nekoliko puta, ali ova nije odgovorila.

– Nikad ne čuje mobilni – rekla je Džemi nakon četvrtog pokušaja. – Drži ga u torbi, utišanog.

Džes se nije brinula. Ne još. U šest, Džema ju je pitala da li da pozove svog šefa i kaže da neće doći.

– Ne – odgovorila je Džes. – Ne treba mi da neko stalno bude ovde. Dobro sam, stvarno. Pored toga, one će se uskoro vratiti. Idi treba uskoro da ide na spavanje.

I Džema je otišla da se sprema za posao, a Džes je ležala u krevetu, gledajući u tavanicu i osluškujući vrata. Ustala je i sišla u prizemlje prvi put tog dana, sva nesigurna na nogama. U kuhinji joj je Džema ostavila salatu, prekrivenu providnom folijom. Džes ju je odnela do dnevne sobe i počela da jede. Uključila je televizor i prebacila na neki rijaliti o poznatim parovima, ali nije mogla ni to da prati. Sve žene su izgledale isto.

Svake večeri u šest, Džes ili njena mama, a često obe, vodile su Idi na sprat na kupanje. Volela je vodu. Čak i kad je bila umorna i nervozna, počela bi da se praćaka i smeje čim bi je spustili. Džes je mislila da je kupanje stresno dok Idi nije mogla da sedne, i morala je sve vreme da joj drži glavicu, ali sad je to bilo zabavno. A onda, nakon kupanja, čitale su priče i dala bi joj bočicu s mlekom i mazala suvu kožu kremom i pevala joj pesme do sedam, kad bi je spustila u krevetac i ostavila je da spava. Kad je došlo pola sedam, Džes se zabrinula. Ponovo je pozvala mamu i ostavila glasovnu poruku.

– Mama, ne znam gde si ili šta radiš, ali Idi mora da dođe kući. Vreme je za spavanje. Biće umorna i pitaće se gde sam. Molim te, pozovi me. Molim te, dođi kući.

Malo je hodala po sobi, ali zbog toga se umorila, a nije htela da zaspi pre nego što se Idi vrati, i bude u njenom naručju. I zato je sela u fotelju, proveravajući često telefon, osluškujući zvuk otvaranja vrata. Dobila je poruku gotovo u devet, i poskočila je od tog zvuka. Odavno je isključila televizor i soba je bila tiha. Uzela je telefon, moleći se da je ta poruka od njene mame, ali bila je od Džeme.

Da li je sve u redu? Da li su se mama i Idi vratile?

Brzo je odgovorila.

Nisu. Stvarno sam zabrinuta. Možeš li da dođeš posle posla?

Džes je palo na pamet da je usred krize, a nije znala šta da radi. Nije znala da li reaguje preterano ili nedovoljno. Setila se nekog dokumentarca o otmici deteta i kako je majka rekla kako nije znala kad treba da viče i digne galamu. Ali ovo nije tako, zar ne? Idi nije s nekim neznancem.

Kako, pobogu? Doći ću čim budem mogla, ali to će možda biti oko ponoći.

Džes je odgovorila i zahvalila joj se. Kad joj je telefon sledeći put zazujao, bilo je negde oko jedanaest. Videla je reč mama na ekranu i brzo unela svoju lozinku da bi videla poruku.

Bezbedni smo, dušo. Znaš da ne bih uradila ništa što bi je povredilo.

Džes je pozvala mamin broj, napola očekujući da se ova neće javiti. I kad se mama javila nakon četvrtog zvona, nije znala šta da kaže. Na kraju, mama je progovorila prva.

– Džes, samo sam morala da odem i razbistrim glavu.

– Šta? Zašto si povela Idi? Gde si, dođavola?

Džes je čula strah u svom glasu.

– Ne možeš da se brineš o njoj ni na tren. Samo ja to mogu.

Tad se sav Džesin strah pretvorio u gnev. Jedno je bilo to što se trudila da shvati kako će Idi odrastati bez majke, ali da joj bude ovako oduzeta? I da to uradi njena majka?

– Umirem od raka, mama! Zato ne mogu da se brinem o njoj bez pomoći! To ti ne daje pravo da je odvodiš bez pitanja!

Naglo je zaćutala jer je u pozadini čula plač svoje ćerke.

– Da li je ona dobro? Zašto plače? Moram da je vidim!

Usledila je ćutnja na drugom kraju veze, i Džes se zapitala da li je veza prekinuta, ali onda je začula majčin glas, jasno i glasno.

– Naravno da je dobro. Sa mnom je. Ne moraš da se brineš.

– Vrati je kući – kazala je Džes, što je mogla jasnije i smirenije.

– Molim te, mama.

A onda se veza prekinula, i Džes se rasplakala i bacila telefon u zid. Sledeće što je čula bilo je otključavanje vrata, i nadala se da je to njena mama, znajući da je Džema. Džema je ušla u sobu i otišla do sklupčane Džes, i tek kad ju je Džema uzela u naručje, Džes je shvatila koliko je smršala. Iznenada se osećala majušno, pored svoje najstarije prijateljice.

– Šta se dogodilo? Jesi li čula nešto?

– Odvela ju je – kazala je Džes. – Ne znam šta se događa, dođavola, ali ona ju je odvela. To je zbog Džejka. Boji se da će nas izgubiti obe.

– Jebote – kazala je Džema. – I znaš to sigurno? Razgovarala si s njom?

Džes je prenela Džemi razgovor. Bila je toliko umorna da je jedva držala oči otvorene, a Džema ju je ubedila da se vrati u krevet, obećavajući da će ostati budna i gledati Džesin telefon, za slučaj da bude nekih vesti. Džes nije to htela, ali znala je da nema drugog izbora.

– Želiš li da pozovem policiju? – pitala je Džema kad je Džes bila u krevetu i stajala je kraj vrata, sa Džesinim telefonom u ruci.

– Da li će me ozbiljno shvatiti ako kažem da je moja mama odvela moju ćerku?

– Ne znam. Sačekajmo do jutra, da vidimo hoćemo li znati nešto više.

Džes je klimnula glavom, a Džema joj je poslala poljubac pre nego što je zatvorila vrata. Osećala je kao da više ne može da plače, ali rasplakala se kad je pomislila da Idi spava na nekom nepoznatom mestu, bez svojih stvari, i bez svoje mame. Želela je Džejka, shvatila je. Želela je da razgovara sa Džejkom o tome. Instinktivno je krenula da uzme telefon, želeći da mu pošalje poruku, a onda se setila da je kod Džeme. Poslaće mu poruku kad se Idi vrati, odlučila

je. Reći će mu kako želi da on upozna Idi, kako želi da bude uklju-
čen. Nije marila šta njena mama misli, ne nakon ovog. I nije se se-
ćala da je mislila još nešto, jer je zaspala, a kad se probudila, kuća je
bila ispunjena bukom i vikom.

Džes je iskočila iz kreveta i sišla u prizemlje. Čula je Džemin
glas, i mamin, i svađale su se. Džema joj je govorila da je to što je
uradila neoprostivo, a mama je govorila kako se to ne tiče Džeme.
Ali nije čula Idi. Uletela je u kuhinju, gde su dve žene stajale prebli-
zu jedna drugoj.

– Gde je ona? – odlučno je pitala.

Mama i Džema su se okrenule ka njoj, i ona se rasplakala.

– Šta se dogodilo? Gde je ona?

Džema je prišla i prebacila ruku preko Džesinog ramena.

– U redu je, Džes. U dnevnoj sobi je, u sedištu za auto. Čvrsto
spava.

Džes je otišla u dnevnu sobu da potvrdi to. Ne radi se o tome
da nije verovala Džemi, ali morala je da se uveri. I Idi je bila tamo.
Tiho je mljackala, zatvorenih očiju. Džes se sagnula i podigla je, nije
mogla da odoli. Ritmički je milovala Idinu kosu.

– Ovde sam, dušo, ovde sam. Ja sam ti mamica.

Njena mama i Džema su došle u sobu za njom. Džes je shvatila
koliko Džema izgleda iscrpljeno. Radila je noćnu smenu i onda je
ostala budna cele noći, čekajući da se Džesina beba vrati kući. Mo-
ram da joj se zahvalim, mislila je. Moram da joj kažem koliko mi to
znači. I mama je izgledala umorno. Džes se pitala gde li su provele
noć. Bes ju je ponovo obuzeo.

Bez reči, Džes je ponela Idi sa sobom, u krevet. Nije bila sigurna
šta da kaže majci. Da je mogla, izjurila bi, noseći Idi, i govoreći kako
više ne želi da živi u toj kući nakon toga što je uradila. Ali nije mo-
gla da uradi to, zar ne? Nije imala novca niti drugi stan, i potpuno
je zavisila od majčine pomoći. Idi ju je gledala, razrogačenih očiju.
Džes je znala da je to smešno, ali osećala se kao da je Idi razume.
Kao da pokušava da kaže Džes da će sve biti u redu.

Sve to je bilo tako teško. Džes je pisala Idi ta pisma, trudeći se da
joj objasni stvari, i sad ju je rak ubijao i osećala se kao da će ostaviti

Idi usred haosa. Bez majke, bez oca i s bakom koja je izgleda skrenula sa uma.

A onda, kao po komandi, Kerolajn se pojavila na vratima. Imala je dovoljno pristojnosti da izgleda postiđeno, primetila je Džes. Izgledala je kao da nije spavala, i Džes se zabrinula. Ali onda je ponovo osetila bes.

– Pre nego što išta kažeš – rekla je Kerolajn – radila sam u njenom interesu.

– Nije u njenom interesu da je odneseš od majke, i ne kažeš nikom! Gde si bila, dođavola?

Kerolajn je odmahnula glavom, kao da odbija to pitanje. – Ne mislim da si sasvim pribrana...

– *Nisam* sasvim pribrana! Mama, otela si je. Džema i ja smo zamalo pozvale policiju.

– Nije bilo potrebe za tim, Džes...

– Kako se usuđuješ! Ne određuješ ti šta mogu da uradim ili ne uradim kad mi nema deteta...

Džes je sad sedela u krevetu, sa Idi na grudima. Srce joj je žestoko tuklo, a Idi je počela da se vrpolji, i mrzela je što je izlaže dodatnom stresu.

– Molim te, idi – rekla je Džes, tihim ali odlučnim glasom. – Ne mogu da razgovaram s tobom. Znaš koliko si nam potrebna sad, i ti uradiš nešto ovakvo. To je neoprostivo.

Džes nikad nije videla da je njena mama odustala od svađe. Ali ovog puta jeste. Izašla je iz sobe, i nekoliko minuta kasnije Džes je čula kola kako brzo odlaze s parkinga. Deo nje je bio zadovoljan, a deo nje je patio za mamom. Legla je sa Idi, šapućući obećanja u bebino uvo.

– Bezbedna si, Idi, i volim te. Nikad neću dozvoliti da ti se išta dogodi.

26.

Draga Idi,

Želela sam da znaš kako je majčinstvo najteža stvar koju sam uradila, i često mislim da to radim pogrešno.

Želela sam da ti, pre nego što odem, ostavim što čistiju i jasniju situaciju, a sad su stvari u većem haosu nego pre. Samo sam želela da dovedem tvog tatu u tvoj svet, kako bi imala makar jednog roditelja, ali to je izgleda nekako iznerviralo mamu, i sad smo na toj čudnoj ničijoj zemlji i ne znam šta će se dogoditi. To je tako strašno, što ne znam koliko mi je preostalo. Ako danas sve krene nizbrdo, i ne budem mogla da sredim ovo, osećaću se kao da sam te izneverila.

Jutros sam tvom tati poslala poruku s dve fotografije. Na jednoj si ti, odevena u tamnoplavu pamučnu haljinicu i nosiš moje naočari za sunce, i sediš držeći u rukama drvene kocke. A na drugoj smo nas dve, na ćebetu u dvorištu, ja gledam u foto-aparat, a ti u mene. I kako me samo gledaš. Kao da sam ceo tvoj svet.

Nakon deset minuta, tvoj tata je odgovorio. Samo pet reči. Mogu li da je upoznam? Spustila sam telefon da ne bih odmah odgovorila, jer kako da odgovorim na to pitanje? Želim da dođe, da bude s nama, da te vidi, da te upozna. Želim to baš mnogo. Ali ako se mama ponašala tako samo kad je čula da bi mogao da dođe, onda ne znam šta bi uradila ako bi se stvarno pojavio.

Naravno, ti ne znaš šta se dogodilo. Juče te je baka odvela, i nisam znala gde si bila satima. To zvuči manje dramatično kad se tako saopšti, ali možda ćeš jednog dana imati decu (jao, boli me kad mislim o tome) i razumećeš užas koji sam osećala tokom tvog odsustva. Nismo razgovarale jutros, uprkos tome što smo se srele u kuhinji. Živimo u istoj kući, i ona mi je glavni oslonac. Ne znam kuda bismo otišle odavde.

Mislim da te majčinstvo tera na ludosti, ponekad. Trudim se da podsetim sebe da sam ja njoj ono što si ti meni. Da dok se ja suočavam sa umiranjem i napuštanjem tebe, ona se suočava s gubitkom svog deteta. Znam da moram malo da popustim, ali ne znam koliko.

Evo ti jedne priče. Kad si imala četiri dana, i dalje smo bile u bolnici jer si imala žuticu, i morala si da budeš pod tim posebnim svetlima dok se ne oporaviš. Bilo mi je dosta svega i plakala sam i mislila sam da sam nešto pogrešila jer sam videla kako ostale mame i bebe idu kući. Takođe, ja sam bila jedina kojoj partner nije dolazio svakog dana da donosi čokoladu i preobuku i drži dete, s pogledom punim obožavanja. Tog dana, kad je mama otišla kući da se odmori i donese još pelena i odeće, rasplakala sam se i jedna od sestara me je zagrlila i privukla sebi i osetila sam miris omekšivača koji je koristila za svoju krutu plavu uniformu.

– Četvrti dan je najteži za svakog – kazala je.

Mislila sam da je izmislila to. Nisam znala nikog ko se porodio, osim mame, a ona nije nikad pričala o tome. Ali tu je bila žena koja je svakog dana imala posla s porodiljama i koja je svakog dana prisustvovala porođajima.

– To je istina – rekla je, očigledno videvši nevericu u mojim očima.

A onda me je pustila i otišla da izmeri krvni pritisak ženi u susednom krevetu.

Kad je mama došla tog popodneva, pokušala sam da te navedem da sisaš, i to je bilo jezivo bolno, i škrgutala sam zubima i čvrsto zatvorila oči.

– Mama – kazala sam, glasom nalik na dečji – jesam li napravila neku veliku grešku? Molim te, reci mi da će postati lakše.

Sela je na ivicu mog kreveta i uhvatila me za ruku, onu kojom ti nisam pridržavala glavicu. Kazala je da ne mora da bude lakše, ali da naučiš kako da se nosiš s tim, i da će uraditi sve što je u njenoj moći da nam pomogne. Pitala sam je da li je čula za to sa četvrtim danom, i ona je klimnula glavom.

– Bila sam uplakana četvrtog dana nakon što sam te rodila. Mislila sam da sam potpuno omanula, da nisam sposobna da budem mama. To je hormonski. To ima veze s nadolaženjem mleka. Proći će. A ako ne prođe, i bude ti potrebna pomoć, obezbedićemo ti je.

Nisam tad ništa znala o postporođajnoj depresiji, ali pretpostavljam da je mislila na to. Nisam znala šta me čeka, zar ne? Nisam imala predstavu da će stvari postati nepodnošljivije nego na početku dojenja. A nije ni ona. Ali nisam sigurna kako smo došle do toga, da se svađamo oko toga šta je najbolje za tebe, i da gotovo ne razgovaramo. Ne znam kako smo došle do toga nakon nekoliko kratkih meseci.

Idi, ne znam kakav će biti tvoj odnos s bakom kad budeš čitala ova pisma. Ne znam da li je bila, na svaki mogući način, tvoja mama, i da li je voliš iz sveg srca i mrziš me što govorim išta negativno o njoj. Deo mene se nada tome. Ali znaj ovo: sva ta napetost postoji jer te obe mnogo volimo i borimo se da dokažemo koja zna šta je najbolje za tebe. A bolje je biti previše voljen, i da te voli previše ljudi, nego premalo. Trudim se da ulijem svu ljubav koju osećam prema tebi u milovanje, i nadam se da će to biti dovoljno; da će tvoje telo to nekako zapamtiti.

Želela sam da znaš kako je majčinstvo najteža stvar koju sam ikad radila. Ali i najbolja.

S ljubavlju,
mama

27.

Džes je osećala da provodi u bolnici isto vremena koliko i kod kuće. Imala je hemoterapiju jednom nedeljno, a tu su bile i analize krvi i pregledi. Otkako je Kerolajn odvela Idi onog dana, Džes nije htela da je moli za pomoć, i zato je odlazila sve češće u bolnicu sa Džemom, a Idi je smeštala u sedište za bebe, a onda ju je nosila u bolnicu. Tako je bilo i tog dana kad je Džes saopšteno da se stanje pogoršava.

– Možete li da ponovite to? – pitala je Džema. Pogledala je u Džes. – Mislim, izvinite, samo želim da se uverim da sam dobro čula.

Džes je pogledala Idi, koja je spavala u svom sedištu, kao tokom mnogih ovakvih pregleda. Nije mogla da podnese to, iznenada, što je Idi provela toliko svojih prvih meseci u bolnicama i klinikama. Znala je da se neće sećati toga, ali nije bila utešena time što je to bio samo podsetnik da je se Idi uopšte neće sećati. Možda će je kad bude starija, odrasla, i uđe u bolnicu i oseti nešto u vezi s mirisima i zvukovima, nešto navesti da se seti Džes. I to je bilo dovoljno da poželi da zaplače.

– Žao mi je što nemamo bolje vesti – kazala je doktorka Sing. – Rak se širi brže nego što možemo da kontrolišemo. Iznenađena sam koliko dobro izgledate.

– Ali ako izgleda bolje nego što ste očekivali, možda je to dobra stvar? – pitala je Džema. – Možda se bori bolje nego što mislite.

Doktorka je odmahnula glavom, i Džema je oborila glavu. To je bilo malo verovatno, pomislila je Džes, ali volela je Džemu što je to pitala. Naravno da su ti ljudi, s medicinskim diplomama i godinama iskustva, znali bolje šta se događa nego ona i njena prijateljica. Ako su rekli da je gotovo kraj, onda je bilo tako.

Aša je bila u sobi, sedela je na stolici u uglu, i Džes ju je pogledala i razmenile su tužne poglede.

– Možete li mi reći koliko mi je ostalo? – pitala je Džes, kroz suze.

– Ne možemo da budemo sigurni. Ali mislimo da je ostalo nekoliko nedelja, Džes. Žao mi je.

Džes nije mogla da je pogleda u oči, nije mogla da kaže da je to u redu, jer nije bilo. Stvari su se raspadale, i dok se to događalo usporeno, bilo je podnošljivo. Pokušavala je da uradi sve što je trebalo, da obezbedi ćerkinu budućnost, i to joj je pomoglo da ne misli na to, i bol koji je verovatno čeka. Sad ništa nije bilo usporeno. Stvari su dolazile, brzo i jako, i kako je mogla da ih zaustavi? Nije mogla sama da drži krov. Ona je samo ljudsko biće.

– Idemo kući – rekla je Džes, ustajući.

Čula je promenu u svom glasu. Zvučala je poraženo.

– Postoji li još nešto što treba da znamo? Nešto što treba ili ne treba da radi?

– U ovoj fazi ne. Radite šta god vas usrećuje, Džes. I razmislite kako želite da sve bude, na kraju...

Džes je trgla glavom. To je zvučalo važno, kao nešto za šta mora da bude usredsređena i pažljivo ga sasluša.

– Neki ljudi žele da ostanu kod kuće s porodicom – nastavila je doktorka. – Drugi idu u dom tokom poslednjih nekoliko nedelja. Ne postoje pravi i pogrešni odgovori, i možemo da vam pomognemo oko odluka koje možda želite da napravite.

– Dobro – rekla je Džes. To je bilo dovoljno, zasad. Osećala se kao posuda, a reči onkologa su bile kao voda, i sad je bila puna, a voda se prelivala.

– Zapamtite da možete da me pozovete – kazala je Aša, a Džes je klimnula glavom.

Na putu do kuće, Džes i Džema gotovo nisu razgovarale. Džes je govorila stvari kao „Ne zaboravi da skreneš levo ovde" i „Da li će ti smetati ako uključim klimu?", a Džema je samo klimala glavom i vozila. Kad su prešle pola puta do kuće, Idi se probudila i rasplakala, i Džes je bilo drago jer ju je tišina u kolima gušila.

– Ne znam kako da kažem mami – rekla je Džes kad su bile gotovo ispred kuće. Bilo je lakše da to kaže dok je Idi gladno jecala.

– Želiš li da joj ja kažem? – pitala je Džema.

– Ne, to mi ne izgleda ispravno.

– Šta želiš da uradim?

– Želim da mi spremiš plejlistu za umiranje.

Džes je očekivala da se Džema nasmeje, ali nije.

– Moram da uradim to – rekla je Džes, otvarajući vrata kola i izlazeći.

– Hoćeš li da uđem s tobom?

– Ne, idi kući. Uskoro ideš na posao. Poslaću ti poruku da ti kažem kako je prošlo. – Džes je uzela Idino sedište iz kola i obratila se svojoj ogorčenoj ćerki. – Znam, dušo, idemo sad unutra. Nahraniću te, obećavam.

Džes je stajala na trotoaru dok je Džema odlazila. Pitala se da li će Džema plakati kad stigne kući. Da li će reći svojoj mami, ili Denu. Šta će oni reći. I kasnije, na poslu, ako bude ćutljiva, hoće li reći svojim kolegama da joj prijateljica umire? Stvarno umire, za nekoliko nedelja. Džes je pokušala da se stavi na Džemino mesto, a Džemu na svoje. Kako bi bilo njoj da Džema umire? Bilo je nemoguće znati.

Prestala je da misli o tome i zabavila se spremanjem mleka u prahu za Idi, koja je plakala sve glasnije. Kad je mama došla u kuhinju iz dnevne sobe, Idi je gladno pila, i sve je bilo tiho i mirno. Džes je videla čestice prašine kako lebde u vazduhu između njih. Nešto tako malo i beznačajno, ali osećala se kao da nije završila sa životom, sa ovim svetom. Gde prašina može da pleše na suncu.

– Šolju čaja? – pitala je Kerolajn.

Želi da se pomirimo, mislila je Džes. Često je to radila pomoću čaja. Džes se pitala da li je njena mama znala da je bila u bolnici. Verovatno. Zapisala je sve svoje preglede u kalendar koji je njena mama držala u jednom od kuhinjskih kredenaca. Pored toga, to je bilo jedino mesto gde je išla u poslednje vreme.

– Da, molim te – kazala je Džes, i glas joj je malo zadrhtao. Progutala je knedlu. – Loše vesti – rekla je. Uzela je praznu bočicu iz Idinih mlitavih usta i spustila ćerku u stolicu na podu.

Kerolajn je stajala kraj ketlera, ali se brzo okrenula. Podigla je obrve.

– Širi se brzo. Sad misle da imam samo nekoliko nedelja.

Džes se nije sećala, kasnije, da je videla kad joj je mama prišla. Samo je znala da je u njenom zagrljaju i da obe plaču zbog njenog izgubljenog kratkog života.

– I šta sad? – pitala je mama, minut kasnije, kad je voda provrela i tišina pala na sobu.

Džes je slegnula ramenima. – Ništa. Samo je... tako. Čekaćemo.

Kerolajn se okrenula i napravila čaj, a Džes se zapitala mogu li ljudi tek tako da nastave dalje. Tu je mislila i na sebe. Zar ne bi trebalo da planira neko ludo putovanje na koje je oduvek želela da ode? Ili da se ponaša neprikladno bez ikakvog razloga? Zar ne bi trebalo da poludi? Da bude skrhana? Ali nije bilo pravila, zar ne? To je bilo samo nešto što moraš da preguraš. I zato će sedeti u kuhinji i popiti šolju čaja s mamom, dok njena ćerka spava. To je bio njen način.

Džes je popila čaj i pojela dva keksa pre nego što je skupila hrabrost da postavi mami željeno pitanje.

– Zašto si uradila to, mama? Zašto si je odvela?

Potrudila se da joj glas ne bude previše piskav ili glasan. Ostala je smirena. Sad je prošlo dovoljno vremena da može da podnese to. Mama nije ništa rekla na početku, i Džes ju je gledala, da joj pokaže kako više nije ljuta, i stvarno želi odgovor. Bilo joj je potrebno neko vreme da shvati kako mama plače. Kad je progovorila, Džes je to čula u njenom glasu.

– Bila sam tako uplašena, Džes. I dalje sam. Užasnuta sam da ću vas obe izgubiti. Ne mislim da bih mogla da podnesem to.

– Ali zašto misliš da ćeš izgubiti nju? – pitala je Džes.

– Mislila sam da će se Džejk vratiti i odvesti je. Mislila sam...

Zaćutala je, ali Džes je shvatila da ima još toga, i čekala je, gledajući mamu u oči.

– Mislila sam da će se on i njegova porodica brinuti o njoj. Njegovi roditelji su zajedno i žive blizu, zar ne? Imaju solidnu porodicu, koju ja ne mogu da joj ponudim.

Još jedna pauza. Džes je brzo razmišljala, i žudela je da kaže nešto, ali mislila je da duguje mami da je sasluša.

– Ako ostane ovde, tu ću biti samo ja – završila je Kerolajn.

Džes je videla koliko je njenoj majci teško da shvati kako će ona umreti. Instinktivno, spustila je ruku na maminu, na stolu, da joj kaže kako je sve u redu. Nije mislila o tim stvarima. Mislila je da uključi Džejka, naravno, ali ne i da on odvede Idi i odgaja je sa svojom porodicom. Niko nije pomenuo to. Kako se njena mama setila toga? Mislila je o trenucima kad je čula kako mama ustaje noću, trenucima kad je išla u toalet nakon što je nahranila Idi i videla prigušeno svetlo u maminoj spavaćoj sobi. Nije dobro spavala, Džes je znala to. I da li joj je ovo prolazilo kroz glavu usred noći, kad je bila sama i izgubljena? Najverovatnije.

– Mislim da trčiš pred rudu, mama – kazala je Džes, najnežnije što je mogla. – Nisi sama. Tu je i Džema, a tu je i tata, pretpostavljam. Možda nismo uobičajena porodica, ali pomažemo jedni drugima kad moramo.

Džes je, uzaludno, mislila da će u nekom trenutku morati da prestane da govori „mi" kad se priča o ljudima koji će odgajati Idi, i početi da govori „ti". Neće biti deo toga. Bila bi najvažnija, ali to ništa ne vredi kad je u krevetu, suviše bolesna da pomogne.

Džes je sklonila ruku s mamine. Idi je dremala u svojoj stolici, a ona je želela da se istušira, da spere nešto straha i tuge nakon poslednjeg pregleda. Ali mama ju je uhvatila za prste.

– Molim te, Džes, sedi.

Džes je uradila to, svesna da mama mora da joj kaže nešto. Nadala se da nije nešto loše, jer je mislila da danas ne može da podnese još loših vesti. Osećala se oznojeno, neprijatno vruće.

– Izgubila sam bebu – kazala je Kerolajn.

Džes je bila zaprepašćena. Imala je toliko pitanja, ali prvo je pitala: – Kad?

– Pre nego što sam rodila tebe. Ne s tvojim tatom. Imala sam momka, Šona, možda sam ti pričala o njemu. Bili smo zajedno godinu dana, i bio je nekoliko godina stariji od mene, i spreman da se skrasi. Stalno je pričao o bebi, i znala sam da nisam spremna, ali nisam htela da ga izgubim. I zato sam pristala, na kraju, i zatrudnela sam prvog meseca. Sećam se da sam radila test, znajući kakav će biti rezultat. Grudi su me bolele i kuvalo mi je u stomaku. I prestala sam da pijem čaj. Jednog dana samo nisam mogla da ga podnesem. I znala sam da će test biti pozitivan, i bili smo u kupatilu zajedno, čekajući da promeni boju, i Šon me je držao za ruku, i videla sam koliko je uzbuđen, i nisam znala kako da mu kažem da sam se predomislila. Nisam želela ništa od toga. Htela sam da vratim vreme, da se usprotivim, da odbijem.

Džes je bila toliko obuzeta maminom pričom da, kad je Idi počela da plače, nije bila sigurna odakle dolazi taj zvuk. A onda je pogledala dole, videla kako je ćerka podigla obe ruke, tražeći da bude podignuta, otkopčala ju je iz sedišta i spustila na koleno. – Nastavi – kazala je.

– Pa, bio je pozitivan, kako sam i očekivala, i bila sam suviše uplašena da bih rekla kako se osećam. Pretvarala sam se da su to dobre vesti. Radila sam šta se očekivalo od mene. Odlučili smo da nećemo nikom reći dok ne prođe dvanaest nedelja, a narednih nekoliko nedelja bila sam u paklu. Svakog dana sam odlučivala da ću mu reći. Napravila sam groznu grešku i nisam mogla da izdržim to i htela sam da prekinem trudnoću. A onda sam ga viđala svake večeri, i on bi počeo da priča o svojim planovima i predlozima za imena i da li da se venčamo ili ne, i nisam mogla da kažem to. Bio je vrlo strog i, iskreno, bojala sam ga se. A onda jednog dana, nedelju dana pre ultrazvuka, počela sam da imam grčeve. Otišla sam u toalet i krvarila sam, i zato sam otišla kući s posla i ležala u krevetu, znajući šta se događa. Bojala sam se da mu kažem. Ali velikom delu mene je laknulo, i nikad nisam oprostila sebi zbog toga.

– Baš grozno – kazala je Džes. To nije izgledalo dovoljno, ali šta je mogla da uradi? Nije mogla ništa da promeni, nije mogla da vrati vreme i bude tu za svoju izgubljenu i uplašenu mladu majku. Na trenutak je mislila da se, da je ta beba preživela, ona verovatno ne bi rodila. I možda njena mama ne bi imala dete koje će sad izgubiti.

– Mislim da sam zato uzela Idi – kazala je Kerolajn, a glas joj je zastao u grlu. – To nije izgovor. Znam da je to bilo pogrešno. Znala sam tad. Deo mog mozga mi je govorio da je to neoprostivo, da ne mogu da uradim to, a drugi je odbijao da popusti. Ali mislim da se sve svodi na to što sam izgubila, i šta ću izgubiti, i sad sam uplašena.

Džes je htela da kaže majci da joj oprašta, ali reči su joj zastale u grlu. To bi bilo najbolje, ispravno, zar ne? Da oprosti i zaboravi, da završi život u dobrim odnosima sa što više ljudi. Ali još nije umrla, a to što je njena majka uradila uplašilo ju je, i nije htela da zaboravi to, jer šta ako njena mama shvati kako je u redu da to ponovo uradi?

– Mislim da smo svi uplašeni – rekla je na kraju. – Osim Idi, koja nema predstavu šta se događa. Srećnica.

Idi je i dalje bila u Džesinom krilu, pokušavala je da ugura čitavu pesnicu u usta, balaveći. Džes ju je privukla k sebi, i Idi je zacičala. Htela je malo slobode, u poslednje vreme. Počela je da se oslanja na šake i kolena, da se ljulja. Bila je spremna da puzi. Udaljavala se od njih. Postajala je sve nezavisnija. Džes je začkiljila i zamislila Idinu čupavu tamnu kosicu kako postaje duža, sklonjena sa očiju i pričvršćena šarenim ukosnicama. Zamišljala je kako nesigurno hoda, padajući na guzicu u pelenama, nakon svakih nekoliko koraka. Osetila je kako joj se oči pune suzama i zatreptala je.

– Hvala ti što si mi rekla, mama – kazala je. Mislila je to. To je bio deo slagalice prošlosti njene majke. Objašnjavalo je izvesne stvari. Nije bilo prekasno, zar ne, da bolje razume ljude u svom životu?

– Dobro – rekla je mama. – Samo sam želela da znaš.

28.

Draga Idi,

Želela sam da znaš kako da se nosiš s rakom. Nemoj pogrešno da me shvatiš, nadam se da nikad nećeš morati da upotrebiš ovu informaciju; naravno da se nadam. Ali ponekad su te stvari nasledne, i ne želim da dobiješ dijagnozu i poželiš da sam ja tu da pričamo o tim stvarima. I želim da ti kažem sve što sam saznala. Znam da će medicina napredovati u međuvremenu, i nadam se da ćeš moći da se smeješ ovom, bezbedna u saznanju da za tebe postoji bolje rešenje. Kao hemoterapija. Kad sam prvi put čula da ću ići na hemoterapiju, mislila sam da ću povraćati noć i dan. To je slika koju vidim kad mislim na hemoterapiju. Ali nije uopšte bilo tako. Imala sam mučninu, naravno, ali nisam nijednom povraćala. Nadam se da će se, ako ikad dobiješ rak, stvari toliko promeniti da ćeš samo piti po jednu pilulu dnevno ili nedeljno ili mesečno, da bi se borila protiv njega.

Glavna stvar je što je đavolski zamorno imati rak. Lekovi te čine umornom, a i sva ta briga. Stalna strepnja i sumnja, sve to te zamara. Dobro, možda si čula da je i gajenje bebe prilično zamorno, i mogu da ti potvrdim to, tako da ti ne bih preporučila da radiš te dve stvari istovremeno. Ali to ti se sigurno neće dogoditi. Znam da munja može da udari dvaput, ali to bi bilo smešno. U svakom slučaju, suština je da moraš da zatražiš pomoć, i prihvatiš pomoć, i trudiš se da se ne junačiš. Možeš da se junačiš kasnije, kad ozdraviš.

Jer važno je i to znati. Ako se suočiš sa ovim, nemoj da misliš da nećeš preživeti jer ja nisam. Nisam imala sreće, ali moja priča ne važi za svakog. Nipošto. Ima mnogo više ljudi koji se izleče nego onih koji se ne izleče. I mada treba da budeš uplašena, potrudi se da ne budeš užasnuta.

Ako čitaš ovo i imaš rak, možda si mojih godina, ili možda imaš četrdeset, ili sedamdeset. Bože, nadam se da imaš sedamdeset, Idi. Nadam se da si izborana i da ti je život dosadio. Nadam se da si uradila mnogo stvari koje si želela i dobila mnogo ljubavi. Nadam se da si majka, i baka. Nadam se da si okružena prijateljima i voljenim osobama. Nadam se da imaš mnogo ruku za držanje. Moram da se nasmejem kad pomislim na dvadesetdvogodišnju sebe koja savetuje sedamdesetogodišnju tebe. Ali i dalje sam ti mama, Idi. I dalje smem da ti naređujem.

Pokušaj da veruješ svom timu. Bilo je trenutaka kad sam želela da gađam svog onkologa, ali znam, stvarno znam, da ona zna najbolje. Ne želi da umrem. Ne ubija me ona. Ona daje sve od sebe da uspori bolest, i ima više iskustva s tim nego ja, ili moji prijatelji i porodica, ili iko koga poznajem. Uradiću sve što mi ona kaže. Teško je kad vesti nisu dobre. Ali ne mogu da budu dobre za svakog.

Nisam sigurna na šta se sve to svodi. Ali suština je da bih stvarno volela da budem tu da te držim za ruku, a ne mogu, zato će ovo pismo morati da ti bude dovoljno. Znam da si uplašena. Znam da želiš i moraš i zaslužuješ da imaš mamu kraj sebe. Nadam se da imaš gomilu ljudi umesto mene.

Želela sam da znaš kako da se nosiš s rakom. Ali nadam se da nikad nećeš morati.

S ljubavlju,
mama

29.

Nekoliko nedelja je prošlo otkako je Džes videla Džejka, otkako ju je zamolio da mu se javi. Nije mu se javila. Previše toga se dogodilo. Ali to nije značilo da nije razmišljala o njemu. Makar jednom dnevno, gledala je njegov broj u svom telefonu i mislila da ga pozove. A on joj je povremeno slao poruke. Pitao ju je kako je, kako je Idi. Bilo je to tako zbunjujuće. Džes je htela da pita da li se on samo zanima za njihovu ćerku, da li bi joj se javio da nema deteta. Ali to nije stvar koju je mogla da kaže, i kakve je veze to imalo? Nije imala budućnost o kojoj bi razmišljala.

Počela je da provodi mnogo vremena u krevetu. Osećala se slabije, umornije. Verovala je u to što su joj rekli da joj nije ostalo mnogo vremena. Ponekad bi joj mama donela sendvič sa šunkom i delovalo joj je tako čudno da jede nešto toliko obično, kad su joj preostali obroci izbrojani, i nije morala da se brine o težini ili zdravlju. Ali ionako nije bila previše gladna.

Džes je ležala u krevetu s knjigom kad joj se Džejk ponovo javio. Videla je njegovo ime kako svetli na ekranu telefona i minut ili dva je dozvolila sebi da zamišlja kako bi joj rekao da je voli. Kako želi da mu se vrati. A onda je otvorila poruku.

Kako idu stvari?

Htela je da pita šta to znači. Kako idu stvari kod nje, ili kod Idi? Kako idu stvari kod njene mame, koja se jedva držala? Napisala je dugačak odgovor, obaveštavajući ga o najnovijim prognozama, govoreći mu da se oseća kako joj telo tiho i odlučno propada, kako se boji. Rekla mu je da Idi sve češće jede čvrstu hranu, da je, nakon što je zamerila mami da je prerano počela da je odvikava od sise, Džes krenula da radi isto to, da je išla u prizemlje da gleda kako Idi prvi put proba bundevu i jabuku, i komade dvopeka i krastavca. Ispričala mu je o grimasama koje je Idi pravila, ne nezadovoljna nego iznenađena svetom ukusa koji ju je čekao nakon ljubavne veze s mlekom. A onda je obrisala sve to i poslala poruku:

Dobro smo, hvala. A ti?

A onda je nežno gurnula telefon na drugu stranu kreveta i zaklela se da neće ležati i čekati njegov odgovor.

Kad je neko pokucao na vrata, očekivala je da su to Džema ili mama, i zato je rekla „uđi". Zaprepastila se kad se Denova glava pojavila na vratima. Držao je Idi nespretno, i ona se migoljila. Džes je prinela ruke glavi, da vidi da li joj je marama na mestu. Kad je Idi videla Džes, pružila je ruke prema mami i, u jednom užasnom trenutku, Džes je pomislila da će je Den ispustiti, ali uspeo je da priđe do kreveta i preda joj Idi.

– Džema me je obaveštavala o svemu – rekao je, objašnjavajući. – Samo sam hteo da kažem...

Džes je pokušavala da smesti Idi u udoban položaj. Izgledalo je da ne želi da bude držana u rukama. Htela je da sedi na krevetu kraj Džes i igra se žmurke pomoću platnene pelene koju je našla. I zato Džes nije primetila kako je Den ućutao kao da mu je neprijatno. Kad je podigla glavu, zurio je u nju.

– Tako se lepo snalaziš s njom – rekao je. – Tvoja mama mi ju je dodala i zamolila me da je donesem ovamo, a ja nisam znao kako da je držim.

– Ja sam joj mama – rekla je Džes. – Dosta sam vežbala poslednjih meseci.

– Da, naravno, ali ne mislim da bih ja umeo tako s bebom. Da sve izgleda tako opušteno i ispravno.

– Umećeš – rekla je Džes.

Pre nego što je rodila Idi, nije znala mnogo o bebama. Nije imala braće ni sestara, i nije bilo beba u porodici, kad je odrastala. Setila se kako je gledala svoj veliki stomak i pitala se ko je ta osobica u njoj. Kako će izgledati, šta će želeti od nje. A onda se Idi rodila i uvek je jasno govorila šta želi: mleko i maženje. Na neki apstraktniji način, želela je ono što svi žele. Da se oseća voljeno i bezbedno. Zaštićeno. Na prvom mestu.

Pokušala je da zamisli Dena sa sopstvenom porodicom. Nije mogla. Uvek će biti taj momak koji joj se sviđao, kul stariji brat njene prijateljice. Da je poživela, videla bi ga kako se prilagođava, postepeno, i prilagodilo bi se i njeno mišljenje o njemu. Jednog dana, verovatno će biti sredovečan muškarac s previše sala na stomaku i dvoje dece koja šutiraju loptu pored njegovih nogu. Ali ona neće biti tu da vidi to, i to je bilo predaleko da bi ga tačno zamislila.

– Da li ti je drago što si je rodila? Čak i sad, uza sve što se događa?

– Sad kad umirem, misliš? U redu je, slobodno kaži.

Den je pogledao u pod i zacrveneo se. Seo je na ivicu kreveta, ali gledao je u vrata, i okrenuo se prema njoj kad je progovorio. Kao da ne može potpuno da se posveti ovom razgovoru i želi da bude spreman da ode što je pre moguće. Kad je bila trudna, nekoliko ljudi ju je pitalo da li je sigurna da želi bebu, ali sve je zaboravljeno kad se Idi rodila. Ne možeš da zažališ što si dobio dete, zar ne? Sigurno ne možeš da razgovaraš o tome.

– Ne mogu da zamislim da je nisam rodila – kazala je. To je bila istina. Mogla je da pokuša da zamisli sebe na fakultetu, na četvrtoj godini, kako se brine samo zbog rokova i knjiga koje nije vratila u biblioteku. Mogla je da pokuša da zamisli sebe kako se opija s prijateljicama kad bi trebalo da se sprema za sutrašnja predavanja, ili spava do podneva, preskačući predavanja, pijući kafu s prijateljicama i razgovarajući o apstraktnim problemima i knjigama koje su nevoljno čitale. Brinula bi se o diplomskom ispitu, razmatrala moguće karijere. A ova devojčica, ovo malo, savršeno ljudsko biće s trepavicama koje joj padaju na obraze kad gleda dole i šakama koje uče da drže sve manje i manje predmete ne bi postojala.

– Znam da će odrasti bez mene, i to je grozno. Ali to ne čini da želim da se nije rodila. Možda je to sebično, ali osećam se kao da za sobom ostavljam delić sebe, zahvaljujući njoj. I neću biti tu kad padne ili joj je potreban zagrljaj, ili kad dobije prvi posao, ili sazna kako izgleda zaljubiti se, ali ipak će uraditi te stvari.

– A ti ćeš je posmatrati? – pitao je Den, lica ozbiljnijeg nego ikad pre.

– Ne, ne verujem u to. Volela bih da verujem. To je kao da će uraditi sve to i mnogo više, i uradiće to za mene. Uradiće stvari za koje ja neću imati vremena. Putovaće, udaće se i imati unuke. Sve to. Moram se nadati da hoće.

Den je klimnuo glavom. – Ne mogu da verujem koliko se dobro nosiš s tim – kazao je. – Ja bih se raspao.

Džes je htela da mu kaže kako se prilično raspala. To što se pojavila na njegovom pragu i pokušala da ga zavede bio je jedan primer raspadanja. Ali prvi put je odlučila da prihvati kompliment i zahvali mu se.

– Znaš – kazao je Den – svi ti ljudi s kojima smo išli u školu, i na kraju si to ti. Zašto to nije moglo da bude neko dete koje nije imalo ništa da ponudi svetu, koje je uvek bilo besno i tuklo se. Sećaš li se Sajmona Džeksona? Zašto to nije bio neko kao on. Zadirkivao je Džemu, znaš, a onda me je udario u lice kad sam pokušao da je odbranim.

– Mama mu je umrla – rekla je Džes, iznenada se setivši. Nije godinama mislila o Sajmonu Džeksonu. A Den je bio u pravu, uvek je bio besan i svi su mu se sklanjali s puta jer se nikad nije znalo kad će prasnuti. Ali Džes se ovlašno sećala kako je njegova mama stajala na školskoj kapiji s maramom na glavi. Lice joj je bilo bledo i ispijeno. I setila se kako je njena mama govorila da je Sajmonova mama umrla kad su imali oko osam godina, i da treba da bude ljubazna prema njemu. Džes je zanemarila taj savet... ko je želeo da bude ljubazan prema Sajmonu Džeksonu? Prvo bi trebalo da smeš da mu se približiš.

Džes i Den su tad pogledali Idi. Bilo je teško zamisliti kako bi mogla da bude takva osoba kad krene u školu, puna besa i straha. Ali nikad se ne zna, zar ne, kako dete može da reaguje na gubitak majke. Džes je podsetila sebe da je jedino što može da uradi da napravi mrežu podrške za Idi. A upravo to je radila. Osetila je kako joj se poznata panika javlja u grudima, ali znala je da je jedini način da se nosi s tim da duboko diše, i radila je to, sve dok se nije smirila.

– Hvala ti što si došao – kazala je.

Den je slegnuo ramenima. Izgledao je postiđeno.

– Šta ćeš da radiš? – pitala je Džes. – Neću biti ovde da to vidim, tako da imam pravo da pitam. Nećeš valjda zauvek živeti u maminoj kući?

– Nadam se da neću. Nisam pametan kao ti. Fakultet mi nikad nije bio suđen. Tražim posao u Mančesteru. Voleo bih da živim tamo, da se uselim kod nekih prijatelja.

– Kakav posao?

– Hoću da se bavim ilustrovanjem. Išao sam u večernju školu. Na kraju bih voleo da ilustrujem knjige za decu.

Džes je bila zaprepašćena. Delimično se sećala da je Den bio prilično talentovan za crtanje, mogla je da ga zamisli kako crta u dvorištu kad su ona i Džema ležale na ćebetu i tračarile. Ali nije znala da ima takve ambicije. Osetila se povlašćenom što ima tu informaciju. Pretpostavljala je da nikom drugom to nije rekao.

– Nadam se da ćeš uspeti – rekla je.

Osećala se izloženo, i videla je da se i on oseća tako. Mnogo više nego kad su bili napola goli u njegovom krevetu. Dok su razgovarali, Idi se smestila na jastuke i zaspala. Da bi je zaštitila od napetosti u sobi, Džes joj je sklonila kosu sa čela i namestila izgužvanu odeću.

– Bolje je da krenem – rekao je Den, ustajući. Prošao je rukom kroz kosu, i Džes je videla kako pokušava da odluči da li da kaže nešto. Pitala se da li ga vidi poslednji put. Nije htela da on žali za bilo čim.

– Reci to – kazala je.

– Tako mi je žao, jebote. Vidim te tu, sa Idi, i trebalo bi da imaš život pred sobom. Trebalo bi da budeš mama, i imaš život, i to nije pošteno. Znam da znaš to. Samo sam hteo da znaš koliko bih voleo da je bilo drugačije. Da bih voleo da sam na tvom mestu, da je to moguće.

Džes nije znala šta da kaže. Den je plakao, lice mu je bilo crveno i ružno. Ustala je iz kreveta, svesna da je odevena samo u tanku pidžamu, i zagrlila ga je, pritiskajući mu lice na grudi.

– Hvala ti – kazala je.

A onda je otišao, držeći ruke na očima, kao da može da vrati suze unutra. A Džes je sela na krevet, osećajući se kao prebijena. *Odsad će biti ovako*, pomislila je. Oproštaj za oproštajem.

30.

Naredna dva dana Džes je provela čekajući Džejkov odgovor, koji nije stigao. Zamišljala ga je kako šalje poruku i pita je kako idu stvari, a onda odlazi na probe, vidi njen odgovor kad se bavi drugim stvarima i misli da će joj se javiti, a onda zaboravi. To je bila suština. Bio je zauzet, imao ispunjen život, a ona nije. Bilo je to užasno nepošteno, i ako bi mnogo mislila o tome, naljutila bi se, ali znala je da to nije njegova krivica. To nije značilo da ne mari za njih, ali ona i Idi su bile samo jedna od stvari u njegovim mislima dok je pokušavao da pokrene karijeru i putuje naokolo i upoznaje ljude. I zbog toga je jednakost koja je postojala u njihovoj vezi zauvek nestala.

Jednog popodneva, dok je njena mama bila kod prijateljice, a Džema se brinula za Džes i Idi, Džes je odlučila da je vreme za akciju.

– Znaš li za ona pisma o kojima sam ti pričala? – pitala je.

Džema je klečala na podu kraj Džesinog kreveta. Prostrla je Idi prostirku za igru, vozila je automobilčiće preko nje i pomagala joj da slaže kockice. – Pisma za Idi? – pitala je, gledajući je.

– Da, ta pisma. Predomislila sam se u vezi s njima.

– Kako to misliš? Ne želiš da ih uzmem?

– Baciću ih. To je bila greška.

Džema se namrštila. – Zašto si se predomislila? To je zvučalo kao dobra ideja. Zvučalo je kao lep način da Idi ima nešto tvoje.

Džes je pomerila prekrivač i krenula da ustane iz kreveta. Osetila je slabu vrtoglavicu dok je to radila, ali nije ništa rekla, jer je znala da bi je Džema naterala da legne ako bi priznala da se ne oseća dobro. Sad ju je gotovo sve vreme bolelo. Uzimala je lekove, ali bol je uvek bio prisutan.

– Htela sam da ona ima tatu – kazala je Džes, svesna da je na rubu suza i odlučna da se ne rasplače. – Ali ne mislim da će se to sad dogoditi.

– Da li se nešto dogodilo Džejku? – Džema je podigla Idi i sela s njom na ivicu kreveta, gde je Džes i dalje sedela, skupljajući snagu.

– Ne, to je to. Ništa se nije dogodilo. Zna šta se događa ali je suviše zauzet da dođe ovamo i upozna svoju ćerku...

– Čekaj malo. Zar nije tražio da je vidi?

Džes nije bila sigurna zašto Džema brani Džejka. Htela je da Džema bude na njenoj strani. Bila joj je najbolja prijateljica. Nije njen posao da smišlja izgovore za njega.

– Suviše je teško – rekla je tiho Džes.

– Za Idi? Ili za tebe?

Džes nije ništa rekla. Ustala je, a noge su joj klecale od dana provedenih u krevetu. Nije htela svađu, samo je želela da se otarasi tih pisama i možda, ako bude vremena, napiše nova koja ne pominju Džejka. Otišla je do fioke gde ih je držala i izvadila ih je. Sad je to bila velika hrpa. Nije shvatila to. Mislila je da zamoli Džemu da ih baci, ali znala da će morati sama to da uradi, da bi bila sigurna. Džema je izgleda bila na Džejkovoj strani, kao prvo. Džes je stavila pisma ispod miške i krenula ka vratima, ignorišući vrtoglavicu.

– Čekaj, Džes! – Džema je krenula za njom, sa Idi u naručju, i pokušala da uhvati Džes za ruku kako bi je zaustavila. – Tvoja mama je rekla kako ti je rečeno da ostaneš u krevetu. Ubiće me ako sazna da sam te pustila da se šetaš naokolo...

Džes nije mogla da veruje da je došlo do toga. Njena najbolja prijateljica pokušava da je spreči da uradi nešto jednostavno kao silazak u prizemlje u sopstvenoj kući. Osećala se zarobljeno i besno. Udaljila se od Džeminih ruku i nastavila ka stepenicama. Počela je da silazi, a onda se saplela i skliznula preko stepenica, sve do dna. Čula je kako Džema viče njeno ime, i pustila je pisma koja su se razletela naokolo. Bila je zaprepašćena, na početku, i nije primetila bol u kuku i nozi. Džema je potrčala niza stepenice što je brže mogla, jer je nosila Idi, a onda je ponudila Džes ruku da joj pomogne da ustane.

– Jesi li dobro? – pitala ju je.

Bilo je mnogo zabrinutosti u njenim očima, primetila je Džes. Bile su zamagljene njom. I sve je to bila Džesina krivica. Sve do pre nekoliko meseci, Džema je bila bezbrižna devojka. Radila je u baru, provodila vreme s prijateljima. Džes je mislila o životima koji su pogođeni njenim rakom. Talasima koje je izazvao.

– Žao mi je – kazala je. Uhvatila se za glavu i rasplakala. Htela je da pokupi pisma, ali nije imala snage da ustane i podigne ih.

– Ne budi blesava – rekla je Džema.

Tad se Idi rasplakala. Džes se pitala da li je to slučajnost, da li je samo gladna ili je i ona bila rastužena time kako su stvari ispale. Koliko loše izgledaju. Kad se začulo zvono na vratima, Džema je napeto pogledala Džes.

– Želiš li da otvorim? – pitala je.

Džes je slegnula ramenima i klimnula glavom. To je možda poštar, mislila je. Gledala je Džemu kako ide do vrata, hodajući između razbacanih pisama, držeći Idi u rukama. I gledala ju je kako otvara vrata, gledala kako se Džejkovo lice polako pojavljuje ispred nje, i otvorila je usta. Bilo je prekasno da se predomisli, prekasno da zamoli Džemu da ga ignoriše. Džejk je provirio u kuću, video Džemu i bebu, a onda Džes, kako sedi na dnu stepeništa u pidžami, otkrivene ćelave glave.

– Smem li da uđem? – pitao je.

I sâm pogled na njega, i njegov glas, bili su dovoljni da Džes poželi da zaplače zbog svega što je izgubila.

– Ovaj, naravno – kazala je Džema, otvarajući vrata i pomerajući se u stranu.

– Da li je to ona? – pitao je Džejk, gledajući Džes, pa Idi, i ponovo Džes. – Da li je to Idi?

Džes je htela da kaže da jeste. Zar ne vidi da je ona savršena mešavina njih dvoje? Zar ne oseća povezanost s njom, zar ne oseća duboko u sebi da je njegova? I kako može da podnese da bude ovde, u istoj kući gde i ona, i ne pruži ruke ka njoj?

– Da – rekla je, ustajući. Bilo je bolno, ali je uspela. – To je Idi.

– Jesi li dobro? – pitao ju je.

– Jeste – odgovorila je Džema. – Jesi li? – Okrenula se ka Džejku. – Upravo je pala niza stepenice.

– Sranje, žao mi je. Da ti pomognem?

Džes je besno pogledala Džemu. Zar ova situacija nije bila dovoljno loša, da Džema ne mora da je pogoršava obaveštajući Džejka o nizu katastrofa koje su prethodile njegovom dolasku? Džema kao da je razumela i izvinila joj se pogledom. I tek tad je Džes shvatila šta je Džejk upravo rekao. Osetila je da se prema njoj ponaša kao prema detetu ili starici. Nekome kome je potrebna pomoć oko svake sitnice. Setila se kako su se ona i Džejk ponašali kad su bili zajedno. Smejali su se i gurkali, šalili i svađali i grlili se. A sad je bio ovde, nudio joj je da joj pomogne da se vrati u krevet. To je bilo ponižavajuće.

– Slušaj – kazala je Džema – pustiću vas da se ispričate. Biću u kuhinji. Želiš li da povedem Idi ili...

– Ne – rekao je Džejk. – Smem li?

Pogledom je potražio dozvolu od Džes, podigao je obrve i ona je klimnula glavom. To je bilo ono što je želela, da njemu bude stalo, i da upozna Idi i zaljubi se u nju. Znala je da hoće. Ali to je bilo srceparajuće, što se događalo ovako, kad je ona polako nestajala.

Džes je gledala kako Džema dodaje Idi Džejku, i videla je da on izgleda pomalo nespretno, ne zna kako da je drži, i ona je htela da dođe i pokaže mu kako se to radi, ali zaustavila je sebe. Zaključiće to sâm. Nije to bilo tako teško, stvarno. Počela je da se penje uza stepenice, trzajući se od bola izazvanog padom, odlučna da ne pokaže Džejku to. Dok je išao za njom, sa Idi koja mu se vrpoljila u rukama, lice mu je bilo namršteno od usredsređenosti.

Kad se vratila u krevet, Džes se osetila malo bolje. Mislila je nakratko o pismima, o činjenici da ih je ostavila razbacana po hodniku i stepenicama, a da su ona sadržala njene najprivatnije misli o svemu, a onda je odlučila da ne misli o tome. Imala je većih briga.

– Nisam znao da je situacija toliko loša – rekao je Džejk.

Džes je mislila da je čula kako mu glas malo podrhtava i pogledala ga je. Seo je na ivicu kreveta, gde je Džema maločas sedela, i stalno je gledao nju pa Idi, kao da ne može da poveruje da su tu.

– Nisam znala kako da ti kažem – rekla je. – Nije mi ostalo mnogo. Nekoliko nedelja.

Videla je zaprepašćenje u Džejkovim očima. Pitala se kako mu je izgledala. Smršala je, nije bila sigurna koliko, i nije se šminkala nedeljama. Da li uopšte vidi devojku koju je voleo kad je pogleda, ili se previše promenila?

– Ne znam šta da kažem – rekao je Džejk. – Jebiga.

– A šta je s njom? – pitala je Džes, pokazujući glavom na ćerku.

– Sjajna je, zar ne?

Kad je bila u bolnici nakon porođaja, a i kasnije, to je bilo ono što joj je najviše nedostajalo. Da priča s nekim o svakoj sitnici koju Idi uradi, svakoj promeni koju primeti. Znala je da njena mama voli Idi, ali to nije bilo isto. Verovala je da bi samo druga osoba koja je učestovala u stvaranju ovog malog bića želela beskonačno da priča o tome, baš kao Džes.

Džejk je odmakao Idi od sebe, kao da je procenjuje. – Ne mogu da poverujem – rekao je. – Potpuno je savršena.

Džes je zaboravila sve što je osećala tog jutra, o tome kako želi da se otarasi tih pisama i osećanje da bi Idi bilo bolje bez Džejka, ako će da bude neodlučan i neodgovoran. Sad kad je bio ovde, Džes je videla da joj je bio potreban. Da je Idi bio potreban. Bila je toliko zahvalna što ih je videla kako se upoznaju.

– Znaš, možeš da mi veruješ, Džes. Mislim da ne možeš da se opustiš, i da je to zbog tvoje mame. Ali samo pokušaj.

Džes se ugrizla za usnu da ne bi zaplakala.

– Mogu li nekako da pomognem? – pitao je Džejk, i ozbiljno ju je pogledao. – Mislim baš sad?

Džes je razmišljala o svim stvarima koje bi mogla da traži od njega. Da se usprotivi njenoj majci u vezi s tim šta je Idi potrebno. Da zamoli njenog oca da uradi više. Da se preseli ovamo, da napusti bend i svoj život i bude ovde do kraja, a onda odgaji Idi za oboje.

– Možeš li da legneš malo kraj mene? – pitala je.

Pružila je ruke i on joj je dodao Idi, i Džes ju je položila nasred bračnog kreveta. A onda je pokazala Džejku da legne na drugu stranu, i uradio je to, spustio je glavu na jastuk nekoliko centimetara od njene. Idi se zakikotala i uhvatila svoja stopala i klatila se napred-nazad, i oboje su se istovremeno sagnuli da je dodirnu, Džes joj je milovala kosu, a Džejk ju je uhvatio za ruku. I neko vreme, Džes je dozvolila sebi da se pretvara kako su normalna porodica.

31.

Draga Idi,

Želela sam da znaš šta je ljubav. Zaljubićeš se i srce će ti biti slomljeno. Ne mislim da ikom nedostaju te stvari. Možda ćeš imati sreće i dok si mlada upoznati nekog ko želi da ostane s tobom kako budeš starila. Ali mnogo je verovatnije da ćeš praviti greške i omaške, i da ćeš mnoge noći preplakati jer momak ili devojka s kojima želiš da budeš neće želeti da budu s tobom. To je teško. To je jedna od najtežih stvari.

Idi, toliko me boli da mislim na to da si povređena a znam da neću biti tu da ti obrišem suze i nasmejem te i slušam šta te je rastužilo. Znam da bih radila sve te stvari da ikako mogu. Ne verujem da ću moći da te čujem, ali otkrila sam da ponekad samo izgovaranje stvari naglas (ili njihovo zapisivanje) pomaže da izgledaju manje grozno. Nekako ih umanjuje.

Tvoj tata mi je rekao kako misli da imam problem da verujem muškarcima zbog svoje mame, i mislim da je u pravu. Nisam to videla ranije. Odrasteš misleći da je ono što se događa u tvojoj porodici sasvim normalno, a onda pogledaš to sa udaljenosti kad postaneš starija i razumeš malo bolje porodičnu dinamiku, i shvatiš da neke stvari koje si naučila nisu ispravne. Videćeš na šta mislim, znam da hoćeš. Sećam se da kad sam prvi put otišla kod Džeme i iznenadila se što se od Džeme i Dena očekuje da rade mnogo stvari koje je mama radila za mene, kao pranje i kuvanje. Prihvatila sam to zdravo za gotovo. Nisam videla stvari koje je mama radila u pozadini.

A to s poverenjem je najteže primetiti. Ali pretpostavljam da sam, odrastavši bez tate i s mamom koja je bila povređena, prihvatila nepoverenje prema muškarcima, kao osmozom. I kad sam upoznala Džejka, bili smo osuđeni na propast i pre početka, na neki način. Već sam se radovala danu kad će me izneveriti, i to je postalo proročanstvo koje je bilo lako ispuniti. Kad sam otkrila da sam trudna, a on nije odmah ostavio sve čime se bavio, otišla sam. Nas dve smo otišle. Jer ti si bila sklupčana u meni, gradila si mi budućnost punu ljubavi.

Nadam se da ćeš ti prekinuti taj niz, da ćeš raditi stvari drugačije. Nadam se da ćeš se žestoko zaljubiti i dati čitavo srce nekom. Nadam se da će ga on ili ona čuvati na sigurnom. Nadam se da ćeš naučiti, na osnovu toga što me nema, da život može da bude nepošten nakratko, ali da ljubav uvek pobedi. Možda je to jedina dobra stvar koja će proizaći iz ovog.

Dozvoli mi da ti ispričam nešto. Za mene su uvek postojala samo dva momka. Tokom srednje škole to je bio Den. A kasnije je to bio Džejk. A u poslednjih nekoliko nedelja saznala sam da sam mogla da budem s Denom umesto da patim za njim kod kuće, samo da sam bila malo hrabrija i rekla mu šta osećam. I počinjem da se pitam da li bih ostala sa Džejkom da sam se ponašala drugačije kad smo saznali za tebe. Teško je napisati to, jer je bolno priznati da sam sve te mesece koje sam provela sama mogla da budem s njim. A sad je prekasno da išta uradim. Da, imao je priliku da ode na turneju, ali mogli smo da se dogovorimo. Nisam morala da ga potpuno izbacim iz našeg života. Volela bih da nisam. Volela bih da sam uradila težu i bolju stvar.

Ne znam da li ti išta od ovog pomaže, Idi. Pitam se da li čitaš ovo, s petnaest godina, i ne možeš da shvatiš šta govorim. Ali ako postoji dečak ili devojčica o kojima ne možeš da prestaneš da misliš, pokušaj da budeš hrabra i kažeš im šta osećaš. Oni možda ne osećaju isto, i to je teško, ali možda i osećaju. Bolje je znati. A ako neko oseća to isto prema tebi, a ti ne želiš da budeš s njim, budi što možeš ljubaznija. Ljubaznost je najvažnija u tako mnogo situacija.

Vreme ističe, Idi. Ponekad mi se čini da sam napisala sve potrebno u ovim pismima, a drugom prilikom mi se učini da ima još toga što želim da ti kažem. Osećam čitavim svojim telom da neće biti još mnogo pisama. Ne znam šta će se dogoditi na kraju, ali mislim da će mi biti teže da pišem i usredsredim se. Ponekad te gledam i poželim da mogu da te pitam šta bi želela da znaš. Mora da postoje stvari koje sam naučila, a koje bi ti bile korisne, ali osećam kao da mi je mozak sve oštećeniji od raka i ne mogu da mislim kako treba. Znaj ovo: volim te, ponosna sam i žao mi je.

Želela sam da znaš šta je ljubav. Nadam se da ćeš je imati mnogo.

S ljubavlju,
mama

32.

– Kad Džejk ponovo dolazi? – pitala je Džema.

Džes je slegnula ramenima. Bila je u bolnici, davala je krv na analizu, a Džema je sedela kraj nje u čekaonici.

– Da li je i dalje na turneji?

– Ne, završili su je pre nekoliko nedelja. Snimili su album. Vratio se u supermarket dok čeka da vidi šta će biti s tim.

– Misliš li da će se proslaviti?

Džes je razmišljala o tome. Čula je kako Džejkov bend svira i bili su dobri. On i pevač su pisali zarazne pesme koje su bile negde između popa i nezavisne muzike. Ostavio joj je primerak albuma, i slušala ga je više puta, osećajući ponos. Uradio je nešto stvarno, i bilo je dobro. Palo joj je na pamet, tad, da bi Džejk, da je na njenom mestu, ostavio nešto iza sebe. Nešto kao dokaz da je živeo. A opet, možda je Idi to. Dokaz Džesinog postojanja.

– Ne znam – rekla je. – Ne znam da li žele to da budu. Samo vole da sviraju.

– Da li ga još voliš?

Džes je naglo okrenula glavu. Očekivala je drugo pitanje o Džejkovoj karijeri. Džema se osmehivala.

– Nadala sam se da bi mogla iskreno da mi odgovoriš, ako te iznenadim pitanjem – rekla je.

Džes joj je uzvratila osmeh. A onda je njeno ime prozvano, i nije morala da odgovori. Dok joj je bolničarka pronalazila venu, a Džes pokušavala da ne zamišlja onkologa koji joj govori da stvari nisu dobre, da su se pogoršale, da joj je ostalo nekoliko dana, mislila je na Džemino pitanje. Da li još voli Džejka? Ili da li ga ponovo voli? Gde je granica između ljubavi i naklonosti? A ako osećaš da ne možeš da veruješ nekom, možeš li da ga voliš? Džes nije smetalo što joj vade krv, a to je bilo dobro, jer su to radili često, ali nije volela da gleda. Bila je odsutna i nije shvatila da je bolničarka završila, sve dok joj ova nije spustila hladnu ruku u rukavici na mišicu.

– Gotovo je, dušo – kazala je.

Džes se okrenula i uputila joj bled osmeh. – Hvala vam.

– Ne morate da mi se zahvaljujete, Džes.

Džes je ustala i zaustila da kaže nešto, ali bolničarka je već izašla iz sobe, s Džesinim epruvetama krvi na plastičnom poslužavniku. Svi su komentarisali kako je uvek učtiva. Bolničarke su joj rekle da su navikle da ljudi viču na njih i psuju ih, da ih pacijenti gađaju svim i svačim, besni što im se život bliži kraju, baš kad su mislili da tek počinje. Ali Džes nije videla smisao u tome. To su bili ljudi koji su joj pomagali, koji su se brinuli o njenoj budućnosti, ili njenom nedostatku. Nije znala ime te bolničarke koja joj je danas izvadila krv, ali videla ju je nekoliko puta i zamišljala ju je kako ide kući, svom mužu, i priča mu o toj sirotoj devojci koju je tog dana videla na klinici. Ta žena će umreti pre ćerkinog prvog rođendana. Zamišljala ju je kako briše suze. I pomisao na to navela je Džes da poželi da zagrli tu bolničarku kad god je vidi, da joj se zahvali što je odabrala to zanimanje, koje je podrazumevalo dugo radno vreme i bol, i vrlo malo zahvalnosti.

– Dakle? – Džema je pitala kad se Džes vratila u čekaonicu, i podigla je obrve, pokazujući da je vreme da krenu.

– Šta, dakle?

– Nemoj da misliš kako sam zaboravila da mi nisi odgovorila na pitanje o Džejku. Da li ga još voliš?

– Kakve to ima veze? – pitala je Džes. Išle su hodnikom, a đonovi njihovih cipela škripali su po linoleumu. Prošle su kraj jednog od vratara koji je gurao invalidska kolica, a u njima dete od šest-sedam godina, blede kože i ćelave glave. Džes je skrenula pogled. Bilo je stvari koje čak ni ona nije htela da vidi.

– Naravno da je važno – rekla je Džema.

– Džema, umreću.

Nakon tih reči, dve sredovečne žene prestale su da razgovaraju i pogledale su dve prijateljice, i Džes ih je gledala u oči dok nisu okrenule glave.

– Umreću. Ove godine, možda ovog meseca. Čak i da volim Džejka, ne kažem da ga volim, ali i da ga volim, zašto je važno da mu to kažem?

Džema je uhvatila Džes za ruku, terajući je da se zaustavi. Stajale su ispred pokretnih vrata na glavnom ulazu bolnice, i kiša je počela da pljušti, tako da je gomila ljudi stajala oko njih, čekajući da popusti ili prestane. Ljudi su utrčavali unutra, otresajući kišobrane, a bilo je i onih koji su se usudili da istrče napolje, stavljajući kapuljače.

– Džes, mislim da ga voliš, i mislim da on voli tebe. To je izuzetno važno. Možda ne možete da živite zajedno dugo i srećno. Možda ti je ostalo svega nekoliko nedelja. Ali zar to nije bolje nego ništa? I zar nije vredno da on zna do kraja života da ga je voleo neko divan kao što si ti? Zar to nije bolje nego da svi glumataju narednih nekoliko nedelja, a onda ti umreš, a oni od nas koji su ostali požele da su uradili nešto malo drugačije, ili da su vodili teške razgovore, kao ovaj koji vodimo sad?

Kad je prestala da govori, Džema je teško disala, kao da je trčala. Džes je videla da ju je mnogo koštalo da to kaže, i znala je da joj duguje da je shvati ozbiljno. Pogledala je oko sebe i videla da svi ljudi u predvorju gledaju u njih, lica punih iščekivanja i izvinjenja. Džes je došlo da vrisne na njih kako nisu one krive za to, da je tako kako je, i da je ona prihvatila to. Ali gledajući tugu u očima tih neznanaca, osetila je kako nešto u njoj puca. Bilo je drugačije gledati kako to utiče na njenu mamu, ili na Džemu, ili na nju, kad se ogledala.

– Da, tako je bolje – rekla je. – Nisam razmišljala tako.

Džema se široko osmehnula, i Džes je shvatila da nije videla tako iskren osmeh na Džeminom licu otkako je sve ovo počelo, i setila se da su se stalno smejale, nekad davno. Da njihovo prijateljstvo nije uvek bilo ovako, teško, ozbiljno i na samom kraju.

– Znala sam! – rekla je Džema.

I Džes je uhvatila prijateljicu za ruku i povukla je prema vratima. Nije bilo važno što je padala kiša, niti što nisu imale jakne, niti što su kola bila parkirana na drugom kraju bolničkog parkinga. Bilo je važno da je ona volela Džejka, i da joj je vreme isticalo.

– Šta to radiš? – viknula je Džema.

Džes je potrčala i Džema ju je sustigla, a kosa joj je bila zalepljena za lice, a osmeh i dalje širok.

– Idem kući – rekla je Džes. – Dođi!

Kad su ušle u kola, i Džema odabrala plejlistu, Džes je ponovo progovorila.

– Pogrešno sam gledala na sve – rekla je. – Bila sam sebična. Neću biti ovde, ali vi ostali hoćete. A ti zaslužuješ najbolje od mene dok mogu to da ti dam. Volim Džejka, ali volim Idi i tebe i mamu, iako ona ponekad donosi grozne odluke, i moramo da iskoristimo ovo što nam je preostalo.

– Uradiću šta god da želiš – kazala je Džema. – Znaš to.

– Samo sam išla na preglede i ležala u krevetu između...

– Džes – rekla je Džema – shvatam šta govoriš, ali mislim da postoji ravnoteža. Sigurna sam da ima načina da se bolje organizuješ i iskoristiš vreme i sve to, ali moraš da priznaš da si bolesna. Lako se umaraš i često si u bolovima. Ne možemo da preterujemo.

Džes je zaćutala. Zašto ne mogu da preteruju? Ako će već umreti, šta može da promeni nekoliko dana ili nedelja? Šta je najgore što može da se dogodi? Bila je u iskušenju da se brecne na prijateljicu, ali nije, jer je znala da Džema samo misli na nju. Samo joj je prijateljica.

– Ne govorim o odlasku na Ibicu da se drogiramo i plešemo cele noći – rekla je. – Pa, već se drogiram. Samo mi treba osećaj kao da radim nešto, Džem. Ima li to smisla?

– Da, to ima smisla.

Kad su došle pred Džesinu kuću, Džema je mahnula i odvezla se, a Džes je ušla da se suoči s mamom. Zatekla ju je u kuhinji, kako sprema mleko u prahu, sa Idi u naručju.

– Možemo li da zaboravimo sve? – pitala je Džes.

Kerolajn se okrenula. – Šta da zaboravimo?

– To što si odvela Idi i ostalo. Ne mogu potpuno da ti oprostim i još ne razumem, ali mogla bih da umrem svakog dana, a ne želim da nam to stoji nad glavom.

Kerolajn je stisnula Idi malo čvršće. – Šta su rekli u bolnici?

– O, ništa. Ne radi se o tome. Samo osećam da konačno razumem šta mi se događa. Nešto je došlo na svoje mesto. Uvek sam znala da ću umreti, u mislima, ali sad mislim da i moje telo to zna. I u redu je. Mislim, nije, ali ne možemo ništa da uradimo povodom toga. I samo ne želim da provedem poslednje nedelje svađajući se i nervirajući se. To bi bilo traćenje vremena.

Kerolajn je klimnula glavom. – Dobro – kazala je. – Ti si šef.

Džes se osmehnula i krenula da uzme Idi. Mama je rekla pravu stvar. Jer svi su želeli da budu šefovi, zar ne? A toliko toga je bilo izvan njene kontrole u poslednje vreme. Bilo je dobro što je povratila nešto od toga.

– Kako si, Idi devojčice? – šapnula je u ćerkino uvo.

I Idi se zakikotala kad joj je Džesin topli dah zagolicao lice, i zarila je lice u majčin vrat. Džes je duboko udahnula. Čula je da ljudi govore o mirisu beba, o njihovim temenima, i kako je taj veličanstveni miris bledeo i nestajao. Stavila je šaku na Idinu glavicu, čudeći se, kao i uvek, mekoći paperjaste kose. Pritisnula je usne na Idino čelo i prigušila jecaj. Neke majke nisu imale ovo, mislila je. Neke majke su izgubile decu dok su bila u materici, ili su rodile male leševe. Bilo je besmisleno misliti o tome, ali na neki način je bila srećna.

33.

– Jesi li slobodan? – pitala je Džes.

Džejk je ćutao pa je Džes odmakla telefon od uva da vidi da se veza nije prekinula, ali signal je bio jak, a poziv u toku.

– Danas? – pitao je, na kraju.

– Da. Ali u redu je i ako nisi. Samo sam želela prvog tebe da pitam.

– Biću tu za pola sata.

– Pola sata! Zar nisi u Mančesteru?

– To je duga priča.

Dvadeset minuta kasnije neko je pokucao na vrata. Džes je otvorila i videla Džejka kako stoji ispred, sjajnih i bistrih očiju. Džes je htela da mu kaže kako joj je nedostajao, ali nije znala kako. Pozvala ga je da uđe i odvela ga je u kuhinju gde je pristavila čaj.

– Da li se osećaš bolje? – pitao je. – Mislim, poslednji put kad sam bio ovde bila si u krevetu...

Džes se istuširala jutros i obukla farmerke i jednu od omiljenih majica. Nije shvatila koliko je smršala dok nije obukla tu odeću prvi put u poslednjih nekoliko nedelja. Živela je u pidžami i donjim delovima trenerke, i zaprepastila se kad su joj farmerke koje su joj nekad bile tesne sad klizile preko kukova.

– Idem u grad – rekla je. – Vodim mamu na popodnevni čaj.

Džejk je izgledao zbunjeno. – Zašto sam ja ovde? – pitao je.

– Jer moraš da čuvaš Idi.

Džes je gledala kako se iznenađenje, strah i radost smenjuju na licu njenog bivšeg momka.

– Nisam ti rekla preko telefona jer sam mislila da ćeš smisliti neki izgovor. Znala sam da ćeš biti uplašen. Ali zapisala sam ti sve, i mogu da ti pokažem sve što želiš, jer polazimo tek za dva sata. Možeš da odbiješ, ali hoću da razmisliš o tome.

Džes nije povećavala pritisak dodajući kako mora da nauči te stvari, i to brzo. Protekle noći se pitala kako će ga naterati da pristane na ubrzani kurs roditeljstva. I u jedan ujutro, setila se. Bilo je previše da mu kaže kako mora da ga nauči kako da hrani Idi i brine se o njoj kad ona umre. Popodnevni izlazak bio je mnogo prikladniji.

– Gde je ona? – pitao je Džejk.

– S mamom na spratu. Mislim da spava.

– Zar nije mogla to da radi kad odete? Nije mi problem da je čuvam dok spava.

Džes je osetila kako joj se iskren osmeh širi licem, a kad je pogledala Džejka, i on se smešio. – Uradićeš to?

– Naravno. Ona je moja ćerka, zar ne?

Sedeli su za kuhinjskim stolom i pili čaj. Džes je razmišljala o svim trenucima kad su to radili ranije. Ali tad su bili zajedno. I nije bilo Idi. Mislila je da se nagne preko stola i poljubi ga. Nije imala previše vremena, uostalom. Ali nije mogla da natera sebe da uradi to. Šta ako je on ne želi, sad kad ona umire? A šta ako pristane iz sažaljenja? Ne bi mogla da podnese to. Kad je Džesina mama ušla s bebi monitorom u ruci, iznenadila se kad je videla Džejka, ali nije ništa rekla.

– Idi spava – rekla je. – Spavala je već jedan sat. Razmišljala sam da je probudim.

– Ne, pusti je da spava – kazala je Džes. – Čeka je popodne s taticom i moraće da bude budna.

– Kako to misliš? Šta se događa?

Džes se gotovo nasmejala maminoj zabrinutosti.

– Želim da te izvedem u grad popodne – kazala je. – Ne moraš da se brineš, pokazaću Džejku sve što treba.

Onda se začulo plakanje, i sve troje su pogledali monitor koji je Kerolajn držala u ruci.

– Smem li? – pitao je Džejk.

Džes je klimnula glavom, a Kerolajn nije ništa rekla. Otišao je na sprat i Džes je brojala u sebi. Pitala se da li će izbrojati do deset pre nego što njena majka kaže nešto loše o Džejku. Jedan, dva, tri, četiri, pet, šest...

– Znaš, ne znam da li je ovo dobra ideja – kazala je mama.

Džes se nasmejala njenoj predvidivosti.

– Ne vidim šta je smešno, pričamo o tvojoj bebi.

– Mama, šta misliš da će on uraditi? U najgorem slučaju, vratićemo se iz divnog izlaska, a njena pelena će biti stavljena naopačke i biće gladna. Biće sve u redu, mama.

Džes je htela da istakne činjenicu da je njena mama odvela Idi bez dozvole, ali obećala je sebi da neće to pominjati. Mama je uzdahnula i htela je nešto da kaže, kad se začulo vikanje odozgo.

– Mislim da mi je potrebna pomoć, ljudi.

Džes je ignorisala mamin „rekla sam ti" izraz lica, i krenula uza stepenice i do spavaće sobe. Džejk je klečao na podu, a Idi je bila na podlozi za presvlačenje, smejući se i pokušavajući da se prevrne, a sve je bilo umazano govnima. Idina benkica, podloga, Džejkove šake. Uspaničeno ju je pogledao.

– Ne znam mogu li ovo, Džes.

Nasmejala se, to je bilo jače od nje. – Da, možeš. Pomoći ću ti.

– Ali šta kasnije, kad ne budeš tu?

– Džejk, ona je to uradila četiri puta u svom životu i spremna sam da se kladim da se to neće dogoditi dvaput dnevno. Treba da budeš zahvalan što je to uradila sad, kad sam ja ovde. Dobro, potrebne su ti vlažne maramice. Mnogo, mnogo maramica.

Džejk je obrisao ruke i zajedno su očistili Idi. Džes je odnela uprljanu benkicu u kupatilo i bacila ju je umivaonik, da se pozabavi njom kasnije, i uzela je čistu odeću. Dok je tražila čarape koje se slažu sa odabranim pantalonama, pokušala je da zamisli Džejka kako radi to, kako je toliko uključen. Bilo je teško. Ali tek ju je upoznao. I evo ga, spreman je da je čuva jedno popodne. To se neće dogoditi odjednom, ali išao je u pravom smeru. Pet minuta kasnije Idi je bila suva i čista, a Džejk ju je držao u naručju. Džes je videla da je nervozan, ali videla je to samo zato što ga je dobro poznavala. Svakom drugom bi izgledao samo kao stariji brat ili mladi tata koji zna šta radi.

– Ne mogu da verujem da je sve to izašlo iz nje – rekao je Džejk. – Mislim, pogledaj je. Tako je mala i slatka, kako može da ima govna u kosi?

Džes se nasmejala. – To je bilo stvarno nešto posebno. Vatreno krštenje.

– Bićemo dobro, Idi, zar ne?

Nije menjao glas kao što većina ljudi radi kad razgovara s bebama, primetila je Džes. Ali Idi je bila oduševljena, gledala ga je dok ju je držao na kuku i pridržavao rukama.

Tokom narednih sat vremena, Džes je pokazala Džejku gde se sve nalazi. Jednokratne pelene, odeća, tetra pelene. Onda ga je odvela u prizemlje i pokazala mu kako da spremi mleko i gledala ga je dok je hranio bebu, brinući se da položaj bočice bude dobar i da je ona udobno smeštena i srećna. Palo joj je na pamet, dok je radila to, kako je naučila mnogo u poslednjih osam meseci. Pošto je učila u hodu, to joj nije izgledalo kao nešto posebno. Ali sve zajedno, i naučeno u kratkom roku, bilo je mnogo. To nije kao kad na fakultetu učiš književnost ili kad si na turneji i učiš o muzici i životu, ali ipak je bilo nešto. Kad je došlo vreme da krenu, Džes je bila uverena da će se Džejk snaći narednih nekoliko sati. A ako je i dalje bio nervozan, dobro je to skrivao.

– Samo još jedna stvar – rekao je, kad je ona uzela torbu. – Šta da radimo? Ako ona ne jede, ne presvlačim je i ne spava. Šta radiš s njom?

Džes je osećala kako je mama gleda, i ignorisala ju je.

– Samo se igraj s njom. Pevaj joj pesme, pričaj joj priče. Ređajte kocke i dozvoli joj da ih sruši. Daj joj različite stvari da dira i stiska. Ljubi joj stomak. Pokaži joj kako da tapše.

Džejk je klimnuo glavom, ali izgledao je nesigurno.

– Bićeš dobro – dodala je. Impulsivno se propela na prste i poljubila ga u obraz.

– Lepo se provedite – kazao je.

I jesu. Džes nije mogla da se seti kad su poslednji put izašle samo njih dve, a da to nije bio odlazak u bolnicu niti briga o Idi. Bilo je divno zaboraviti na sve na neko vreme i uživati. Džes je rezervisala sto u nekom otmenom hotelu u obližnjem gradu, a mama je zastenjala kad je videla kuda su se zaputile. Džes je znala da, iako je živela u okolini čitavog života, njena mama nije bila u tom hotelu. I to je prava šteta, mislila je Džes. Novac je važan, ali nije sve. Svi zaslužuju poneko luksuzno popodne. Možda ona više od ikog drugog.

Početkom popodneva, Kerolajn je pitala Džes o lekovima, i Džes je podigla ruku. – Danas nema razgovora o raku. – I Kerolajn je klimnula glavom i poslušala ju je. Na početku, razgovor je bio pomalo usiljen, i Džes je shvatila da je njen rak, nešto što je bilo u njihovom životu samo nekoliko meseci, potpuno nadvladao sve ostalo. Izgledalo je kao da se nijedna od njih ne seća o čemu su razgovarale ranije. Ali oprezno, počele su da dele priče o Idi, i Kerolajn je ispričala dve anegdote s posla, i razgovarale su o Džemi i kako je bila divna. I ubrzo su se vratile svojim ličnostima od pre raka, opušteno su razgovarale o stvarima koje nisu bile tako važne, i stvarima koje jesu.

– Hoćeš li jednog dana dovesti Idi ovamo? – pitala je Džes.

Videla je kako se majčino lice smrklo.

– Kad bude starija, mislim. Kad bude mojih godina.

– Hoću.

Bilo je suza u maminim očima, i Džes je poželela da nije to pitala. Ali istovremeno, navikle su se na činjenicu da se to događa. Ona, njena mama, Džejk. Ne i Idi, jer nije mogla da razume. Nikad Idi.

– Ne plači – kazala je. – Molim te.

Džes je podigla mali kolač s ružičastom glazurom, baš kad je mama spustila kolač u svojoj ruci na tanjir.

– Ponekad ne mogu da podnesem to – kazala je mama, tihim i gotovo neprepoznatljivim glasom.

– Moći ćeš. I nećeš se raspasti, jer si potrebna Idi.

– Stvarno? Čini mi se da imaš druge planove za Idi.

Džes je osetila bol za koji je znala da joj ga je majka namerno izazvala.

– Mama, čak i da sam živa, ti bi bila potrebna Idi. Ti si joj baka. Činjenica da će Džejk biti tu ne menja to.

– Menja sve, Džes. Ne znam koja su moja prava. On joj je tata. Nisi mi rekla ko će je odgajati.

Džes je u tom trenutku bila toliko umorna da je mislila kako će spustiti glavu na sto i zaspati. Popodne je bilo tako lepo, tako opuštajuće, ali sad će se sećati ovog dela više od ičeg drugog. A bilo je gotovo vreme za novu dozu lekova.

– Idemo kući – kazala je. – Umorna sam.

Džes je ustala i stolica joj je preglasno zaškripala. Konobar je pritrčao, a Džes je zatražila račun, a onda je otišla u toalet jer je znala da će se rasplakati, a nije htela da mama to vidi. Kad se to dogodilo? Plakala je pred mamom toliko puta. Kad je bila dete i tinejdžerka, kao mlada mama i obolela od raka. Ali tog dana, plakala je sama u kabini u toaletu. Kad se umila i vratila za sto, račun nije bio tu.

– Htela sam da ja častim – rekla je Džes.

– Završeno je. Džes, nisam htela da te uznemirim.

– Jesi, mama. Znaš da me uznemirava razmišljanje i razgovor o tome šta će se dogoditi s mojom bebom kad umrem. A ako ne znaš, trebalo bi. – Džes je bila svesna da joj je glas preglasan za restoran, ali nije marila. Videla je kako se neki ljudi za obližnjim stolovima okreću i gledaju ih užasnuto.

– Džes, idemo, možemo da razgovaramo o tome na putu do kuće.

Džes nije mogla da poveruje da čak i sad, u ovoj situaciji, njena mama želi da sačuva svoj ugled. Trudi se da se ne svađa na javnom mestu. Toliko se brine šta će drugi da misle. Obe su stajale, gledale su se preko stola za kojim su se smejale i ćaskale i jele sendviče i kolače. Kerolajn je krenula ka vratima, ali Džes se nije pomerala.

– Da se nisi usudila da me ostaviš!

Mama se okrenula, a Džes je videla kako joj suze teku niz lice. Nije pokušala da ih obriše rukom ili maramicom. Samo je stajala tamo, gledajući Džes, ljutito i tako, tako tužno. Nije bila raspoložena za svađu, videla je Džes. A ipak je analizirala svaku Džesinu odluku.

– Nisam imala tatu, ne stvarno, i ne želim to za Idi. Ne možeš me naterati da izaberem. Nije to ili ti ili Džejk. Ne mora da ima samo jednu osobu koja je voli. Neće imati majku, i potrebno joj je što više ljudi da ispuni tu prazninu!

Svi u restoranu su zaćutali, ostali gosti i konobari su gledali u Džes i njenu majku, ili su pognuli glave, pretvarajući se da ne čuju. Džes je videla jednog muškarca u odelu kako ide između stolova ka njima. Pretpostavljala je da je to menadžer.

– Idemo – kazala je kad se približio. – Ne brinite, idemo.

Krenula je za majkom prema vratima, jer šta je drugo mogla da uradi? Nikad nije bila toliko ljuta na nekog kao što je bila ljuta na mamu u poslednjih nekoliko nedelja, ali nikad nije nikog toliko volela. Sve dok nije dobila Idi. I sad su njih tri činile trougao ljubavi i potrebe i posvećenosti, i znala je da je on nesalomiv. Zato su mogle da viču i urlaju jedna na drugu, shvatila je. Jer nijedna od njih neće otići zauvek.

Kad je Džes izašla ispred hotela, mama je već bila na drugoj strani, ali čekala ju je, i Džes je osetila kako je neko hvata za ruku. Okrenula se, spremna da se ponovo razbesni. Bio je to menadžer, onaj koji je pokušao da stigne do njihovog stola, onaj za koga je pretpostavila da će ih izbaciti. Osmehnuo se i videla je da mu je pogled ljubazan.

– Izvinite – kazala je. – Izvinite što sam svima uništila popodne.

Odmahnuo je glavom. Pustio joj je ruku, ali nijedno se nije pomerilo.

– Izgubio sam ženu pre nekoliko godina – kazao je. – Rak?

Džes je klimnula glavom i progutala knedlu.

– Žao mi je. Čuo sam šta ste rekli o bebi. Nismo imali decu. Ponekad sam zahvalan zbog toga, a ponekad želim da smo to uradili ranije.

Džes nije znala šta da kaže. Te reči su izlazile iz njega i bila je sigurna da nije mogao da ih kontroliše. To je imalo smisla, na neki način, da ljudi ispričaju svoje tužne priče kad čuju tvoju. Ali nije znala šta da radi s njima. Nije osećala da ima mesta za tuđu tugu.

– Ako vaša mama i dete žele da dođu ovamo, uvek će biti dobrodošle. Biće moji gosti. Besplatno.

Gurnuo je krutu, debelu karticu u Džesinu šaku, i videla je da je to njegova posetnica. Njegovo ime, titula i broj telefona. A pozadi, olovkom, napisao je reči:

Želim vam sve najbolje.

Džes ju je stavila u džep i promumlala promuklo hvala, a on je klimnuo glavom i udaljio se, kao da je pušta na slobodu. Džes je ušla u obrtna vrata i gurala, osećajući kako je napuštaju snaga i energija. Napolju je majka stajala na ulici, očiju crvenih od plakanja, čekajući je. Džes nije znala šta da kaže, ali kad je stigla do mame, krenule su zajedno do kola. I mada se ništa nije razrešilo, Džes se osećala malo lakše kad je pogledala trotoar i videla njihove noge kako hodaju ukorak. Leva, desna, leva, desna, sve dok nisu stigle do kola i ćutke krenule kući.

34.

– A kad smo se vratile, Džejk i Idi su spavali na sofi – rekla je Džes.

– Uradio je to – kazala je Džema. – Proveo je celo popodne nasamo s njom. To je velika stvar.

– Da, a ima još nešto. Preselio se kod tetke i teče na nekoliko meseci. Dobio je posao u lokalnoj prodavnici svog lanca supermarketa.

– To je genijalno – rekla je Džema.

– Stvarno? – Džes je pitala. – Čini mi se kao da čeka da umrem.

– Trudi se da bude tu za tebe, za Idi – rekla je Džema.

– Dok ne umrem?

– Prekini da pominješ umiranje. Ježim se od toga.

– Pa, ako se ježiš od mojih reči, mislim da te tek čeka veliko iznenađenje.

Džema se nasmejala i gađala Džes jastukom na koji se naslanjala. Sedele su jedna kraj druge na Džesinom krevetu. Džes je shvatila da je Džema jedina osoba s kojom može da se šali na temu umiranja, i bila je zahvalna na tome. Ponekad su napetost i tuga u vazduhu bile opipljive, ali kad je Džema bila tu brzo su nestajale, i Džes je mogla da diše.

– Uskoro dolazi – rekla je Džes.

– Danas?

– Da. Želi ubrzani kurs brige o Idi.

– Mislila sam da ga je imao.

Džes je slegnula ramenima. – Pa, vraća se po još.

– Mislim da je to sjajno, Džes. Zaljubio se u nju.

– Ko ne bi?

Obe su pogledale prema kolevci kraj Džesinog kreveta, gde je Idi spavala. Počela je da spava preko dana tu jer je prerasla staru korpu, a i Džes je volela da joj bude blizu, a provodila je mnogo vremena u krevetu. Idi je ležala na leđima, s rukama pored glavice, kao da tiho kliče. Džes se pitala koliko dugo će spavati tako, otvoreno i ranjivo i puna poverenja. Džes je spavala sklupčana u loptu, na boku, i radila je to otkako se seća. Dodala je to na spisak stvari koje će joj nedostajati: da vidi Idi kako spava u drugačijem položaju, spava u pravom krevetu, podiže je kad prvi put tokom noći padne s kreveta. Nije zapisala to. Nije mogla. Ali skoro svakog dana je u mislima dodavala stavke na taj spisak.

– Razmišljala sam da bi trebalo da imamo avanturu – kazala je Džema.

– To bi mogla da bude poslednja.

– Nadam se da nije. Ali možda. Jesi li za to?

Džes je klimnula glavom. Nadala se da će Džema misliti o tome. Njihovo prijateljstvo se razvijalo kroz zajedničke avanture, i nije htela da razmišlja kako će se to okončati.

– Šta imaš na umu? – pitala je Džes. – Verovatno ne mogu da idem previše daleko, za slučaj...

Nije morala da dovrši rečenicu. Džema je znala kako sad ne može mnogo da se udaljava od bolnice. Nijedna od njih nije znala koliko joj je života ostalo, i bila je sve slabija i umornija. Ta avantura će morati da bude prilično pitoma, u poređenju s nekim iz prošlosti. Džes se nadala da će Džema uspeti da smisli nešto prikladno za poslednji poduhvat.

– Ne brini se – kazala je Džema. – Prepusti to meni. Razgovaraću s tvojom mamom ili Džejkom da pričuvaju Idi, i pitaću tvog onkologa. Samo treba da pođeš sa mnom. U redu?

Džes je ponovo klimnula glavom. Ponekad joj je pričanje teško padalo. Ponekad je morala da drema koliko i Idi.

– Ostaviću te da spavaš – rekla je Džema.

I Džes se začudila Džeminoj sposobnosti da uvek zna šta joj je potrebno. Da li ju je Džema, možda, bolje poznavala od drugih? Ili je Džes bila uvek umorna u poslednje vreme, tako da je bilo lako pogoditi? Džes je pokušala da se usredsredi na ta pitanja, ali misli su počele da joj lutaju, i zaspala je.

Kad se probudila, Idi nije bila tu. Džes je polako ustala da spreči vrtoglavicu, i obukla je kućnu haljinu. Dok je išla u prizemlje, čula je glasove u kuhinji.

– ... možda su to pogrešno razumeli?

To je bio Džejk. Džes se zaustavila, nasred stepeništa.

– Ne bih rekla. Bila je stvarno slaba. Vidiš koliko je smršala. A bila sam s njom na pregledima. Znaju o čemu govore, sigurna sam.

To je bila Džema.

– Samo nisam spreman. Znam kako to zvuči sebično. Znam da to nema veze sa mnom. Samo...

Nakon toga, reči su postale prigušene, i Džes je zamislila kako Džema grli Džejka, a on govori u njeno rame. Džes je htela da se okrene i vrati u svoju sobu, ali zaključila je da je to glupo. Nastavila je i ušla u kuhinju gde su se, kao što je mislila, Džejk i Džema grlili. Tek kad se se odmakli, Džes je videla da je Idi bila između njih, u Džejkovim rukama. Iznenada se ukočila. Da li je to budućnost? Da li će ti ljudi koje ostavlja za sobom stvoriti svoju porodicu? Na neki način, to bi bilo divno. Idi bi odgajili ljudi koji je vole, koje je Džes volela. Ali ljubomora je bila prejaka.

– Izvinite što vas ometam – rekla je.

– Džes, upravo smo... – Džejk je zaćutao.

– Znam, razgovarali ste o mojoj smrti. Čula sam vas.

Na trenutak, niko nije ništa govorio. Džes je htela da pruži ruke i uzme Idi od Džejka, ali znala je da ne bi trebalo. Učio je kako da joj bude tata, i znala je, duboko u sebi, kako želi da ga ohrabri u tome. Samo što je on imao sve vreme ovog sveta da drži njihovu ćerku, a ona nije.

– Šta je bilo, Džes? – pitala je Džema.

Džes je slegnula ramenima.

– Slušaj, ne mogu da zamislim kako izgleda slušati ljude koji govore o tvojoj smrti, ali volimo te. Dajemo sve od sebe.

Džes je znala da je Džema u pravu. Uvek je bila poštena, uvek smirena. Ali kako da joj objasni da je ponekad samo ljuta na sve koji imaju život pred sobom? Kako da joj objasni da je ljubomorna na činjenicu da će se Džema i Džejk možda smuvati u budućnosti, čak i ako budu rekli kako nema šanse da se to dogodi, jednostavno zato što postoji ta mogućnost? Imaće vremena, a to je bila jedina stvar koju je ona želela. A istovremeno, kako da očekuje da oni shvate koliko su srećni, i koliko je dragoceno vreme koje imaju? Ona nije shvatala, dok nije ostala bez njega.

– Izvinite – rekla je. – Samo se osećam čudno.

– Kako čudno? Da pozovemo nekog? – pitao je Džejk.

Eto do čega je došlo. Da se njena najbolja prijateljica i muškarac koga voli brinu dovoljno da bi pozvali bolnicu kad ona pomene da se oseća „čudno“.

– Nisam mislila tako. Dobro sam.

Džejk je klimnuo glavom i bledo joj se osmehnuo, i tek tad je Džes shvatila kako je Džema rekla da je vole. Da li ju je on voleo? Da li ju je voleo koliko je ona volela njega? To je sigurno bilo nemoguće. Ako i dalje oseća ljubav prema njoj, sad sigurno oseća i sažaljenje, brigu i strah. A to nije isto. Pitala se da li je imala svoj poslednji poljubac. Da li je ono popodne s Denom bilo kraj tog dela njenog života. Zatvorena vrata. Nadala se da nije tako.

Bilo je malo napetosti u prostoriji i Džes nije bila sigurna kako da je se reši. Ali srećom, Džema je znala.

– Napravila sam spisak stvari koje Džejk treba da nauči. Prvo je kupanje. Da li si za kupanje, Idi? – Pružila je ruku i zagolicala Idi ispod brade, a ona se nasmejala.

– Ali uvek se kupa pre spavanja – kazala je Džes.

– Ali samo zato što se ona ništa nije pitala, zar ne? To što ti radiš nešto na određeni način, ne znači da je to jedini način.

Džes je htela da kaže da u svim blogovima i člancima koje je pročitala savetuju kupanje kao pripremu za spavanje. Savetuju da naučiš dete kako jedna stvar sledi za drugom, da bi se ohrabrilo spavanje bez uznemiravanja. Htela je da kaže to. Ali onda se zaustavila. Kakve veze ima ako jednom promene tu naviku? I kakva je svrha da se buni, kad će uskoro prestati to da rade kad ona umre? Kad će morati da im veruje i ostavi ih da urade najbolje za njenu bebu.

– Dobro – kazala je. – Uradimo to.

Otišli su zajedno na sprat i ušli u malo kupatilo. Džes je spustila poklopac klozetske šolje i sela na njega, odlučna da ne uzme stvari u svoje ruke. Ona i Džema su davale uputstva i gledale kako Džejk spušta Idi na tepih i pušta vodu. Džema se igrala s njom neko vreme dok je on sipao penušavu kupku i proveravao temperaturu vode. I onda je kleknuo da svuče Idinu odeću, a Džes je morala da se ujede za jezik kako bi sprečila sebe da mu kaže kako radi pogrešno. Postojala je razlika, znala je, između korisnih saveta i petljanja. A postojala je opasnost u kritikovanju. Donedavno ni ona nije znala mnogo o tome, zar ne, i naučila je? Džejk će naučiti. I mada je morala da zadržava dah dok je Džejk spuštao Idi u vodu, užasnuta da će biti pretopla, nije ništa rekla, i bila je ponosna na sebe.

Idi se praćakala u vodi. Uvek je volela kupanje, i otkako je počela da sedi, sve je bilo mnogo lakše. Džes je gledala dok je Džejk sipao vodu iz jedne šolje u drugu, a onda na njen stomak i ona se zakikotala, podižući uzbuđeno ruke i dodirujući Džejkovo lice. To znači biti tata, zar ne? To je povezivanje.

Kad je Idi bila umotana u peškir s kapuljačom, Džes ih je povela do Idine sobe i pokazala Džejku gde se šta nalazi. Idine pelene, odeća, četka za kosu. Džes je uzela njenu malu četku i osetila kako se nešto lomi u njoj dok ju je davala Džejku i gledala ga kako pokušava da očešlja Idinu kosu dok je ona sedela na podu, držeći automobilčić bucmastom šakom. Baka joj je kupila tu četku za kosu – bila je u pakovanju s malom grickalicom za nokte i češljem – i kupila ju je jednog dana na pauzi za ručak pre nego što je Idi rođena. Džes je držala tu četku i zamišljala ne bebu nego devojčicu koja sedi na njenom krilu, zamišljala je da joj češlja rasutu kosu i vezuje je u konjski rep, ili plete pletenicu dok devojčica čavrlja o svetu koji postoji samo u njenoj mašti. Kao i s mnogim drugim stvarima, oprostiće se od te slike. Ili će makar ukloniti sebe iz nje. Idi će porasti i postati brbljivica, verovala je, ali Džes neće biti tu da oseti težinu svoje trogodišnje ćerke u svom krilu.

Džema je imala velike planove. Pokazaće Džejku kako da nahrani Idi. Pokazaće mu kako da oljušti, isecka i ispasira jabuke i batate. Džes je kazala kako mora da ode i legne. Džema i Džejk su je pogledali, veoma zabrinutih lica.

– Jesi li dobro? – pitao je Džejk.

Džes je klimnula glavom, jer nije znala šta da kaže. Bila je umorna, ali uvek je bila umorna. I mogla je da sedi do kraja Džejkovog ubrzanog kursa roditeljstva – ništa je fizički nije sprečavalo – ali morala je da misli na svoje srce, koje samo što nije prepuklo. Osećala se kao da gleda budućnost, kao da je već umrla. I zato se vratila u krevet i progutala sledeću dozu lekova, i uzela knjigu, ali je nije čitala. Slušala je zvukove koje su stvarali njena prijateljica, bivši momak i ćerka. Njihov smeh, njihov tihi razgovor. I malo se naljutila. Nije bila ljuta na njih. Bila je ljuta na rak.

Mora da je zaspala, jer kad se probudila, Džejk je bio u sobi i uzeo je otvorenu knjigu iz njene ruke i napeto ju je gledao.

– Mogu li nešto da ti donesem? – upitao je.

Džes je navukla prekrivač, bojeći se da se vidi previše njenog mršavog tela. Šta je želela? Jela je bljutavu hranu u poslednje vreme, zbog hemoterapije, ali danas joj je ukus delovao kako treba, i nije imala razloga da uskraćuje sebi bilo šta.

– Da li bi mogao da odeš do grada? – pitala je.

Džejk se namrštio. – Valjda mogu...

– Stvarno mi se jede topli sendvič s tunjevinom i sirom iz *Dejvsa* – rekla je.

Stvarno. I čim je to rekla, telo joj je reagovalo. Gotovo je osećala kako joj voda ide na usta. *Dejvs* je bila sendvičara blizu škole u koju su oboje išli, i često su je posećivali učenici trećeg i četvrtog razreda tokom velikog odmora. Džes i Džema su išle tamo najmanje dvaput nedeljno dok su išle u školu, a Džes je svaki put naručivala tunjevinu sa sirom. A otad nije pojela nijedan sendvič.

– *Dejvs?* – Džek se nasmejao. – Da li *Dejvs* i dalje radi? Ako radi, sigurno ćeš želeti sendvič sa slaninom i zelenom salatom.

– Znam šta želim, hvala. I da, ponekad prođem tuda i još radi. I dalje je pun tinejdžera.

Džejk je zaćutao i Džes se zapitala da li misli isto što i ona. Koliko je surovo što se nisu poznavali sve te godine. Išli su u istu školu, kupovali užinu u istoj sendvičari, hodali istim ulicama čitavog života, i nikad se nisu videli dok nisu bili kilometrima daleko, u drugom gradu. Ali opet, niko ne zna da li bi bili zajedno da su se ranije upoznali. Tinejdžerske godine su čudne, a razmak od dve godine koji ne znači mnogo kad si odrastao, izgleda kao nešto mnogo više kad imaš četrnaest ili petnaest godina.

– Tunjevina i sir – rekao je Džejk, spremajući se da krene. – Nešto za piće?

– Ako i dalje imaju one ogromne milkšejkove, mogu li da dobijem od čokolade? – pitala je.

Znala je da neće uspeti da pojede i popije sve to. Nikad nije mogla, a u poslednje vreme apetit joj je bio slab, ali čak i da pojede nekoliko zalogaja, zar nije bilo dobro vratiti se u te bezbrižne dane, kad je mislila da je pred njom život, a ne samo nekoliko bednih godina? Džejk je klimnuo glavom i zatvorio vrata za sobom, a Džes je čekala da se vrati, osećajući nervozu u stomaku. Možda će, kad se on vrati, ona ustati i ješće za kuhinjskim stolom, kao toliko puta u Mančesteru. Možda će moći da se pretvara da su i dalje par.

Kad je Džema uletela na vrata sa Idi u naručju, Džes je bilo potrebno neko vreme da se vrati u sadašnjost.

– Idi je upravo počela da puzi! – viknula je Džema, bacajući pet zbunjenoj Idi i plešući s njom po sobi.

– Šta?

– Totalno je puzila! Uradi to ponovo, Idi! – Džema ju je spustila na pod kraj Džesinog kreveta, i Džema i Džes su je gledale dok se oslanjala na šake i kolena. Radila je to neko vreme, a onda se klatila napred-nazad. Svi su govorili kako se sprema da propuzi, a Džes se nadala da će videti to. Dok su gledale, ona se ljuljala i zaustavila. Nakon nekoliko trenutaka, pala je na stomak i rasplakala se. Džema ju je podigla.

– Možda se izmorila u prizemlju – kazala je.

– Jesi li snimila to? – pitala je Džes puna nade.

– Ne, nisam se setila. Nisam očekivala to. Nije išla daleko, samo malo napred. Uradiće to ponovo, Džes.

Hoće, naravno. Puziće ponovo i postati bolja i brža, a onda će ustati i početi da hoda, prvo se pridržavajući za nameštaj, a onda će se, oprezno, pustiti. Hodaće i govoriti i ići u školu i čitati knjigu i napisati svoje ime i nacrtati sliku za Dan majki i neće imati kome da je dâ. Džes je klimnula glavom boreći se da ne zaplače.

– Smem li da je držim?

Džema je podigla Idi i spustila ju je u Džesino krilo, a Džes ju je zagrlila i pokušala da je privije na grudi, ali Idi je imala druge ideje i odmakla se, želeći da se kreće. Prevrtala se po krevetu, hvatajući se za stopala. Džema je pogledala Džes i obe su se tužno nasmejale. Džes je znala, bez reči, da Džema razume kako se oseća: da gubi Idi, malo-pomalo. Prepušta je drugim ljudima i sopstvenoj nezavisnosti. Možda je tako bolje, na neki način, nego da izgubi sve odjednom kad umre.

35.

Draga Idi,
Želela sam da znaš kako je biti ćerka i majka. Nismo
imale mnogo vremena. Odnos između majke i ćerke je tako
divan i ispunjen. Pitam se, ponekad, kako bi izgledalo da ni-
sam morala da te napustim. Tokom prvih godina svog života,
idealizovala sam svoju majku. Bile smo samo nas dve, tako
da sam mislila da je ona sve, jer i jeste bila. Osećala sam se
kao da smo retko napuštale jedna drugu. Kazala mi je da
smo spavale zajedno u njenom krevetu do moje pete godine, i
osećam kao da moje telo pamti to. Tu toplotu i bliskost, njenu
kosu na mom obrazu. A kad sam krenula u školu i počela da
stičem prijatelje i upoznajem druge majke, shvatila sam da
je moja situacija prilično neobična. I polako sam počela da
se udaljavam od nje. Bila sam ljuta na nju, što mi nije obe-
zbedila celu porodicu, što je htela da bude dovoljna, da bude
sama. Imale smo nekoliko burnih godina, posebno kad sam
imala četrnaest. Rekla sam joj više puta kako želim da živim
s tatom. Što je bilo smešno, jer on nikad nije pokazivao intere-
sovanje da ostanem, a kamoli da živim kod njega, ali to mora
da je moju mamu ipak zabolelo.
Pitam se oko čega bismo se ti i ja svađale, Idi. Pitam se
kakve bi mi mane našla. Šta bi mislila o tome da živimo ovde,
s tvojom bakom, umesto s tvojim tatom? Šta bi mislila o či-
njenici da si, kao i ja, jedinica? Često sam bila usamljena kao
dete, i uvek sam se klela da ću imati najmanje troje dece, da
ću imati malu bandu koja će zabavljati, voleti i gajiti jedno
drugo, a eto nas sad, ti si sama, i uvek će biti tako.

Kad sam postala majka, kad su te spustili u moje drhtave ruke nakon porođaja, počela sam da gledam drugim očima na svoju majku. Ti to nećeš uraditi, naravno. Ali shvatila sam je kao nikad pre, videla sam šta je htela, zašto je radila i govorila neke stvari. Videla sam, sasvim jasno, kako nije uvek imala dovoljno novca i radila je sve što je mogla da to sakrije od mene, kako se ne bih brinula. Videla sam da je vodila usamljenički život, bez partnera s kojim bi podelila brigu i radost. Videla sam da me je štitila i brinula se, ali da nikad nije branila neke stvari iz zlobe. Bila sam jedino što je imala. A ti si jedino što ja imam, i sad znam kako joj je bilo. I pre nego što dođemo u neke teške godine, moraću da odem.

Trudi se da se ne stidiš svoje porodice, Idi, svoje situacije. Možda živiš s bakom, ali ponekad ostaneš kod tate i često viđaš Džemu. Ne znam. Ne znam kako će sve ispasti. Ali znam ovo: oni će dati sve od sebe. Preguraće to. Baka nije bila savršena kad sam ja odrastala, ali ne mogu da se setim nekih velikih grešaka koje je napravila. Biće podjednako dobra kao ja. Možda i bolja. Svi ti ljudi koje sam pomenula mnogo te vole. Svi će ti oni dati ljubav koju bih ti ja dala. A ja ti dajem sad svu ljubav koju mogu, dok sam još živa, i nadam se da to znači nešto.

Idi, videćeš primere savršenih porodica kod svojih prijatelja i školskih drugova. Videćeš porodice koje žive u velikim kućama i imaju skupa kola i idu na uzbudljive odmore svakog leta. Porodice s mamom i tatom i dvoje ili troje dece, i možda psom ili mačkom. Ne zavidi tim ljudima. Oni imaju svojih problema, uveravam te. Ta savršenost koju misliš da si videla, ona ne postoji. Usredsredi se na ono što imaš umesto na ono što nemaš, i bićeš dobro.

Želela sam da znaš kako izgleda biti ćerka i mama. Nadam se da ćeš saznati.

S ljubavlju,
mama

36.

Džes je znala da Džema planira avanturu, ali nije znala kakvu, ili kad polaze. Mislila je o tome kao o svojoj poslednjoj avanturi, ali Džema ju je grdila kad god bi rekla to. Nije mogla da porekne da je vremena sve manje. Džes je provodila veliki deo svakog dana u krevetu, i bilo joj je teško da se penje uza stepenice. Pila je mnogo lekova. Nadala se da Džema shvata njena ograničenja, inače će se avantura pretvoriti u katastrofu.

U utorak ujutro, Džema se pojavila i rekla kako je vreme. Pljesnula je rukama, vidno uzbuđena, i Džes je osetila užas u želucu.

– Ne idemo daleko, zar ne? – pitala je. – Mislim, ako se išta dogodi, ne želim da budem daleko od Idi i mame.

Džema se namrštila. – Džes, veruj mi. Ne bih uradila ništa što bi moglo da te uznemiri.

Džes je razmislila o tome i shvatila da je to istina. Tokom svega ovoga, Džema je bila stalno tu, čvrsta kao stena. Pomogla joj je oko svega. Ta stena je počela malo da se kruni, i okrenula se da sedne na ivicu kreveta. Nije imala mnogo energije, i mama i Džema su počele da joj pomažu da se obuče. Prvo ju je bilo sramota, ali to je uskoro prošlo. Ovo telo ju je ostavljalo na cedilu, ostajalo je bez snage. Nije bilo važno kako izgleda, samo da radi još malo.

– Šta ćemo da obučemo? – pitala je Džema.

– Ne znam, ne znam šta ćemo da radimo. Ti izaberi.

Džema je izvadila helanke i majicu. To je bila stvar koju bi do pre nekoliko meseci Džes obukla samo po kući, ali bila je zadovoljna jer je htela da joj bude udobno. Džema je znala. Džema je razumela. Podigla je ruke i noge kad je trebalo, razmišljajući kako se, na kraju života, vratila u rano detinjstvo. Tako je ona oblačila

Idi, gurala joj je udove kroz rupe, pomerala je. A kad je bila odevena i oprala zube, polako je krenula u prizemlje. Poslednje što je želela bilo je da se saplete i padne i tako uništi dan.

Mama je stajala u hodniku, držeći Idi. Očigledno je bila uključena u to, šta god „to" bilo. Izgledala je srećno i pomalo nervozno, a kad je prošla kraj nje, Džes je zastala i poljubila Idi u čelo. Pitala je ima li vremena za doručak, ali Džema je dodirnula ranac i kazala kako se pobrinula za sve.

– Lepo se provedi, dušo – rekla je Kerolajn.

Džes je došlo da zaplače i nije bila sigurna zašto. To je imalo veze s vremenom uloženim u planiranje ovog. I činjenicom da će joj ovo biti možda poslednje putovanje s najboljom prijateljicom. Mislila je na to kad su bile tinejdžerke, išle autobusom u grad i nikad nisu razmišljale ni o čemu ozbiljnijem nego koji im se dečaci sviđaju i šta će da obuku. Da su znale gde će Džes biti nekoliko kratkih godina kasnije, da li bi se ponašale drugačije? Bilo je bolje, mislila je Džes, što nisu znale. Što su imale te bezbrižne i samožive godine. A tinejdžerke su takve.

Džema je otvorila ulazna vrata i Džes je videla da su napolju invalidska kolica. Mora da su ih pozajmili iz bolnice ili tako nešto. Još planiranja o kojem nije ništa znala. Pre nekoliko nedelja, verovatno bi se pobunila, ne želeći da izgleda kao da joj je potrebna pomoć, ali sad je bila zahvalna na tome. Sela je u kolica i Džema ju je gurala, a mama i Idi su stajale na vratima i mahale. Kad su stigle do autobuske stanice, Džema je zakočila kolica i Džes je znala šta rade. Ponavljaju one tinejdžerske odlaske autobusom do grada, i ništa drugo ne bi bilo tako dobro. Džes se osmehnula Džemi.

– Nema plejliste? – pitala je.

– Čekaj samo.

Bilo je malo problema jer vozač autobusa nije znao kako da spusti rampu za invalide, ali nakon nekoliko pokušaja, uspeo je i krenuli su. Džema je izvadila kroasane sa čokoladom iz ranca i Džes je pokušala da se usredsredi na slatkoću čokolade i testo s maslacem.

– Hvala ti – rekla je.

Džema je odmahnula rukom i osmehnula se, i Džes se zapitala šta još sledi. A onda je Džema izvadila telefon iz džepa i uključila slušalice, stavila jednu u svoje uvo, a drugu dodala Džes.

– Plejlista? – pitala je Džes.

– Plejlista.

– Koja je tema?

– Samo... nas dve.

Prva pesma je bila „Toxic" Britni Spirs, i Džes se nasmejala kad ju je prepoznala.

– Sećaš li se? – pitala je Džema.

Volele su tu pesmu. Imale su osam ili devet godina, i smislile su ples za nju i izvodile su ga pred decom u školi. Džes je zatvorila oči i pokušala da se seti pokreta. Mislila je da bi verovatno mogla da ih izvede i sad, uprkos tome što nije godinama mislila o njima. Sećanje je čudna stvar. Skriva stvari, ali i dalje su tu.

– Mislim na sve sate koje smo provele vežbajući ples ispred tatinog velikog ogledala – kazala je Džema. – Zamisli šta smo mogle da uradimo za sve to vreme.

– Drago mi je što smo to radile – kazala je Džes, brišući suze.

Zatim je krenula pesma Kejti Peri „I Kissed a Girl". Bile su opsednute njom kad su bile tinejdžerke. Džemin tata ih je čak vozio u Mančester na koncert Kejti Peri, a Džes se osećala kao da nikad neće imati bolje veče od toga.

Džema je isključila slušalice. – Izvini, stigle smo, ali možemo da slušamo još prilikom povratka kući, a poslaću ti link do plejliste, naravno.

Autobus se zaustavio ispred tržnog centra i Džema je gurala Džes niz rampu i ulicom. Mnoge prodavnice koje su posećivale kao tinejdžerke sad su bile zatvorene, ili pretvorene u prodavnice polovne robe, a Džes nije bila sigurna gde će je Džema odvesti. Ali odlučila je da prestane da nagađa i samo se prepusti danu, nostalgiji. Kad se Džema zaustavila ispred salona za tetovažu, to ju je iznenadilo.

– Ovo je zamena za onu u kojoj smo pirsovale pupkove – kazala je Džema. – Taj salon je zatvoren, nažalost. Hoćeš li da uradiš nešto?

Džes se nasmejala. Imale su petnaest godina, i nijedna od njih nije pitala mamu za dozvolu, znajući da će odgovor biti negativan. Džema je ubedila Džes da mogu to lako da sakriju, i Džes se sećala kako je htela da pita kakva je svrha toga ako će ga sakrivati? Nije bila od onih devojaka koje nose majice koje otkrivaju stomak, nije bila dovoljno samouverena. Ali čim je Džema predložila to, osetila je uzbuđenje u stomaku i znala je da će uraditi to.

– Šta kažeš na tetovažu? – predložila je Džema dok je gurala Džes unutra.

Džes je razmišljala o tome. Nikad nije želela tetovažu. Džema je imala tetovažu sirene na levoj nozi, došla je u Džesin studentski dom i pokazala joj je, a Džes je bila pomalo uvređena što je nije pozvala da pođe s njom. Pitala je da li je bolelo, a Džema je samo slegnula ramenima, kao da nije ona to uradila, ili je to bilo pre mnogo godina. Možda nije želela tetovažu zbog činjenice da one ostaju zauvek. A to nije bilo nešto zbog čega je sad morala da brine.

– Ne znam – rekla je.

Tad su već bile kod pulta i jedan ispirsovan i istetoviran muškarac ih je gledao sa iščekivanjem.

– Izvinite – kazala je Džes. – I dalje razmišljam.

– Nema frke.

Ispred salona se nalazio sto s katalogom punim crteža i Džema je počela da ga lista, pokazujući one koji su joj se svideli. Džes je pokušala da obrati pažnju, pokušala da izgleda manje odsutno. Naravno, činjenica da nije imala budućnost značila je da ne mora da se brine zbog posledica ovoga, ili da će joj dosaditi izabrani crtež, ali to je značilo i da nema mnogo svrhe, zar ne?

– Sviđa mi se ovaj – kazala je Džema.

Pokazala je na crtež drveta u cvatu. Bio je mali i Džes je pokušala da ga zamisli na zglavku ili ramenu.

– Mislim da to nije za mene – rekla je.

Džema je zatvorila katalog i nagnula se da pogleda Džes u oči, i spustila je ruke na naslone kolica.

– Ako je ovo bila greška, izvini – kazala je. – Ne moraš ništa da radiš. Mislim, očigledno je da ne moraš. Možemo odmah da odemo.

– U redu je – rekla je Džes. – Samo mislim da ne želim tetovažu. Nikad ih nisam želela i činjenica da ću uskoro umreti ne menja to. Mislim, jeste pomalo izazovno da istetoviram „Jebeš rak" na čelu, da vidim šta će onkolozi reći, ali ako shvate da su pogrešili, moraću da živim s tim do osamdesete.

Džes je htela da to zazvuči šaljivo, ali na pomen življenja do osamdesete osetila je čežnju, a kad je pogledala naviše, Džemine oči su bile malo previše sjajne.

– Idemo – kazala je Džema. – Ovo je bila greška. Izvini.

Otkočila je kolica i stala iza Džes, da je izgura iz prodavnice.

– Ne, čekaj – rekla je Džes. – Mogu da uradim pirsing nosa. Uvek sam htela to.

– Stvarno?

– Da! To sam želela kad si me dovela na pirsovanje pupka, ali ti nisi htela ni da čuješ.

– Zato što se teže sakriva – rekla je Džema, sležući ramenima. – Možeš li da zamisliš šta bi tvoja mama rekla?

– Pa, ne moram da zamišljam. Saznaćemo šta će reći ovog popodneva.

Džema je prišla pultu. – Možete li da joj napravite pirsing nosa? – pitala je, pokazujući na Džes.

– Naravno. Dvadeset pet funti.

Džes je krenula da izvadi novčanik iz torbe u krilu, ali Džema ju je sprečila. – Ja častim.

Džes se tad unervozila, a nije znala zašto. Imala je operaciju i išla na hemoterapiju, bezbrojna vađenja krvi. Nije se bojala igala. Ali obično je bila u bolnici, a ne u nekom pomalo prljavom salonu blizu prodavnice jeftine robe. Muškarac je otišao u sobu iza, a Džema za njim, gurajući Džes. Minut kasnije, sve je bilo gotovo, i vratile su se na ulicu, Džes s malom srebrnom alkom u desnoj nozdrvi. Nije bolelo, ne mnogo. I sad kad je uradila to, bila je prilično uzbuđena. Stalno je dodirivala alku, da se uveri da je tu.

– Kuda sad idemo? – pitala je Džemu.

Džema se osmehnula i izvadila paketić duvana iz torbe.

– O, stvarno se vraćamo u prošlost, zar ne?

– Bože, volela bih da možemo.

Nikad nisu redovno pušile. Ali od četrnaeste pa do Džesine trudnoće, povremeno su pušile. Uglavnom kad su se opijale. Zaboravila je da su ti odlasci u grad često uključivali i nekoliko smotanih cigareta. Džema je smotala dve cigarete i dodala jednu Džes, podignutih obrva.

– Šta mogu da izgubim? – pitala je Džes, uzimajući upaljač od Džeme.

Prvi udahnuti dim bio je kao vremeplov, i Džes je zatvorila oči i ponovo je imala petnaest. Zaboravila je na prolaznike i njihove razgovore, zvukove obližnjih automobila. Bila je sa Džemom, i tražile su šta da obuku za Kejtin rođendan, a Džes se pitala ima li načina da sazna da li Den ide, a da ne prizna kako joj se sviđa brat najbolje prijateljice. A onda je dunula dim, i otvorila oči, i još je umirala.

– Jesi li gladna? – pitala je Džema.

Džes nije bila previše gladna, ali Džemino lice je bilo puno iščekivanja i nije htela da joj kvari zabavu.

– Mogu da jedem – kazala je.

I kad su popušile cigarete, Džema je odgurala Džes do *Mekdonaldsa*, i pojele su čizburger i pomfrit i milkšejk od vanile. Džes je osetila blagu mučninu tokom jela i usporila je, sećajući se kako je mogla da pojede sve to za nekoliko minuta i ponekad je pretraživala novčanik da vidi ima li para za još pomfrita.

– Nisi gladna? – pitala je Džema.

Džes je gotovo htela da slaže, ali onda se setila da priča sa Džemom, i nije bilo potrebe.

– Nisam baš. Žao mi je što ovo nije ispalo kako si planirala.

Džema je odmahnula glavom. – Ne budi luda. To nije važno. Samo sam htela da se zabaviš, da te zasmejem. Možemo kući u bilo kom trenutku, samo reci.

Džes je pokušala da odluči, objektivno, da li se zabavlja. Bilo je dobro biti napolju, nema sumnje u to. Smučila joj se spavaća soba, čitava kuća, i bilo je sjajno videti lica različitih ljudi i osetiti vazduh na licu. Ali bila je umorna. Brinula se da će zaspati tu, u javnosti, kao neka starica. Znala je da ne može da ostane napolju još dugo.

– Možda još jedna stanica?

Džema se osmehnula. – Savršeno – kazala je. – Nisam htela da propustiš sledeću.

Džes nije ništa rekla, ali bila je prilično sigurna da zna koja je poslednja stanica, i što su se više približavale, postajala je sve sigurnija. Išle su ka nekom groznom pabu uređenom u duhu osamdesetih, gde su prvi put pile alkohol kao preterano samouverene petnaestogodišnjakinje u štiklama previsokim za hodanje. Uvek je bio na glasu kao mesto gde su usluživali svakog. Džes se pitala da li je i dalje tako. Nije bila tamo četiri godine. Kad je napunila osamnaest, i mogla legalno da pije gde god poželi, više nije bilo svrhe.

Kad su stigle, Džes je pokušala da se pretvara da je iznenađena.

– *Kocka*, nema šanse!

Džema se ozarila, i osmehnula muškarcu koji je stajao ispred, sa elektronskom cigaretom, koji im je otvorio vrata. Sve je bilo isto. Lepljiv pod, crno-beli plesni podijum u sredini, klimavi stolovi po obodu. Bilo je prazno, osim jedne devojke umornog izgleda koja je sedela za jednim od stolova, izgledajući kao da je slučajno došla na pogrešno mesto i bila suviše postiđena da ode.

– Šta želite? – upitao je barmen.

Džema je pogledala Džes. – Šta misliš? Mislim, ne moramo da pijemo prava pića, ako ne želiš, ako ne možeš...

– Dve votke s kolom – rekla je Džes, uzimajući novčanik.

– Jesi li sigurna da je to u redu?

– Ne znam – kazala je Džes. – Nisam pitala u poslednje vreme. Ne otkad sam poslednji put izašla s tobom i završila u bolnici...

Na to je barmen podigao obrvu.

– Ko ga jebe – rekla je Džes. – Ozbiljno, ko ga jebe. Šta je najgore što može da se dogodi?

Na pola svog pića, Džes se osećala kao da je popila tri ili četiri. Ali zaključila je da je to dobro, jer je morala da kaže Džemi neke stvari koje nisu bile lake. I mislila je da će joj alkohol pomoći u tome.

– Hvala ti za ovo danas – rekla je.

Viknula je to, da nadjača pesmu benda *Spandau bale*. Džes je znala ime benda samo zato što je njena mama volela tu pesmu. Zbog toga je pomislila, nakratko, na sve stvari koje nije znala. Koje sad nikad neće saznati. Na sve filmove koje nije pogledala, sve knjige koje nije pročitala, sve pesme koje nije čula. Čitala je jednu knjigu nedeljama, bio je to roman o nekoj devojčici koja je nestala, i mislila je da ju je baka otela, ali možda nikad neće saznati. Možda nikad neće stići do kraja. I šta onda? Ako ostavi tu knjigu na noćnom ormariću, nepročitanu, sa obeleživačem u njoj, da li će to biti još nešto zbog čega će njena majka biti tužna, i neće znati šta da radi s tim? Vratiće je na policu, odlučila je. Uradiće to kad se vrati kući. Izvadiće obeleživač i vratiti knjigu na policu, i pretvarati se da nije ni počela da je čita.

– Nije to ništa – rekla je Džema.

– Ne, jeste. Ti me poznaješ bolje od ikog. I mnogo si razmišljala o tome da me podsetiš kako smo se sjajno zabavljale. Nisi ti kriva što mi nije dovoljno dobro da uživam u tome.

– Samo... – Džema je zaćutala.

– Šta? Kaži, šta god da je.

– Dok sam planirala ovaj dan, nisi mi toliko nedostajala.

Džes nije znala šta to znači.

– Mislim stalno na to da ću te izgubiti – kazala je Džema. – I nedostaješ mi kad nismo zajedno, čak i ako sam te videla tog dana. Već osećam gubitak. I ne želim da te opterećujem ovim jer je tebi mnogo gore, i samo moram da prebolim to, ali smišljanje ove avanture bilo je tako dobrodošla pauza za moj mozak, jer sam razmišljala o vremenu kad smo bile mlađe i o stvarima koje smo radile, i to je značilo da nisam mnogo mislila o sadašnjosti i stvarima s kojima se suočavamo. Stvarima s kojima ćemo se suočiti.

Džes je duboko udahnula.

– Pokušavam da mislim o tome iz svih uglova – rekla je Džes. – Ali teško je. Pokušavam da zamislim kako se mama oseća stavljajući sebe na njeno mesto. Mogu to bolje sad kad imam Idi, ali jednostavno je nepodnošljivo, i nikad ne mogu to da radim dugo. I mislim kako će biti Džejku, i Idi, kad bude dovoljno stara da razume šta se dogodilo. I tebi, naravno. A onda mislim o ljudima koje poznajem, a koji nisu deo mog života: školski drugovi koje retko viđam, prijatelji s fakulteta. I pitam se kako će i kad čuti vest, i da li će biti tužni zbog toga, i koliko dugo. Ali to je prilično iscrpljujuće. Zavrti mi se u glavi zbog toga i moram da nateram sebe da ponovo budem ja. Da mislim o tome kako je meni.

– Da, to zvuči prilično naporno.

Džema se nasmejala, ali to nije bio stvarno smeh, ali je i mogao da bude.

– Sećaš li se vremena kad smo došle ovamo tražeći Alija Hasana, jer ti se sviđao, i čula si da dolazi ovamo sa ortacima? I ispostavilo se da su tu bili samo on i Džoš Harman, i provele smo čitavo veče sve više im se približavajući, u nadi da će nam prići i razgovarati s nama?

– Sećam se – rekla je Džema, a osmeh joj je izvio usne.

– A onda su nas konačno primetili i prišli i počeli da pričaju o svojim devojkama, za koje smo znale da ih nemaju, kao da nas se plaše? Bože, nisam godinama mislila na njih. Pitam se gde li su sad.

– Ali radi u *Kosti* u ovoj ulici – rekla je Džema. – Džoš se preselio. Mislim da je na faksu. Sećaš li se kako se ta noć završila? Ti si bila u uglu s tim tipom s faksa, a ja sam povratila po Džošovim cipelama?

Džes se nije sećala toga, ali čim je Džema to rekla, podsetila se. Zvao se Met, i Džes se sećala kako ju je držao za potiljak, kako ju je gledao dok se naginjao da je poljubi. Bio je neobrijan, i tad je prvi put poljubila nekog s toliko čekinja. Džema je čekala sama. Kako je mogla da zaboravi to? Šta li je još zaboravila?

– Sramotno – kazala je Džes. – Mislim na cipele.

Obe su se nasmejale, i Džes je laknulo. Nadala se da će se Džema sećati ovoga kad bude mislila o ovom danu, o avanturi koju je isplanirala. A ne da je Džes pojela samo pola ručka ili činjenice da su morale ranije da se vrate kući.

– Vreme je da krenemo – rekla je Džema.

Džes je klimnula glavom, zahvalna što nije morala da zamoli.

Nisu mnogo pričale u autobusu na povratku kući. Džes se trudila da ostane budna. Jedva je čekala da se vrati u krevet, da odmori bolne udove i zatvori oči.

– Ovo nam nije bila najbolja avantura – kazala je Džema, pomalo tužno.

Bile su blizu autobuske stanice kraj Džesine kuće. Džes je shvatila da Džema nije puštala plejlistu dok su se vraćale kući.

– Možda nije – rekla je. Nije mogla da natera sebe da laže. – Ali to je ona koju ću pamtiti, mislim.

37.

Džejk je svratio, neočekivano, dan nakon Džemine i Džesine avanture. Džes je ležala na stolici na sklapanje u dvorištu, s ćebetom prebačenim preko kolena. Bila je to mamina ideja. Rekla je da će Džes možda koristiti malo prolećnog sunca. Džes se nije osećala previše prijatno, i deo nje je jedva čekao da se vrati u krevet, ali uživala je u hladnom vazduhu na obrazima i gledanju dvorišta, sad kad je oživljavalo.

– Zdravo – rekao je Džejk, pojavljujući se na tremu, stojeći na balkonskim vratima.

Džes je podigla glavu i pogledala ga. Držao je ruke u zadnjim džepovima farmerki, i na sebi je imao otrcanu crnu majicu s nekoliko rupa oko poruba. Džes se pitala da li je znao da je jedini muškarac koga je volela. Da će mu njeno umiranje obezbediti taj status, učiniti ga besmrtnim.

– Jesi li došao da vidiš Idi? – pitala je.

– I tebe.

Džes nije očekivala to. Nameravala je da kaže kako je Idi unutra s bakom, ali onda je shvatila da ga je mama verovatno pustila u kuću. I rekao je da je došao da vidi nju. Morala je da se osmehne zbog toga. Džejk je prišao. Približio je drugu stolicu i seo na ivicu, pre nego što je podigao noge i namestio se u isti položaj kao ona. Opušteno, kao da to nije ništa, uhvatio ju je za ruku. Džes je osetila kako joj zastaje dah i onda je pokušala da udahne, a da on ne primeti.

– Došao sam da ti kažem nešto – rekao je. – Nešto što je trebalo odavno da ti kažem.

Džes se zgrčio želudac. Ali usudila se da se nada, konačno, da će on reći ono što je tako dugo želela. Svaki sekund bio je bolan.

Pogledala ga je i videla kako se muči da progovori. Ponekad reči nisu htele da izađu. Znala je to. Ali onda ih je pronašao, i pustila je da je preplave, da je pročiste.

– Volim te, Džes. Žao mi je što smo proveli te mesece razdvojeni i što nisam bio tu kad si rodila Idi. Kad bih mogao da se vratim...

Nisu mogli da se vrate, niko to ne može. Ali bilo joj je dovoljno to što je želeo. Džes se zagledala u njega. Trudio se da ne zaplače, i nadala se kako mu pogledom poručuje da je to u redu. Kako ne mora da bude stalno jak.

– Nisam znao, Džes, da nam je vreme isteklo.

– Niko nije znao – rekla je Džes.

Bilo je to kao u snu, to što je došao i rekao to. Džes je želela to, i ostvarilo se. Nije bila sigurna može li da veruje u to. Šta ako ga je Džema zamolila da uradi ovo, da je usreći na kraju života? Nije mogla da podnese pomisao na Džemu koja pokušava da ga nagovori na ovo, govoreći mu da Džes neće dugo živeti i da će je usrećiti.

– Da li stvarno misliš to? – pitala je.

– Šta? Ovo što sam rekao? Naravno da mislim. Zašto bih to rekao da ne mislim?

– Jer umirem.

Nije ništa rekao neko vreme, a kad je Džes skupila hrabrost i pogledala ga, videla je suze u njegovim očima. Instinktivno je poželela da ga uteši, ali neće moći to uvek da radi, zar ne? Svi su bili u ovom, ljudi u njenom životu, i nije mogla da im olakša.

– Džes, ne bih te lagao. Ne u vezi s nečim ovako važnim. Volim te. Voleo bih da sam bio pravi tata Idi, da sam ostao s tobom kad je bilo važno.

Ima tako mnogo vremena, mislila je Džes, da on postane dobar tata. Propustio je sâm početak, i to je šteta, ali Idi nikad neće to znati ako joj niko ne kaže. I sad ima priliku da promeni stvari nabolje. Da se istakne. Da bude roditelj. Ali nije mu rekla to jer nije bila sigurna da može da govori bez ogorčenosti. Jer ona nije imala to vreme koje on ima. I oboje su znali to.

– I ja bih volela – kazala je.

– Možeš li da mi oprostiš?

Može li? Može. A šta to ima da mu oprosti? Što su imali gadnu svađu, a ona mu je rekla da je se kloni, i on je to uradio. Možda bi ona trebalo da traži oproštaj. Možda ih je ona sprečila da budu zajedno.

– Da.

– Misliš li, da se ništa od ovog nije dogodilo, da bi sve bilo u redu? Za nas troje?

Džes je zatvorila oči jer ju je to pitanje zabolelo. Da nije imala rak, da li bi se javila Džejku? Nije bila sigurna. Bila je tvrdoglava i kivna. Nije to bilo nešto čime se ponosila, ali to je bio deo njene ličnosti. Možda bi nastavila sama da nije dobila rak. Koliko je surovo bilo što ju je jedina stvar koja ju je navela da kontaktira s njim sprečavala da ima budućnost. Koliko je surovo bilo što je on voleo nju, ona volela njega, a nisu mogli da budu zajedno.

– Hajde da se pretvaramo – kazala je.

Džejk ju je pogledao i zbunjeno se namrštio.

– Pretvarajmo se da nemam rak. Da vidimo kako bi to izgledalo. Samo danas.

Džejk je klimnuo glavom i Džes je znala da ne može da govori od suza. Ustala je i polako ušla u kuću. Mama i Idi su bile u dnevnoj sobi. Idi je sedela na prostirci za igru, udarajući drvenom kockom u drugu, a mama je oponašala Idine pokrete, ohrabrujuće joj se osmehujući.

– Moram da te zamolim za uslugu – rekla je Džes.

– Kakvu?

– Da li bi Džejk mogao da se brine za Idi do kraja dana?

– Idem napolje za pola sata, Džema dolazi da je čuva.

Džes je po maminom tonu znala da ova ne odobrava to, ali nije marila za to. Izvadila je telefon iz džepa i poslala Džemi poruku da joj kaže da ne dolazi. Nadala se da je Džema znala koliko je zahvalna na svemu što je radila da pomogne. Poslednje što je želela je da se oseća odbačeno, nepotrebno. Ali s druge strane, verovatno će joj biti drago što ima malo slobodnog vremena da se naspava ili uradi nešto za sebe. Nema mnogo devojaka kao Džema koje gaje decu uz posao, posebno kad nemaju svoju decu.

Džes je čučnula i podigla Idi. To joj je postajalo sve teže. Idi je bila sve veća i pokretljivija, a Džes sve slabija.

– Samo ne preteruj – kazala je mama, gledajući kako se Džes muči s nečim što joj je nekad bilo lako. – Obećaj mi.

– Obećavam. Kazaću Džejku da radi sve.

– Videla sam kako ga gledaš.

Džes se iznenadila. Okrenula se da pogleda mamu. – Onda znaš da je ovo važno – rekla je.

Džes nije mislila da može da se opusti dok mama ne izađe iz kuće. Džema joj je poslala poruku i rekla da će se odmarati, i da joj se Džes javi ako se nešto promeni. Džes joj nije rekla da će se ona i Džejk brinuti o Idi, ali se pitala da li je Džema to nekako znala. Da li je bila umešana u to.

Do kraja jutra, Džes je dozvolila sebi da se pretvara kako su ona i Džejk normalan par, da je to njihova kuća. Borila se protiv umora i rekla je Džejku da se ne brine, kad god bi je pogledao kao da će joj reći da treba da ide u krevet.

– Dozvoli mi da uradim ovo – rekla je. – Ići ću u krevet popodne, obećavam.

U deset sati, Džejk je stavio Idi na spavanje, a kad se vratio u kuhinju, Džes je osetila trnce od iščekivanja. Rekao joj je da je voli, ali nije je poljubio. Možda nije to mislio na isti način kao ona. Možda je to bilo sažaljenje pomešano s ljubavlju, bez žudnje. Nije izgledala isto, uostalom. Bila je mršava, ćelava i iskasapljena. Nije bila devojka u koju se zaljubio. Ali sve te misli su nestale kad je ušao i nastavio da hoda dok nije prišao do nje. Bila je naslonjena na kuhinjski pult, a on ju je zagrlio i nagnuo se da je poljubi.

Bila je to kao druga prilika za prvi poljubac. Džes je to osetila jednako žestoko kao prvi put, s jednakom nervozom, uzbuđenjem i napaljeno. Zatvorila je oči i prepustila se, znajući da bi to mogao da bude poljubac o kojem će razmišljati tokom preostalih nedelja.

– Koliko ona obično spava? – pitao je Džejk, promuklim glasom.

– Makar sat vremena.

– Možemo li da odemo na sprat? Ne mislim, mislim, u redu je ako ne želiš... samo bih voleo da ležim s tobom neko vreme.

Džes se nasmejala. Bilo je neobično videti Džejka zbunjenog kad se pomene seks. Kad su bili zajedno, nije se toliko uzdržavao. Džes se setila njegovog samopouzdanja, kako se to malo prenelo i na nju. Uhvatila ga je za ruku i otišli su do njene spavaće sobe. Legla je na krevet, a on je legao kraj nje i ponovo ju je poljubio. Bilo je oslobađajuće, samo ležati tamo i ljubiti muškarca koga voliš, pomislila je Džes. Bilo je to kao prepuštanje.

Polako su se svukli. To nije ličilo na grozničavo nasrtanje tokom prvih dana veze. Džejk joj je spustio ruke na lice, na teme, na leđa i njihova toplota ju je smirila. Trudila se da ne misli kako bi reagovao na njen ožiljak, na nejednake dojke, na opuštenu kožu stomaka. Trudila se da se pretvara kako je i dalje devojka kakva je bila ranije. Ako bude žmurila, neće videti razočaranje ili, još gore, sažaljenje.

Vodili su ljubav lenjo, kao da imaju sve vreme ovog sveta. Kao da smrt ne kuca na vrata. Džes je znala, nekako, da će im to biti jedini put. Jedini trenutak kad će im okolnosti dozvoliti da budu sami, zajedno, dok Idi spava u svojoj sobi. Morali su da to urade kako treba, jer je to bio poslednji i prvi put. Džejk je bio nežan ali ne toliko da bi ona osetila kako je rak u sobi s njima. Nije ništa rekao o promenama na njenom telu, i ljubio ju je preko ožiljka od carskog reza i znala je da će mu zauvek biti zahvalna na tome.

Kasnije su ležali jedno kraj drugog, pokriveni. Džes je htela da mu se zahvali, ali nije znala kako. Nije bila sigurna da li bi to promenilo nešto među njima, poremetilo ovaj savršeni dan. Nije ništa rekla, i držali su se za ruke, i Džes se osećala osveženo i srećno i kao žena a ne kao pacijentkinja, prvi put nakon mnogo vremena.

Nije se sećala da je zaspala, ali sigurno jeste, jer je zatim videla Idi u sobi, kako leži između njih. Instinktivno je prebacila ruku preko ćerke i privukla je k sebi. Koliko noći su spavale tako, samo njih dve? Kad su Idi nicali zubi ili je bila nemirna ili bolesna. Džes ju je donosila u svoj krevet toliko puta, dok joj je telo žudelo za snom. A Idi se bacakala i prevrtala, pomerala i kosom golicala Džesino lice, spavala ukoso. Džes je ležala budna, gledala je, nesigurna kako će izdržati naredni dan, ali toliko ju je volela da nije mogla da skrene pogled. Ko će držati Idi tako u predstojećim noćima, svim noćima koje će doći?

Prvi put se Džes zapitala koliko će Idi biti potrebno da shvati da je ona otišla. Ne može da govori, naravno, i ne bi mogla to da izrazi rečima. Ali znala je za Džes, poznavala je njen izgled i miris. Zvuk njenog glasa. Znala je zvuk Džesinog glasa otkako se rodila. Da li će joj nedostajati? I godinama kasnije, kad joj baka ili Džejk ili neko bude pustio video-snimak na kojem je Džes, da li će se setiti zvuka Džesinog glasa? Bilo je toliko stvari koje Džes nije znala i nije znala koga da pita. Pogledala je Džejka. Navukao je bokserice i majicu i osmehivao se njoj i Idi. Izgledao je zadovoljno. Nije mogla da kaže o čemu razmišlja. Džejk je uhvatio Džes za ruku, koja se nalazila na Idinom ramenu, i ležali su tako, njih troje, povezani toplinom i dodirom, nekoliko blaženih minuta.

– Jesmo li... ponovo zajedno? – pitao je Džejk.

Džes je klimnula glavom. – Mislim da jesmo.

Nije bila sigurna da li je to menjalo nešto, kad se nalepi takva etiketa. Šta god da su bili jedno drugom, to neće trajati dugo.

– Džejk, želim da joj neko kaže da je volim, da sam je volela, svakog dana. Možeš li da uradiš to? Preko telefona ili uživo ili bilo kako. Ali želim da to zna svakog dana.

– Naravno.

– Hvala ti.

Bilo je to nešto što je skupljala hrabrost da pita mamu, ali nije znala kako bi mama odgovorila. A u svakom slučaju, Džejk je bio prava osoba za taj posao. Jer oni su je napravili zajedno. Idi je deo njega i nje. I osećala je kao da je on razume.

38.

Draga Idi,

Želela sam da znaš koliko mi znači što sam ponovo s tvojim tatom, na kraju svog života. Nas troje smo mala porodica, povezana krvlju, i mada smo te dosad gajile mama i ja, ima nečeg tako savršenog u tome što smo nas troje zajedno. Ako postoji neko naravoučenije u tome, nisam sigurna kakvo je. Nešto u vezi sa zadržavanjem ljudi koje voliš, nedozvoljavanju da vas strah, ljubomora ili bes razdvoje. Da ne treba gubiti vreme kad možete da budete zajedno, jer se nikad ne zna šta vas čeka, ili koliko vam je vremena ostalo.

Istinu govoreći, ne znam koliko ćeš želeti da učiš iz ovih pisama. Možda ćeš ih samo posmatrati kao način da me malo upoznaš. Ne mogu da zamislim kako bi izgledalo da nisam imala mamu, i sigurna sam da si osetila taj gubitak na sto načina. Nadam se da ova pisma mogu nekako da ispune tu prazninu. Makar na tren. Uradiću sve što bude u mojoj moći.

Moram da se zapitam da li bismo ponovo bili zajedno da nije bilo tebe, Idi. Nisam sigurna u to. Nikad nisam prestala da ga volim, ali bili smo mladi, a ne prežive sve prve ljubavi. Ali činjenica da ti postojiš, da si posebna osoba a povezana s nama, to nas je privuklo. To, i rak. Sad smo tragični ljudi. Dvoje mladih ljubavnika koje će razdvojiti smrt.

Dan nakon što smo se pomirili, tvoj tata je došao u moju i maminu kuću. Pitala sam da li će, da li je prethodni dan bio sanjarenje na javi ili se to stvarno dogodilo, da li je otišao kući i promenio mišljenje, zbog groznih prognoza. Ali bio je tu, na vratima, u devet ujutro, kose vlažne od tuširanja i s buketom lala iz supermarketa u ruci. I rekao mi je, tog dana, kako ne ide nikud. Ne dok sam još živa, i ni kasnije. Rekao mi je kako želi da se brine o tebi, da bude pravi roditelj, da te nauči da napišeš svoje ime i voziš bicikl i pomogne ti oko škole. Izgledalo je kao da nije mnogo spavao. Bio je pomalo uznemiren. Pitala sam ga za bend, i odmahnuo je rukom, kao da kaže da to nije važno.

Možda misliš da mi je dovoljno što znam da ima ljudi koji žele da se brinu o tebi, i da te vole. I da ne mogu da znam da li ćeš završiti s bakom ili Džejkom ili s kombinacijom njih dvoje, jer ja neću biti tu da vidim šta će se dogoditi. Ali smučilo mi se kad je rekao „puno starateljstvo". Znala sam da mama to neće mirno prihvatiti. Znala sam da će biti svađe, da će neko pobediti, a neko izgubiti. I želela sam da se pobrinem da gubitnik ne budeš ti. Da gubitnik nikad ne budeš ti. Jer ti nisi kriva ni za šta i ne bi trebalo da patiš jer ima previše ljudi koji te vole, baš kao što niko ne treba da pati ako ih nema dovoljno.

Rekla sam da ćemo srediti to, i sišli smo u prizemlje i zatekli mamu u kuhinji, kako te hrani. Bila si kao ptičica, usta su ti bila otvorena i spremna, a ona te je hranila kašikom, i ti si bila oduševljena. Prava hrana ti je još bila nova, i sve ti je bilo uzbudljivo. Rekla sam mami šta mi je kazao tvoj tata, i videla sam da je stisla usne, i znala sam da je već usred toga, u mislima. Tvrdila je kako je bila tu od dana kad si se rodila, tvrdila je da je Džejk mlad i neodgovoran. Preklinjala sam ih, Idi, da misle na tebe. U tom trenutku smo te svi pogledali, i ti si otvorila i zatvorila usta, pitajući se zašto nema hrane u njima. Pitajući se šta se dogodilo, kad smo ušli tvoj tata i ja i sve poremetili.

Kazala sam šta želim. Rekla sam da si ti najvažnija. Ne ja, ne moja bolest. Nijedno od njih. Ni mamino nepoverenje niti Džejkov ponos. Samo ti. Zamolila sam ih da te stave u središte svega ili dogovore se. Rekla sam im kako želim da oboje budu veliki deo tvog života. Kazala sam kako se nadam da će uraditi to što sam ih zamolila. Podsetila sam ih da umirem.

Pokušala sam da ne ističem to mnogo, ali ponekad moraš da iskoristiš svoju nesreću. Kazala sam da će poštovati moje želje ako me vole. Oboje su oborili glavu, i osećala sam se kao da počinju da shvataju.

Idi, ako to što sam rekla tog dana nije upalilo, ako nisi živela voljena i baka i tata se nisu brinuli o tebi, ako nisu to uradili zbog tebe i moje želje, žao mi je. Uradila sam sve što sam mogla. Nisam mogla da ostanem i mirim ih. Nisam mogla da ostanem.

Nadam se da će, kad budeš imala roditeljski sastanak, jedno od njih otići u školu, a drugo te čuvati. Nadam se da će te voditi u školu plivanja i upisati te u mlade izviđačice. Nadam se da će te navesti da misliš kako ti je dobro iako nemaš majku. Nadam se da su se dogovoriti. Biram da verujem da jesu.

Sad više neće biti mnogo pisama, Idi. Jedno ili dva najviše, mislim. Ovo me je iscrplo. Kraj se bliži i bojim se, ali i spremna sam. Zamišljam te dok čitaš ovo, i nadam se da je bilo dovoljno. Da sam imala više vremena, napisala bih ti više. Volim te, sad i onda, kad si bila beba i kad si devojka. Volim te neopisivo. Volim te na sve načine.

Želela sam da znaš koliko mi znači što sam se pomirila s tvojim tatom na kraju života. To mi znači sve.

S ljubavlju,
mama

39.

Stvari su se događale vrlo brzo nakon tog dana, i Džes se često pitala da li je njeno telo shvatilo da mora da se drži zbog tih poslednjih, važnih stvari, i sad je popuštalo. Džejk je bio češće tu, a neko joj je uvek nudio nešto. Maženje sa Idi. Šolju čaja. Komad dvopeka. Džes je uvek prihvatala maženje i, mada je retko htela hranu ili piće, pokušavala je da prihvata i to, kad je mogla, jer je prepoznala da osoba koja to nudi želi da uradi nešto za nju.

Jedne srede, predveče, njen izabrani lekar je došao i zatražio da nasamo razgovara s njom. Džesina mama je izgledala uznemireno, ali uradila je šta joj je rečeno, izlazeći iz sobe i zatvarajući vrata.

– Razgovarao sam s vašim onkologom, i ona ne misli da vam je ostalo mnogo, Džesika – rekao je kad su ostali sami.

Džes mu se zagledala u oči. Bezbroj puta je išla kod njega zbog gripa i prehlade. Obavio je pregled nakon što se Idi rodila. Bio je tužan, videla je to. Izgledao je poraženo. Pretpostavljala je da to nije deo usluge. Da je ovaj ljubazni čovek došao u svoje slobodno vreme, nakon dana u ordinaciji, gde je imao posla s malim boginjama i depresijom i stomačnim virusima.

Nije ostalo mnogo. Čekala je da čuje te reći i očekivala je da oseti paniku. Ali, u stvari, osetila je nekakvo olakšanje. Znala je da je on u pravu. Sad su ostali dani, osećala je. Samo dani. Klimnula je glavom.

– Pitao sam se šta želite – rekao je lekar. – Mislim, da li biste voleli da ostanete ovde, a da vas ja redovno obilazim ili možda medicinska sestra, da vam ublaži bol. Ili biste voleli da odete u hospicijum, gde mogu stalno da se brinu o vama, ali nećete biti s porodicom.

Džes je razmišljala o tome. Htela je da zamoli da ostane kod kuće, da provede poslednje dane u sobi iz detinjstva, i bude blizu Idi i mame, ali donela je odluku. Nije htela da oni povezuju tu sobu s njenom smrću. Nije htela da se brinu i moraju da budu budni cele noći i gledaju je kako trpi bol. Htela je da ih oslobodi.

– Volela bih da odem u hospicijum – rekla je.

Lekar je klimnuo glavom. Nije pitao da li je sigurna, ili zašto je tako odlučila, i bila mu je zahvalna na tome, jer se osećala kao da ne može mnogo da govori o toj temi. Osećala se kao da je nekako poražena. Da se predala. Ali uvek je znala da će doći do toga. Makar je znala dovoljno dugo.

– Razgovaraću s vašom majkom i dogovoriti to – kazao je.

Džes je klimnula glavom i nadala se da će se to računati kao zahvalnost.

Lekar je ustao i napustio sobu, a Džes je ležala tamo, pitajući se koliko brzo će se sve to dogoditi, i kako će izgledati. Kad je njena baka, mamina mama, umrla, provela je poslednje nedelje u hospicijumu. Džes je imala deset godina, i sećala se mirisa sredstva za dezinfekciju i prekuvanog povrća. Kad god je išla hodnikom do bakine sobe, sve vreme je gledala u otvorena vrata. U svim prostorijama su bili ljudi koji su izgledali vrlo staro i vrlo bolesno. Ali nije mislila da imaju hospicijume samo za mlade. Nije bilo dovoljno potrebe za njima.

Nakon što je lekar otišao, Džes je zapala u nemiran san, a kad se probudila, Džejk je sedeo na drugoj strani kreveta, s knjigom u ruci. Nije čitao, primetila je Džes, zurio je u prazno. Možda je čekao da se ona probudi.

– Džejk – kazala je, glasom slabijim nego što je očekivala.

Okrenuo se ka njoj.

– Imam zadatak za tebe.

Džes je zamolila Džejka da joj donese laptop iz prizemlja. Doneo ga je, mršteći se.

– Hoćeš li da me pitaš da budem svedok tvoje poslednje volje ili tako nešto?

Džes se nasmejala. – Nemam novca. Pa, gotovo da ga nemam. Ali začudo da, radi se baš o tome.

Džes je obavila nekoliko telefonskih poziva i prebacila novac s nekoliko štednih računa na svoj tekući račun. Nije imala mnogo, ali kad je sve bilo na jednom mestu, izgledalo je više. Ušla je u svoj račun i pokazala Džejku, koji je zazviždao. To ju je zasmejalo.

– Prebaciću to tebi – kazala je. – Ali moraš da mi obećaš da ćeš staviti to na neko bezbedno mesto. Imam neke planove.

– Planove?

– To je za Idi. Odabrala sam neke stvari koje želim da kupiš za nju, za rođendane i Božiće, od mene, ali mislila sam da ne bi voleo ako bih to kupila sad. Pored toga, stvari se menjaju. Verujem da ćeš pronaći neku zamenu za te stvari ako više ne budu u modi kad dođe vreme.

Džejk ju je gledao, razrogačenih očiju. Htela je da mu kaže kako nije završila. Otvorila je tabelu koju je napravila, sa Idinim uzrastom na jednoj strani i linkovima ka poklonima koje je odabrala.

– Morala sam da nagađam kakva će osoba ona biti – rekla je Džes. – I ne kupuj te stvari ako nisu prave za nju. Pokušala sam da se ne držim jednog ili drugog. Ništa preterano princezasto, ali i ništa muškobanjasto. Pokušala sam da odaberem igre i igračke koje bi svako dete poželelo.

Džes je zaćutala, a žestina toga što je govorila pogodila ju je mnogo više nego dok je smišljala to. Činjenica da je pokušala da pronađe poklone koji se sviđaju svakom detetu, a ne njenom detetu, bila je srceparajuća. Ali istina je bila da nije znala kakva će Idi biti. Ponekad je videla u njoj naznake mogućnosti, kad je vozila automobilčić po podu ili pravila kulu, sva namrštena. Džes je imala ideje, ali nije bila sigurna.

– Bože, ovo je... Mislim, ne znam šta je ovo. Uviđavno, srceparajuće, genijalno. Hvala ti što si mi pokazala to.

– Misliš li da možeš da uradiš to? – pitala je Džes.

– Naravno.

Džes mu se zahvalila klimanjem glavom.

– Htela bih da ide na fakultet, ali samo ako je to dobro za nju i želi to. Ali ne dozvoli joj da ne ode jer se boji troškova. Ne dozvoli da to bude faktor, ako ikako možeš. A ona treba da ode negde dalje od kuće. Tako je mnogo bolje. Naučiš mnogo više. Kako da upravljaš budžetom i kako da kuvaš i pereš rublje i sve to. Ako ne ode, izbaci je kako bi naučila te stvari.

Džes je to rekla brzo, reči su samo izletale. Sad se bojala da će joj ponestati vremena da kaže sve što treba. Džejk je pružio ruku i spustio je na njenu, i znala je kako namerava da je smiri. Upalilo je.

– Obećavam, Džes.

– To će se dogoditi uskoro – rekla je, usuđujući se da mu pogleda u oči dok je govorila to.

– Znam – rekao je.

Oboje su se rasplakali, i Džejk je pritisnuo čelo na njeno. Džes nije shvatila koliko čvrsto steže njegovu ruku dok nije pogledala i videla svoju stisnutu pesnicu. Kad ju je pomerila, videla je da su njeni nokti ostavili male zareze na njegovoj šaci. Palo joj je na pamet da bi ga tako držala dok se porađala, da je bio tamo.

– Ako budeš s nekom drugom...

– Ne radi to, Džes.

– Ne, moram. U redu je. Ne očekujem da nikad nećeš upoznati nekog drugog. Imaš dvadeset tri! Želim da budeš srećan, stvarno. Samo želim jedno. Da Idi uvek zna da sam joj ja mama.

Džejk je izgledao zbunjeno. – Naravno da će uvek znati. Kako to misliš?

– Mislim, ako upoznaš nekog za godinu dana, dok je ona mala, možda pomisli...

Džejk je uhvatio Džes za potiljak i nežno joj je podigao glavu, tako da ga je gledala u oči.

– Nikad ne bih uradio to, Džes. Niko te neće izbrisati. Pokazaću joj fotografije i pričati o tebi. Poznavaće te, Džes. Hoće.

– Hvala ti.

Džes nije sumnjala da je on tako mislio, ali znala je kako stvari mogu da se promene. Kako će ona sve više bledeti. Kako će mu neka druga u koju se zaljubi postati sve. Ali nije mogla ništa da uradi. Bila je jasna. Morala je da mu veruje. Njemu, mami i Džemi: da im poveri Idi i sećanje na sebe.

Džejk je posle toga pustio neki film, na Džesinom laptopu. Bio je to jedan od njenih omiljenih, *Vreme za ljubav*, i setila se kako je on odbio ponovo da ga gleda s njom kad su bili zajedno. Prošle su dve godine otkako ga je pogledala, i razmišljala je o tome koje bi trenutke ponovo posetila kad bi mogla da putuje kroz vreme. Da li bi se vratila na svađu sa Džejkom, i uradila sve drugačije? Da li bi otišla kod lekara mnogo ranije, kako bi primetili rak i možda imala priliku da se oporavi? Uradila bi obe stvari, i više. Pogledala je Džejka. Oči su mu bile prikovane za ekran. Poželela je da ume da mu kaže da bi, da ima život pred sobom, volela da ga provede s njim.

– Ne mogu da verujem da je potrebno da umirem od raka da bi pristao da gledaš ovaj film sa mnom – kazala je. Htela je da bude duhovita, ali nijedno od njih se nije nasmejalo.

Džes je bila pospana i znala je da neće izdržati do kraja.

– Hoćeš li ostati dok ne zaspim? – pitala je.

Džejk se nagnuo i poljubio ju je u teme. – Naravno da hoću.

Džes je zatvorila oči i dozvolila da joj poznate reči odjekuju u glavi. Mogla je da vidi slike bez gledanja u ekran. Rešila je da pita Džemu da skupi njene omiljene filmove i pesme za poslednje dane. Bilo bi utešno umreti tako, uz voljene zvuke koji sviraju u pozadini. A onda se iznenada probudila, sela i počela teško da diše.

– Šta se događa? – pitao je Džejk, glasa punog straha. – Džes, jesi li dobro?

– Bojim se, Džejk. Bojim se smrti.

Tad je prvi put to rekla, ali to je bila istina. Bila je zauzeta pokušajima da učini da sve ide glatko bez nje, i nije mislila na ono što će joj se dogoditi. Da li će samo zaspati, odlutati, ili će to biti nasilno i bolno? Nikad nije videla kako neko umire, i nije znala.

Džejk ju je čvrsto grlio. Ljuljao ju je, lagano, napred-nazad. Bilo je to utešno, kao da je ponovo dete. I tako je zaspala, u njegovom naručju, na svom krevetu, i strah je trenutno nestao, ali je vrebao ispod površine.

40.

Kad je Džesin izabrani lekar potvrdio da će se mesto u hospicijumu osloboditi narednog dana, Džes je znala da će morati da se oprosti. Nije nikom pominjala hospicijum, niti svoj plan da bude sama tamo. Nije htela da je iko od njih gleda kako umire. Bilo je dovoljno loše što su je videli ovakvu, bolesnu, izmršavelu i samo ostatke osobe kakva je nekad bila. Htela je da se oprosti dok još može, i onda ode. Šta god da je čeka poslednjih nekoliko dana, suočiće se sama s tim.

I kad je mama ušla u spavaću sobu sa Idi i Džes se probudila, odlučila je da je došlo vreme.

– Moram da razgovaram s tobom o nečem – rekla je. Znala je da joj u glasu čuje da je to nešto ozbiljno, nešto važno. Ali opet, tad je već sve bilo važno. Sve se pojačavalo iz dana u dan. U tom trenutku retko da su više razgovarale o nebitnim stvarima.

Kerolajn je sela na krevet i spustila Idi između njih. Džes je krenula da dodirne ćerku po licu, a Idi se široko osmehnula, i Džes je videla da joj je nikao novi zub. Treći. Već je gubila kontakt sa onim što se događa u ćerkinom životu.

– Doktor Ozborn mi je dogovorio odlazak u hospicijum – počela je.

Kerolajn je glasno uzdahnula. – Ali treba da budeš ovde! Mislila sam da želiš da budeš ovde, kod kuće, gde možemo da se brinemo o tebi.

– I bila sam – rekla je Džes. – Ali ne želim da umrem ovde. Ne želim da ova kuća i ova soba zauvek budu povezane s tim. Ne želim da izbegavaš da dolaziš ovamo zbog uspomena. Želim da možeš da se sećaš kako je bilo kad sam imala sedam i imala ružičaste tapete i kućicu za lutke u uglu, i kad sam imala šesnaest i prekrila vrata i zidove posterima iz časopisa. Mnogo sam razmišljala o tome, mama, i želim da se oprostim od svih vas i onda odem u hospicijum. Ne želim da me posećujete kad budem tamo.

Kerolajnino lice se raznežilo dok je Džes govorila o detinjstvu, ali ponovo se uozbiljilo kad je rekla te poslednje reči.

– Ali ne želim da budeš sama! Ne mogu da dozvolim to, Džes.

– To ne zavisi od tebe, i to je odluka o kojoj sam mnogo razmišljala. Želim da se oprostim dok još mogu da govorim.

Kerolajn je zaćutala. Plakala je, ali bezglasno. Obe su pogledale Idi. Džes je mislila kako verovatno misle isto. Kako je surovo što nikad neće upoznati majku. Koliko je tužno što je Džes ostavlja, a Idi ne zna ništa o tome.

– Zamolila sam tatu da dođe kasnije – rekla je Džes.

Znala je da će mami i to smetati. Ali sad je mislila prvo na sebe.

Kerolajn je podigla obrve. – Kasnije... kad? Da spremim nešto za jelo?

Džes je htela da je zagrli i zahvali joj se na razumevanju. Nikad nije sedela za stolom s mamom i tatom i jela. Nije očekivala da se to dogodi, ali kad je mama to predložila, stalno je razmišljala o tome. Ustaće, sesti za sto prvi put nakon nekoliko nedelja. Potrudiće se da pojede nešto. I oprostiće se od ljudi koji su je doneli na ovaj svet. Osobu koja joj je bila sve i osobu koja joj nije bila gotovo ništa. I nakon svakog pozdrava, biće spremnija da ode.

Džes je provela veći deo dana spavajući i budeći se, ali večera je postavljena u sedam, a u šest je Džema stigla da joj pomogne da se spremi.

– Možeš li da poveruješ da nas troje nikad nismo sedeli za stolom i jeli zajedno? – pitala je Džes dok je spuštala noge s kreveta i krenula da ustaje, oslanjajući se na Džemu.

Džema je izgledala zabrinuto.

– Šta je bilo?

– Samo se nadam da ne ulažeš prevelike nade u ovo veče. Tvoji roditelji se ne slažu, znaš to. Zato nikad niste jeli zajedno. Ne želim da očekuješ da će večeras biti savršeno, i razočaraš se.

Džes je razmislila o tome. Bila je istina da se deo nje nadao kako će se dogoditi nešto sjajno. Nije želela da njeni roditelji ponovo budu zajedno – nije bila dete, i neće biti živa da vidi šta će se dogoditi, ali razmišljala je da će se oni povezati oko toga kako je ona dobro ispala i oko onog što osećaju prema njoj. Racionalni deo nje je znao da neće biti tako. Ali nije znala kako da kaže Džemi da će joj biti dovoljno samo da oni igraju svoje uloge i večeraju bez svađe. Da će to biti nešto što mlađa ona nikad ne bi sanjala da će se dogoditi.

– Neću se razočarati – kazala je.

– Šta ćeš da obučeš? – pitala je Džema.

Džes je razmišljala o odeći u svom plakaru, kako se uglavnom osećala neprijatno u njoj. Sad je živela u pidžami, presvlačila ju je svakog dana. Mama joj je nabavila mnogo novih pidžama. Džes je u sebi bila zahvalna na tome. Mama je uradila mnogo stvari u poslednjih nekoliko meseci da bi joj olakšala život.

– Samo udobne pantalone, možda neku lepu crnu bluzu – kazala je.

Džema nije ništa rekla, samo je otišla do Džesinog plakara i pronašla traženu odeću. Sve vreme dok je pomagala Džes da se obuče, bila je ćutljiva, a lice joj je bilo namršteno. Krenula je da uzme periku s postolja na Džesinoj komodi i pružila joj je, podižući obrve.

– Da, molim – rekla je Džes.

Džema je prišla i pomogla Džes da stavi periku. Bila je dovoljno blizu da Džes oseti miris njenog cvetnog parfema, i mentol bombonu koju je sisala.

– Šta je bilo? – pitala je Džes.

Džema je namestila periku i prinela ogledalo da se Džes pogleda. Izgledala je ispijeno i bledo, ali u tom trenutku nije moglo bolje.

– Samo se pitam kad ću se ja oprostiti – kazala je Džema. – Mislim, to je to? Večeras?

– Ne – rekla je Džes, odmahujući glavom da odagna suze. – Sutra. Mislila sam da me ti odvezeš u hospicijum, ako možeš.

Džema je klimnula glavom. – Dobro – kazala je – sutra.

Pomogla je Džes da siđe u prizemlje i onda je uzela Idi, dovikujući preko ramena da će je vratiti ujutro, i otišla je.

Džesina mama je pažljivo postavila sto. Tri mesta. Tokom detinjstva, Džes i mama su sedele jedna naspram druge, pričajući o Džesinoj školi i prijateljima dok su jele hranu koju je Kerolajn skuvala. Džes je prvi put shvatila nešto – uvek su pričali o njoj. Nije mogla da se seti da je mama pričala priče o svom poslu ili životu. Tako izgleda, pretpostavila je, kad si majka. A onda je morala da prestane da misli o obrocima koje neće podeliti sa Idi, jer je neko pokucao na vrata i tata je stigao.

Kerolajn je napravila testeninu s piletinom koja je bila jedno od omiljenih Džesinih jela, i Džes je bila zahvalna, uprkos tome što gotovo da nije imala apetit. Sela je na uobičajeno mesto, a tata je seo kraj nje, mama naspram njih, tamo gde je sedela čitavog Džesinog života. Bilo je malo neprijatno, jer je bilo neobično, i Džes je žudela da ispuni tišinu pričama i životom, ali nije imala snage.

– Ovo mi ne izgleda stvarno – kazao je Džesin tata. – To što se opraštaš, hoću reći. Izgleda mi kao da mora da postoji još nešto što mogu da pokušaju...

– Toni, nisi bio ni na jednom pregledu ili terapiji. Smešno je da dođeš sad, na kraju, i kažeš da se nisu dovoljno trudili.

Džes je uzdahnula. Možda je ovo bilo grozna ideja. Ali nije mogla da umre a da ne vidi tatu, zar ne? Koliko god da je bio malo uključen, nije mogla da zanemari činjenicu da joj je otac.

– Tata, u redu je. Svi su uradili sve što mogu, i niko nije kriv. Naprosto je došlo vreme. Nisam imala sreće.

Pognuo je glavu. Niko od njih nije previše jeo, a Kerolajn je ustala i počela da skuplja sudove. Kad je bila u kuhinji i čuli su je kako baca nepojedenu hranu u kantu, tata je molećivo pogledao Džes.

– Da li da odem? Mislim, vas dve sigurno imate o čemu da razgovarate. Osećam da ne bi trebalo da budem ovde.

– Sačekaj pola sata – rekla je Džes. – Mama je napravila čizkejk. A možemo da razgovaramo kasnije.

Ali čak i dok je govorila to, Džes se osećala umorno zbog pomisli da ostane još ovde. Kad se Kerolajn pojavila sa čizkejkom u jednoj ruci, a posudicama u drugoj, Džes se osmehnula.

– Moj omiljeni – kazala je.

Mama je često pravila Džes taj čizkejk od limuna. Za svaki rođendan, svaki Božić, svaku malu ili veliku proslavu. Džes je bila odlučna da pojede makar komad. Jer je znala da je to najbolja stvar koju je ikad probala. I znala je da je napravljena s ljubavlju. Videla je da su njeni roditelji pogledali jedno drugo i pitala se o čemu se radi. Pomirenje, možda. Ne trajno, ali dogovor da ostave razlike po strani na jedno veče, tokom vremena potrebnog da se pojede desert. Džes se nadala da je tako.

– Hvala ti – rekla je Džes, uzimajući posudicu iz mamine ruke.

Jeli su ćutke, i Džes je znala da nije jedina koja jede na silu. Mama je bila slomljena, znala je to. Slomilo ju je to što je poslednji put napravila ćerkinu omiljenu večeru. Džes nije bila sigurna da li će ona ponovo biti ista, i nije znala da li išta može da uradi povodom toga. A tata je izgledao staro i umorno, i kao da je zbog previše žaljenja osećao bol. Džes je mislila da će provesti veče prisećajući se prošlosti, ali nisu imali zajedničke uspomene, tako da to nije uspelo. Imala je malo uspomena s tatom, i milion s mamom, ali nijednu zajedničku. I znala je da ako išta pomene, to će samo navesti roditelje da se raspravljaju oko svojih uloga u njenom životu.

– Džes, moram nešto da kažem – rekao je tata kad je spustio kašiku u praznu posudicu i odgurnuo je od sebe. – Žao mi je. Žao mi je zbog svega što ti nisam bio.

Džes je osetila kako će se rasplakati. Čekala je dvadeset godina da on kaže nešto takvo. Da li bi to ikad rekao da ona ne umire?

– Voleo bih da mogu to da ti nadoknadim, ali sad je kasno.

– Nije – rekla je Džes. Oboje su se okrenuli ka njoj, kao da su mislili kako će im iznenada reći da se samo šalila. – Mislim, možeš da nadoknadiš to tako što ćeš biti deka Idi. Uvek sam se osećala drugačije i kao da mi nešto nedostaje, i znam da će se i ona osećati tako. Ali želim da to bude ublaženo što je više moguće. Želim da bude okružena ljubavlju.

Džesin tata je klimnuo glavom. – Naravno.

– Ne laži, tata. Ako nemaš nameru da budeš u njenom životu, samo idi. Ne pretvaraj se da ćeš uraditi jedno, a onda uradiš nešto drugo kad umrem.

– Samo... ne znam kako – kazao je. – Nikad nisam znao kako da budem blizak s ljudima. Osećam kao da mi nešto nedostaje za to.

Džes je ignorisala mamino prilično glasno prezrivo frktanje i nastavila je da gleda tatu.

– Samo tražim da pokušaš – rekla je. – To je sve. Ne očekujem da iznenada postaneš deka godine. Samo želim da te ona upozna, i da može da dođe kod tebe. Želim da se oseća bezbedno i voljeno. Samo budi s njom, to je sve.

– Mogu to.

Izgledalo je da će zaplakati, i Džes je gotovo poželela da uradi to. To bi joj pomoglo da zna da je nešto značila – bilo šta – tom čoveku, koga je vrlo slabo poznavala.

– Dobro. Sad mislim da treba da budem nasamo s mamom – rekla je Džes.

Tata je ustao i Džes ga je ispratila do vrata. Obukao je jaknu i Džes je otvorila vrata. Bilo je mračno i pomalo vetrovito, i Džes se stresla.

– Nisam mogao da znam... kad mi je tvoja mama rekla da će te roditi, da ćeš porasti u tako samouverenu, predivnu devojku.

Džes je bila zaprepašćena.

– Pogrešio sam, Džes. I drago mi je što je Džejk uradio ono što treba. I tako mi je žao.

Zagrlio ju je tako čvrsto da je ostala bez daha, i gotovo ju je podigao s poda, a onda ju je pustio i otišao. Nadala se da će održati obećanje i provesti malo vremena sa Idi, jer će ga Idi naučiti kako da voli, tog čoveka koji to nikad nije umeo. Bio je to veliki dar koji su deca imala. Džes je zatvorila vrata i naslonila se na njih pre nego što se vratila u trpezariju, gde je mama raspremala sto.

– Ostavi to – kazala je Džes.

Ali i dok je govorila to, osećala se loše jer će ujutro zauvek napustiti ovu kuću, i nije htela da brine o sudovima koje treba oprati ili punjenju mašine za sudove, a mama će i dalje biti tu, bez ćerke, ali očekivaće se da nastavi sa životom.

– Završila sam – rekla je Kerolajn i uspravila se.

– Da ti skuvam čaj? Treba da sedneš.

Kerolajn je napustila prostoriju, a Džes je stavila vodu da provri. Mislila je o svim stvarima koje je mama uradila za nju tokom godina, svim obrocima koje je skuvala u ovoj kuhinji. Oguljenim kolenima koja je ljubila, stvarima oko kojih joj je pomagala, priča koje je slušala. Da li je sve to bilo uzalud, na kraju, ako ti dete umre? Nadala se da nije tako. Pomislila je na Idi, stvari koje je uradila za nju. Činjenicu da nije žalila ni zbog čega. Voda je provrela, a ona to nije primetila. Izvadila je kesicu sa čajem iz kredenca, i otišla do frižidera da uzme mleko. To je poslednje što će uraditi za svoju mamu. Pokušala je da uradi to s ljubavlju.

Kad je odnela čaj u dnevnu sobu, mama je sedela na sofi, i izgledalo je kao da gleda u prazno. Džes se zapitala da li se i ona priseća stvari. Možda vidi Džes u ovoj sobi kao bebu, malu devojčicu. Možda želi da može da se vrati u prošlost. Ne da uradi nešto drugačije, nego da uradi to ponovo. Godine koje slede bile su sumorne, ali protekle godine su nestale.

Džes je htela da joj se zahvali, ali to joj nije izgledalo dovoljno. Ta žena ju je odgajila, i sad ju je ostavljala da odgaji još jedno dete. A ona nije znala da li je to samo kompenzacija ili još jedan bolno težak posao. Idi će biti potrebno tako mnogo, tokom godina, a Kerolajn stari. Ne bi trebalo da počinje iznova, ne ovako. Ali koja je druga mogućnost? Bilo je prekasno da počnu da se predomišljaju.

– Sećaš li se kad sam imala sedam ili osam i išle smo u zabavni park, a kiša je padala čitav dan? – pitala je Džes.

Mama se osmehnula, a Džes je znala da se seća.

– Bilo je tako mirno i nije bilo gužve i išle smo na rolerkoster šest puta zaredom. To je bio tako dobar dan.

– Mrzela sam taj rolerkoster – rekla je mama.

Džes se iznenadila. Pokušala je da se priseti još nečeg iz tog dana. Uživala je u svakom trenutku, i mislila je da i mama uživa.

– Stvarno?

– Nasmrt sam se uplašila. Trebalo je da povedemo jednu tvoju prijateljicu tog dana. Lusi Brend, sećaš li se? Ali ona je imala grip i nije mogla da pođe, i bilo je prekasno da pitamo nekog drugog. I znala sam da ću morati da idem na sve vožnje s tobom.

Džes se sećala kako je, kad bi se rolerkoster zaustavio, pogledala mamu i pitala smeju li da ostanu i voze se ponovo. Mama bi rekla da, ali nije mogla da se seti izraza na maminom licu. To je izgledalo kao mrlja na ekranu koju je bilo nemoguće izbrisati.

– Mislila sam... – Džes nije znala kako da završi rečenicu. Mislila je da se mama ludo zabavljala, samo zato što se ona zabavljala. Baš kao što je Idi mislila da Džes voli sto puta zaredom da čita knjigu o mački i mišu.

– To je ono što mame rade, zar ne?

Jeste, shvatila je Džes. – Ne moraš da vodiš Idi tamo – rekla je, pokušavajući da se našali.

– Mislim da ću to prepustiti Džejku. Ili Džemi.

– Misliš li da će se smuvati? – pitala je Džes.

Mama ju je iznenađeno pogledala. – Džejk i Džema? Ne, dušo, zašto to misliš?

Zašto je to mislila?

– Ne znam. Samo... trenutno su često zajedno i dobro se slažu. Poljubili su se jednom, znaš. Pre nego što smo se mi smuvali.

– Džes, oni te vole. Zajedno su jer pokušavaju da ti pomognu. To je sve.

Džes je klimnula glavom, pokušavajući da odagna suze.

– Žao mi je što sam pozvala tatu – rekla je.

– Ne treba da ti bude žao. Meni je žao što nisi imala boljeg tatu.

Onda su zaćutale. Džes se sećala njihovih svađa, surovih stvari koje je rekla kad je bila tinejdžerka, besa koji je videla, ponekad, na majčinom licu. A onda trenutaka kad su se slagale tako dobro, kuvale večeru zajedno, istovremeno vikale odgovore na pitanja u televizijskim kvizovima, starale se o Idi.

– Moram da legnem – kazala je. Želela je da može da produži ovo veče, ali bila je iscrpljena.

– Dobro – kazala je mama, ustajući i spremajući se da joj pomogne da ode na sprat.

Kad je Džes obukla pidžamu i oprala zube, legla je u krevet, tela bolnog od umora. Mama je stajala na vratima.

– Hvala, mama – kazala je.

I nadala se da mama zna kako nije mislila samo na to veče ili period otkako se razbolela. Nadala se da njena mama zna da misli na sve. Na svaku sitnicu.

41.

Kad se Džema pojavila ujutro, sa Idi, Džes je osetila potrebu da kaže kako nije spremna. Taj plan s hospicijumom, s planiranim oproštajima, izgledao je dobro, ali sad je imala osećaj da se sve odvija prebrzo, kao da je izgubila kontrolu. Ležala je sa Idi jedan sat dok je Džema sedela u prizemlju s Džesinom mamom, i pokušala je da prenese delić ljubavi koje oseća prema ćerki kroz dodire. Bilo je to nemoguće, znala je to. Samo je mogla da se nada da će neko – ljudi koje ostavlja za sobom – kazati Idi šta joj je značila. Da joj pokaže fotografije i pisma i govori joj, neprestano, da je bila voljena.

Idi je spavala i mada je Džes žudela za snom, ostala je budna, jer ovo je poslednji put da je sa svojom bebom. Kad se Idi probudila, sela je i pospano se osmehnula Džes, a ona je osetila kako joj se srce savija, lomi. Zagrlila je Idi i poljubila je u glavicu, a Idi je stavila bucmastu ruku na Džesino grlo i ostao je trag. A Džes je zamišljala kako bi njeno telo izgledalo da je svaki Idin dodir ostavio trajni trag. Išarano otiscima prstiju. Kao mapa ljubavi.

– Uradi sve, Idi – šapnula je. – Budi sve.

A onda je morala da prestane, jer se rasplakala, i suze su joj padale u Idinu kosu, i Idi je počela da se vrpolji pošto ju je Džes stezala suviše jako. Nije imala ni godinu dana, a bila je spremna da se oslobodi.

Pozvala je Ašu. Zahvalila joj se na ljubaznosti.

– Kako ste? – pitala je Aša. – Mislim, iskreno.

– Većinu vremena mogu da se izborim s tim – rekla je. – Ali povremeno me samo slomi nepravednost svega toga.

– Jesam li vam ispričala da sam izgubila sestru bliznakinju zbog raka dojke? – pitala je Aša.

Džes je bila zaprepašćena. – Niste.

– Upravo smo bile napunile trideset godina. Kasnije sam se obučila za medicinsku sestru. Htela sam da pomognem ljudima kao što je ona. Podsećate me na nju, na neki način. Prihvatala je to uglavnom smireno, dok smo mi ostali kukali kako je to nepošteno.

– Kako se zvala? – pitala je Džes.

– Pari. To znači anđeo. Nije nimalo ličila na anđela. Bila je bezobrazna kad smo bile deca. Nestašna.

– Tako mi je žao – kazala je Džes.

– Hvala vam. Rekla sam vam to jer sam htela da znate da će ljudi koje ostavljate za sobom preživeti to. I ponekad ih to okrene u pozitivnom smeru.

– Hvala – rekla je Džes. – Hvala vam što ste mi to rekli.

Nakon tog razgovora, Džes je pozvala Džemu da joj pomogne i odnese Idi u prizemlje. Pogledala je po spavaćoj sobi dok je čekala da joj se prijateljica pojavi. Bila je puna uspomena. Vazduh je bio ispunjen njima. Ali nije mogla da natera sebe da previše mari. Zašto je važna soba kad se opraštaš s ljudima koje si volela? Zatvorila je vrata za sobom i uputila Džemi nešto najbliže osmehu.

– Idemo – rekla je.

Dogovor je bio ovakav: Džema će odvesti Džes i Idi do hospicijuma, pomoći joj da se smesti. A kad Džes bude spremna, Džema će odvesti Idi kući. Kasnije tog dana, Džejk će je posetiti poslednji put. To je bio Džesin plan, i bila je odlučna da ne odstupi od njega. Opraštala se od jedne po jedne osobe; vraćala je kontrolu. Ali to joj nije olakšalo stvari.

U prizemlju, mama ju je čvrsto zagrlila.

– Žao mi je – kazala je.

Džes je bila zaprepašćena. – Zbog čega?

– Zbog stvari koje nisam uradila kako treba. Što sam odvela Idi, što sam imala nešto protiv Džejka. Što ti nisam obezbedila pouzdanog oca.

Džes nije znala šta da kaže. Stajale su u kuhinji, lica suviše blizu za ljude koji se ne grle. Obe su plakale.

– Šta je sa stvarima koje jesi uradila kako treba? – pitala je. – Šta je s njima? Ima ih bezbroj.

A onda nijedna nije ništa više rekla, jer nisu mogle. Nakon minut ili dva, Džes je poljubila majku u obraz i otišla. Džema je stavila Idino sedište u kola, a Džes je sela pozadi i držala Idi za ruku tokom dvadesetominutne vožnje do hospicijuma, lica mokrog od suza za koje je bila sigurna da nikad neće prestati.

Džes nije htela da poseti hospicijum pre prijema, jer je znala da neće želeti da ide tamo. Da bi mogla da odustane od svega kad bude videla kako je depresivno tamo. Džema je otišla i odobrila ga. Kad su se parkirale ispred, Džes nije bila ni razočarana niti zadovoljna. Bila je to samo zgrada u kojoj će umreti. Džema je iznela Idino sedište, i dočekala ih je jedna bolničarka koja je odvela Džes do njene sobe.

Očekivala je starački smrad, ali hospicijum je mirisao neutralno. Kao prazan prostor. U njenoj sobi se nalazio jedan bolnički krevet s bledoružičastim prekrivačem, zidovi su bili obojeni u bež. Tamnoružičaste zavese. Nekoliko slika na zidu, nekog cveća. Ništa što bi Džes odabrala, ali ništa čemu je mogla da nađe manu. Džema joj je pomogla da obuče pidžamu i legne u krevet. I neko vreme, Idi je ležala kraj nje, dok je Džema raspakivala Idinu odeću i stavljala njene pidžame i donji veš u fioke.

– Hoćeš li doći kasnije po moje stvari? – pitala je Džes. To je bio prvi put da se setila toga, ali znala je da nije htela da mama dođe. Najbolje je, mislila je, da mama nikad ne vidi ovo mesto. To je bio deo Džesinog života o kojem ona nije ništa znala.

– Naravno – kazala je Džema.

Idi su nicali zubi. Obrazi su joj bili crveni, i nos joj je curio. Počela je da se vrpolji, a Džema ju je podigla i spustila na prostirku za igru koju je ponela. Idi je već puzila, počinjala da se uspravlja u stojeći položaj, kad je mogla da se uhvati za nešto čvrsto i odgovarajuće visine. Uradila je to tad, uhvativši se za Džesin noćni stočić, i Džes joj je aplaudirala.

– Mislila sam da ću možda videti njene prve korake – kazala je.

Džema je ćutke pogledala Džes. Šta je mogla da kaže? Nije bilo važno, pomislila je Džes. Žudela je da vidi to, ali i da ju je videla, ne bi je videla kako trči ili skače ili kad joj ispadne prvi zub ili kad dobije menstruaciju.

– Podseti Džejka da joj ispriča za menstruaciju – rekla je.

Džema se nasmejala, a i Džes. Tokom poslednjih nekoliko nedelja, Džes je dala Džemi bezbrojna slična uputstva, a Džema ju je svaki put uveravala kako će uraditi ili neće uraditi to što muči Džes.

– Neću mu dozvoliti da zaboravi – kazala je Džema.

Obe su pogledale Idi. Pala je na guzu, i široko im se osmehivala, dok joj je pljuvačka curila iz usta. Džema se sagnula i obrisala je portiklom koju je Idi nosila. Bile su mirne i tihe, sve tri. Nisu imale šta da kažu ili urade.

– Želiš li da vas malo ostavim nasamo? – pitala je napokon Džema.

Džes je želela to, ali znala je da više ne može sama da se brine o Idi. Bio joj je potreban još neko, za slučaj da Idi padne ili joj se otrgne iz zagrljaja. Nije imala snage.

– U redu je – kazala je. – Da li bi mogla da je doneseš do mene?

Džema je uradila to i onda otišla u ugao sobe. Džes je znala da pokušava da učini sebe nevidljivom iako je tu, za slučaj da bude potrebna Džes, i bila joj je zahvalna na tome. Nije mogla da traži bolju prijateljicu. Džes je ležala na leđima, i spustila je Idi na stomak, u sedeći položaj.

– Devojčice – rekla je. – Imam toliko toga da ti kažem, a sad ne mogu ničeg da se setim.

Idi je počela da brblja. Malo joj je falilo da kaže „mama“. Džes je zatvorila oči obuzeta bolom zbog toga.

– Poznavala sam te, devojčice, i ti si poznavala mene. Nećeš se sećati, ali to je istina. Bile smo najbolje prijateljice.

Džes je uhvatila Idinu ruku i pritisnula ju je na svoju.

– Neću biti tu kad budeš pošla u školu ili se zaljubila ili zaposlila ili slomila srce. Neću biti tu fizički. Ali biću tu, u tvom srcu... – Džes je stavila svoju i Idinu šaku na Idine grudi. – Volim te, devojčice. I ostavljam te u najbezbednijim rukama koje poznajem. Moraš da se brineš o baki, jer će biti stvarno tužna. I tatici.

– I o meni – rekla je Džema. Plakala je i glas joj je podrhtavao.

– I o Džemi. Svi će biti tužni neko vreme. Ali biće dobro, jer ćeš ih ti izlečiti. Svi te mnogo vole i njihova ljubav prema tebi pomoći će im da prebole tugu. A kad budeš starija, i saznaš da si me izgubila, možda ćeš biti tužna, i oni će ti uzvratiti uslugu. Ljubav je najvažnija, Idi.

Džes je privila Idi na grudi, i Idi se nije opirala. Džes se pitala da li je deo nje nekako znao. Bila je tiha, i naslonila se na Džesino rame, i Džes ju je grlila i pokušala da se seti težine i toplote njenog tela, osećaja kad joj Idi nasloni glavu na vrat, zvuka disanja svoje bebe. Džes je zatvorila oči i pokušala da ureže taj trenutak u svoj um, kako bi mogla da ga se seća u narednim danima, kad stvari postanu teške. Zavukla je ruku ispod Idine majice, opipala njenu meku, meku kožu. A onda, napokon, udaljila je Idi malo od sebe, kako bi mogla da joj se zagleda u oči. Lica su im bila blizu, trepavice su im se gotovo dodirivale. Idi se nasmejala, verovatno misleći da je to nekakva igra.

– Ti si najveća ljubav mog života – rekla je Džes. A onda se slomila, i kad je Džema prišla i uzela Idi iz njenog naručja, ona se nije opirala.

– Da krenemo? – pitala je Džema. – Da je odvedem?

Dve žene su plakale. Džes nije mogla da vidi.

– Da, molim te – rekla je. – I hvala ti na svemu. Nikad nećeš znati koliko sam ti zahvalna. To mi je mnogo značilo. Nama.

Džema je vezala Idi u sedište za auto i Džes se trudila da je ne gleda. Htela je da zapamti uspomenu koju je upravo stvorila... Idino telo uz njeno, njene bistre oči, njen smeh. Džema se nagnula i zagrlila Džes i Džes je osećala koliko je smršala u poslednje vreme. Bila je gotovo laka kao pero. Bila je gotovo nestala. Ali ne sasvim.

– Ne znam šta ću da radim bez tebe – rekla je Džema. – Volela bih da nisam morala da saznam.

– Volim te – kazala je Džes.

Džema je poljubila vrhove prstiju i pritisnula ih nežno na Džesino čelo. A onda je pustila Džes i okrenula se, a Džes je žmurila dok nije čula kako se vrata zatvaraju za njima.

42.

Džejk je došao nakon ručka, kako je dogovoreno. Jedna bolničarka donela je Džes sendviče i malo čipsa, i jogurt. Nije pipnula ništa od toga. Tanjir se i dalje nalazio na poslužavniku, pored šolje hladnog čaja. Kad se Džejk pojavio na vratima, pogledao je u to.

– Nisi gladna? – pitao je.

– Nisam.

Iako se već oprostila s tri najvažnije osobe u svom životu, Džes nije znala šta da kaže Džejku. Sve te godine su išli u istu školu i nisu se upoznali, a onda su imali te dve godine, izgubili jedno drugo, i ponovo se zbližili kad je gotovo bilo prekasno. Bilo je to bolno i nepošteno.

Džejk je polako prišao i seo na ivicu kreveta.

– Ne želim da radim ovo – kazao je.

– Da se oprostiš?

– Da. Ne znam da li mogu.

Izgledalo je kao da je plakao. Izgledao je umorno. Džes ga je uhvatila za ruku. Bila je pomalo hladna.

– Jesi li sigurna u sve ovo? Da ne želiš da te posećujemo nakon današnjeg dana?

Džes je klimnula glavom. Nije htela da ostavi prostor za sumnju.

– Ne mogu stalno da se opraštam, a ako se ne oprostim svaki put, nikad neću znati. Mislim da je ovako najbolje.

Džejk je klimnuo glavom, i Džes se zapitala da li se slaže ili samo misli da je najbolje da ona sad odluči.

– Kako je Idi? – pitala je.

Džejk je slegnuo ramenima. – Dobro je. Ona je jedina dobro. Ima sreće što ne razume.

– Pa, možda se neće osećati tako kad bude starija i bude razumela. Možda će biti ljuta što je propustila priliku da se pozdravi kako treba i što nisam tu. Moraćeš da joj pomogneš oko toga.

– Znam.

Izgledao je potišteno, i Džes se zabrinula da je preterala.

– Svi vi, mislim, ne samo ti. Svi morate da joj pomognete da prebrodi to. Slušaj, znam da je to previše. Nisi bio tata donedavno, a sad... ovo. To je smešno. Neshvatljivo. Ali ipak se događa. Nemoj da misliš kako moraš da radiš sve i uradiš sve kako treba. Teško je, sve to oko roditeljstva. Suviše teško. Samo daj sve od sebe. I to će biti dovoljno.

Džejk se zagledao u Džes, i zapitala se koje će prvo zaplakati. Koje će se prvo oprostiti, kako će i kad on otići.

– Toliko želim da uradim sve kako treba – kazao je. – Potreban sam joj.

Džejk joj je milovao ruku. Nagnuo se i poljubio je, a ona mu je pokazala da legne na krevet kraj nje, i uradio je to. Spavali su zajedno u krevetu samcu u njenoj studentskoj sobi, i sviđalo joj se to, tela su im bila tako blizu. Ali mnogo se vrteo u snu, i znala je da je njemu to teško. Sad je ležao kraj nje poslednji put, i spustio joj je ruku na krsta. Bili su okrenuti jedno ka drugom, polako su disali.

– Proveo bih život s tobom – kazao je. – Još dece, brak, sve to.

– Veruješ li da ćemo imati još jednu priliku? – pitala je šapatom.

– Kako to misliš? Reinkarnacija?

Džes nije bila sigurna kako to misli. Samo se nadala da ovo nije kraj svega. – Reinkarnacija, duhovi, raj. Samo... nešto.

– Ne znam, Džes. Nadam se.

– Bojim se – rekla je.

– I ja.

Osetila je kako joj kapci postaju teški i mora da je zaspala, jer je iznenada videla Džejka kako sedi na stolici u uglu sobe.

– Koliko je sati? – pitala je, a onda nije bila sigurna zašto je to važno.

Džejk je pogledao na sat, staklastih očiju. – Malo posle četiri.

To neće biti danas, mislila je Džes. Ali možda bude sutra. Imala je tako malo energije, tako malo želje. Postajalo joj se sve teže da govori. Teže da ostane budna. Bilo joj je drago što je imala ovaj dan, i što je neće videti kako dodatno propada. Nadala se, kad Džejk ode, da će se sve dogoditi brzo. Sutra joj sasvim odgovara. Prekosutra. Nije želela da se to razvlači.

– Mislim da je vreme – rekla je.

Džejk je iznenađeno podigao obrve.

– Ne da umrem – kazala je. – Nego da ti odeš.

– Ne želim da odem – rekao je, ustajući i prilazeći krevetu.

– Ne želim ni ja da odeš – rekla je. – Ali tako sam umorna. I ne želim da me se sećaš ovakve.

– Znaš li kako ću te se sećati? – pitao je. Izvadio je telefon iz džepa i počeo da pregleda fotografije. Džes se pitala šta će joj pokazati.

– Ovakve.

Dodao joj je svoj telefon i pogledala je devojku na ekranu. To je sigurno bila ona. Zdrava, živahna, mlada. Nasmejana. Oči su joj igrale. Setila se žurke na kojoj je fotografisana, kako su se držali za ruke i ona je popila bocu vina i plesala, zabačene glave. Ali to je bilo posle plesa. Izgledala sam prelepo, shvatila je Džes. Zašto nikad to nisam znala?

Džes je vratila telefon Džejku, trudeći se da se osmehne.

– Uvek ću te videti tako, ali sa Idi umetnutom u tu sliku, jer izgleda kao da je uvek bila s tobom.

Džes se iskreno osmehnula. – Zar ne? Zamisli da je nisam rodila.

Džes nije kazala o čemu je razmišljala, a to je da ne bi imala šta da ostavi za sobom da nije rodila Idi. Nikakvo nasleđe. Uprkos bolu zbog napuštanja Idi, bilo je nečeg ohrabrujućeg u tome što će ona nastaviti da živi. Što će Idi odrasti i uraditi sve stvari koje ona nije uspela.

– Ne mogu – rekao je Džejk. – A poznajem je vrlo kratko.

– Zavuče ti se pod kožu – kazala je Džes. – Ušla mi je u srce čim sam je videla. Bilo je to kao munja, kao nešto iz filmova. Ljubav ne može da opiše to.

– Šta može? – pitao je Džejk. – Treba da smislimo nešto.

– Šta? – Džes je bila zbunjena.

– Neku dovoljno dobru reč, za to šta osećamo prema Idi.

– Nisam sigurna da možemo.

Ponovo je Džes postala svesna kako tone u san. Nije želela to, jer je htela da uradi ovo, da se oprosti sa Džejkom i vidi ga kako odlazi i da zna da je završeno. Nameravala je da napiše poslednje pismo Idi, a onda će se opustiti. Tad će završiti sa svojim telom. Ali nije mogla da zaustavi ovaj san, koji ju je preplavio kao talas. Kad se probudila, soba je bila prazna, i bilo joj je hladno.

Rasplakala se i pritisnula dugme da pozove bolničara. Pojavio se nakon nekoliko trenutaka. Bio je mlad i izgledao je umorno, i Džes se pitala koliko dugo je u smeni.

– Da li je moj momak otišao? – pitala je Džes.

Bila je ljuta na sebe čim je to rekla. Taj čovek je bio ovde da se brine o umirućima. Imao je pametnija posla.

– Mislim da jeste – kazao je. Ušao je u sobu i uzeo nešto s komode. – Izgleda da je ostavio nešto – rekao je.

Bio je to list papira, istrgnut iz sveske koju je koristila da piše pisma Idi. Napisao je, velikim slovima:

GLEDAO SAM TE KAKO SPAVAŠ, I NAJBOLJE ŠTO SAM SMISLIO JE BUBILIŠKA. BUBILIŠKA TEBE, DŽESI-KA. I BUBILIŠKA NAŠU ĆERKU DOK SAM ŽIV. VIDIŠ, IPAK NISMO MORALI DA SE OPROSTIMO.

– Jeste li dobro, Džes?

Džes nije shvatila da bolničar i dalje stoji tamo, na vratima njene sobe. Pogledala ga je. Nije znala kako da odgovori.

– Želite li da ga pozovem? Da vidim može li da se vrati?

– Ne – rekla je Džes. – Ne, hvala vam.

43.

Draga Idi,

Želela sam da znaš mnogo stvari. Želela sam da ti kažem to lično, kako budeš rasla. Ali nije nam bilo suđeno. Pišem ti ovo poslednje pismo iz kreveta u hospicijumu. Ne bojim se. Navikla sam se na bol, a kad postane prejak, jednostavno će prestati. To me ne brine. Brinem se samo za tebe. Mnogo sam se oslanjala na mamu dok sam rasla. I dalje se oslanjam. A ti nikad nećeš imati to. Uradila bih sve da imaš to.

Leto dolazi. Sunce postaje jače, i volim da ga osećam na licu i rukama. Tako sam zahvalna što sam poslednji put videla voće koje cveta i narcise. Zahvalna sam što sam ti ih pokazala, dok si mi držala ruke oko vrata, a tvoj obraz dodirivao moj. Bože, volim te. Sve više svakog dana, svakog minuta. Povremeno, vidim te kao starije dete, ili čak kao devojku. I plačem svake noći zbog istine da neću videti te stvari.

Ponekad sam zahvalna što se ovo događa dok si suviše mala da razumeš. Što nećeš patiti, ili se brinuti zbog mene, niti razumeti da si me izgubila. Ali druga strana toga mi nanosi toliko bola; to što ti moje fotografije koje ti ljudi budu pokazivali neće ništa značiti. Biću ti nepoznata. I zato sam htela da napišem sve ovo. I zato sam bila iskrena, ništa nisam skrivala od tebe. Želela sam da me upoznaš, makar malo. Želela sam da imaš mamu, makar samo na papiru.

Dugo sam razmišljala da li da ti kažem celu istinu u ovim pismima. Znam da je nešto od toga teško pročitati. Ali želela sam da znaš čitavu priču, da razumeš ljude u svom životu i kako su se ponašali kad su stvari postale izuzetno loše.

Zamolila sam Džemu da ti dâ ova pisma kad bude mislila da si dovoljno stara da ih pročitaš. Zamišljam te, s petnaest ili osamnaest godina ili dvadeset, i pitam se da li će svi oni biti u tvom životu. Znam da će mama i Džejk biti, pod uslovom da im se ništa ne dogodi. Sigurna sam da će Džema biti. Nadam se da će i tata. Da je shvatio koliko si divna. Idi, žao mi je. Žao mi je što nisam mogla da ostanem. Uradila bih sve što mogu da ostanem.

Često sam išla kod onkologa, doktorke Sing. Ona je verovatno desetak godina starija od mene. Znam da joj je vrlo žao što se ovo događa. Znam da želi da je mogla da uradi više. Ali probali smo sve vrste terapije, i ništa nije pomoglo, i razumem to. To nije njena krivica, ali zbog načina na koji me ponekad gleda, osećam se kao da želi da preuzme krivicu. Kazala je da je navikla da se pacijenti ljute na nju, ili samo plaču prilikom svakog pregleda. Kaže mi da sam vrlo smirena. Ne znam, možda sam neobična. Ali prihvatila sam to što se događa. Jedino važno si ti.

Pitala sam je zašto je odabrala taj posao, i imala je spreman odgovor. Mora da je to često pitaju. Kazala je da tako vidi najbolje od ljudskog roda; koliko ljudi vole jedni druge, šta su spremni da urade kako bi preživeli. Svidelo mi se to. Drago mi je što sam je pitala.

Jutros, pre nego što sam došla ovamo, ležala sam s tobom u svom krevetu. Bila sam umorna, a i ti si. Bilo je vreme za tvoju jutarnju dremku. Vrpoljila si se pre nego što si zaspala. Ponudila sam da ti ispričam još jednu priču, ali ti si odmahnula glavom. Bila si previše pospana. Gledala sam te kako zatvaraš oči i nežno sam ti spustila ruku na leđa, osećajući tvoju toplotu. Povremeno sam želela da zaspiš; sad sam se kajala zbog toga. Želela sam da ostaneš budna. Želela sam da se igram s tobom, poslednji put. Morala sam da se zadovoljim osećajem tvog toplog daha na svom obrazu. Ležala sam budna i patila. A ti si mirno spavala. Zavidela sam ti na tome.

Nadam se da ćeš biti jaka i hrabra. Nadam se da ćeš imati divan, dug život, neometan mojim odsustvom. I znam da je to nerealno, ali to me ne sprečava da se nadam. Srce će ti biti slomljeno. Slomićeš nečije srce. Lagaćeš i kršićeš pravila, i grešiti. Takođe ćeš uraditi nešto divno. Možda mnogo divnih stvari. Svakog dana ćeš raditi stvari zbog kojih bi se ponosila. Bićeš sjajna, i savršena i radićeš stvari koje ne mogu da zamislim.

Evo ti mog saveta, ako te zanima. Ne daj svoje srce suviše lako, ali ne boj se da ga daš. Ne osećaj da moraš da se udaš za prvu osobu koju zavoliš. Pažljivo biraj prijatelje, i budi im odana, i razvijaj te odnose. Niko nikad ne priča o tome koliko truda treba za prijateljstvo. Ako budeš mogla, i želiš, imaj decu. Bila si mi najveća radost, i želim da upoznaš takvu sreću i ponos.

Pažljivo biraj zanimanje; nadam se da ćeš se dugo baviti njim. Razmisli o tome šta ti ide od ruke, i šta voliš da radiš, i stvori stazu koja uključuje obe te stvari. Drži se onog u čemu uživaš i u čemu si dobra, bio to sport, muzika, hobi ili neki predmet u školi. Mislila sam da je samo škola važna, ali pogrešila sam. Dobro je imati brojne veštine, biti dobar u raznim stvarima. Nikad ne znaš kad će ti nešto od toga biti korisno.

Ozbiljno se brini o zdravlju; shvati svoju važnost. Pregledaj dojke, radi papa-test, proveravaj stvari u koje nisi sigurna. Nemoj da sediš na suncu po čitav dan, čak i ako retko budeš izgorela. Kad si mlada, misliš da ti se ništa neće dogoditi. Ali ja sam dokaz da nije tako. Tvoje telo je vredno negovanja. Neću ti reći da ne piješ, ne pušiš i ne drogiraš se; znam da je nerealno očekivati da ćeš biti dovoljno pametna da izbegavaš te stvari. I možda i ne treba. Možda moraš da ideš do krajnjih granica da bi znala gde su i da bi mogla da se udaljiš od njih. Čuvaj svoj um. Imaćeš mnogo problema kao dete jer si izgubila majku. Nađi vreme da tuguješ i razgovaraj s nekim ako se budeš osećala izgubljeno.

Sad je vreme gotovo; osećam to. Nije mi ostalo mnogo. Ima toliko stvari koje sam želela da znaš, ali zaboravila sam ih. A ko sam ja da ti govorim kako da živiš? Ja sam dogurala samo do dvadeset druge godine. A jedino što sam uradila ispravno *si ti. Radi kako želiš. Nemoj da si lažno skromna. Imaj visoko mišljenje o sebi.*

Idi, pomirila sam se s tim da neću doživeti dvadeset pet, trideset, četrdeset i tako dalje. Ne mogu da podnesem što neću doživeti tvoj prvi rođendan, što neću doživeti nicanje tvojih ostalih zuba, i tvoj prvi skok, prvo otvaranje božićnog poklona. To, i mnogo drugih stvari. Pričaj mi o njima, iako neću biti tu. Pričaj mi.

Želela sam da znaš tako mnogo stvari. Želela sam da ti ih kažem, jednu po jednu, kako budeš rasla. A ne mogu. Znaj ovo: neću biti tu, ali ova ljubav koju osećam prema tebi će me nadživeti. Verujem u to.

Bubiliška te, devojčice. Pitaj tatu šta to znači.

S ljubavlju,
mama

Zahvalnice

Mislim da nikad neću napisati roman kao što je ovaj. Kad sam napisala prvu verziju za mesec dana, rak dojke mi je i dalje disao za vratom. Upravo sam bila završila hemoterapiju i imala više operacija pred sobom (ostala mi je još jedna). Moja urednica, Kejt Evans, videla je nešto u toj prvoj verziji i zahvalna sam joj na tome. I zahvalna sam što je nastavila da odbija moje prepravke (mada tad nisam tako mislila!), sve dok nisam uradila sve kako treba. Veliku zahvalnost dugujem Semu Brejsu i Pejtonu Stablfordu iz *Agora buksa*, na svemu što su uradili. Veliku zahvalnost dugujem i Džou Vilijamsonu, Izabel Ejkenhed i *Boldvud buksu* na tome što su mi dali drugu priliku.

Mnogo hvala piscima koji su pročitali *Ono što nedostaje* i *Ničija žena* i bili ljubazni. Nadam se da će neki od njih uživati i u ovoj knjizi. I, naravno, blogerima i čitaocima... znam koliko knjiga postoji, i počastvovana sam kad neko odabere moju. Posebnu zahvalnost dugujem čitaocima iz *Maderloud književnog kluba*, koji su mi pružili beskrajnu podršku. Veliku zahvalnost dugujem Alison Makgarah Marfi, Kejt Dajson, Nani Ingland, Sari Bakenham, Gabrijel Klap i Klari Vilkoks, na pomoći oko književnog kluba koju su mi pružile na razne načine, ponekad nevidljive, ali uvek primećene.

Mnogo hvala posebnim ženama koje su odgovorile na pitanja o sekundarnom raku dojke: Džuli Volfart, Kerolajn Gamon, Dženi Rouds, Džeki Dejvis, Polin Bert i Džo Tejlor. Često mislim na vas i želim vam sve najbolje. I veliku zahvalnost dugujem Deni Hant, jednoj od mojih bolničarki prilikom hemoterapije, koja je pročitala ovu knjigu kako bi ispravila greške u vezi s medicinom. Ako ih ima, ja sam kriva za njih.

Hvala kolegama piscima, starim i novim. Uglavnom komuniciram s tim ljudima onlajn i neke od njih nikad nisam upoznala, ali veoma su važni. Džilijan Makalister, Rejčel Smart, Rebeka Vilijams, Lija Luis, Stef Čapman, Niki Smit, Loren Nort, Zoi Lia, Kler Empson, Frančeska Džejkovi, Luiz Mangos, Hana Perso, Nikola Kroski, Luiz Bič, Suzi Lajns: hvala vam.

Hvala prijateljima koji su mi pomogli da preživim rak. Ima ih previše da bih ih pominjala, ali znajte da me je svaka mala ljubaznost ojačala. Hvala Pitu Valrotu iz *Mami stara*, što me je posetio i podelio svoju priču, i Viktoriji Jejts iz *Mreže za podršku ženama obolelim od raka koje su mlađe od 45 godina*, što je osnovala grupu na koju sam se oslonila.

Hvala mojim roditeljima i svekru i svekrvi što su čuvali našu porodicu u to vreme, i uvek. Nikad to neću zaboraviti. Hvala mojoj sestri Rejčel na previše stvari da bih ih nabrajala. Hvala mom mužu, Polu, koji je omogućio sve, i mojoj deci, Džozefu i Elodi, koji su mi bili najbolji razlog da ozdravim.

Beleška o autoru

Lora Pirson je autorka knjiga za žene, zasnovanih na njihovim problemima. Osnovala je grupu *Bukloud* na *Fejsbuku* i objavila je nekoliko tekstova u *Gardijanu* i *Telegrafu*. Napisala je nekoliko romana.

**Knjige Lore Pirson u izdanju
Izdavačke kuće TEA BOOKS d.o.o.
(digitalna i/ili štampana izdanja)**

Poslednji spisak Mejbel Bomont
Želela sam da znaš
Delovi koji nedostaju